KB213166

못난 것도 힘이 된다

못난 것도 힘이 된다

1판 1쇄 2010년 4월 14일
1판 10쇄 2021년 3월 25일

글쓴이 이상석
그린이 박재동
펴낸이 조재은
편집 이혜숙
표지디자인 박진범
본문디자인 여수정
편집부 김명옥 김원영 육수정
영업관리부 조희정 유현재

펴낸곳 (주)양철북출판사
등록 2001년 11월 21일 제25100-2002-380호
주소 서울시 마포구 양화로8길 17-9
전화 02-335-6407
팩스 0505-335-6408
전자우편 tindrum@tindrum.co.kr

ISBN 978-89-6372-022-7 03810
값 10,000원

못난 것도 힘이 된다

이상석 글 — 박재동 그림

양철북

이 책을 읽는 분들께

요즈음 학년 초라 우리 반 아이들을 한 명 한 명 불러 상담을 하거든요. 해 보면 거의 모든 아이가 이야기한 지 십 분이 안 되어 눈물을 짓고 말아요. 공부는 해야 되는데 몸이 따라 주지 않아 눈물이 나고, 수학여행을 앞두고 가방도 새로 사고 옷도 한 벌 새로 사 입고 싶은데 집안 형편 뻔히 알면서 이런 욕심 버릴 수 없는 자기가 속상해서 눈물이 나고, 자기는 천문학을 공부하고 싶은데 엄마는 돈 안 되는 짓 말라며 영어 수학 공부만 닦달해서 눈물이 나고, 전교 1등을 하고는 있지만 늘 불안하고 힘들어서 눈물이 나고……. 겉으로는 아무 걱정 없이 까르르 웃어 대는 아이들이지만 한 꺼풀만 벗겨 보면 다 이렇게 눈물이 그렁그렁 배어 있습니다. 속 깊은 곳에 들어차 있을 더 많은 응어리들을 나는 다 알지 못하지요.

몇 년 전에는 부산 변두리 아이들이 주로 다니는 공업고등학교에 근무했습니다. 그때는 상담실로 아이를 부른 게 아니라 일일이 가정을 방문해서 이야기를 나누었지요. 어떻게 이렇게 철저히 가난할 수 있을까, 정말 기가 찼습니다. 반듯한 책상 하나 마련해 둔 독방을 가진 아이가 우리 반에 딱 두 명밖에 없더란 말입니다. 이 아이들은 흘릴 눈물보다 한숨과 분노가 더 많았지요.

오늘은 인터넷 신문에서 시원하면서도 안타까운 기사 하나 봤습니다. 고려대학교 3학년 학생 하나가 그렇게 힘들여 간 대학을 박차고 나오면서 써 붙인 대자보였습니다. 요즈음 대학생들이 겪는 아픔과 분노가 그대로 드러나 있었지요. 그 학생의 결기에서 희망이 보였습니다마는 학교는 예나 지금이나 거대한 아픔 덩어리인 게 분명합니다.

그 아픔을 선생이 다 걷어 낼 수는 없는 노릇이란 걸 압니다. 하지만 그 아픔을 묻어 둔 채 시험 문제만 풀이해 주는 것은 죄 짓는 일이다 싶어요. 그렇지만 나는 수업 시간이면 이 짓을 되풀이하고 있습니다. 그렇게 하지 않을 수가 없어요. 답답하고도 죄스럽습니다. 선생 노릇이 세상을 바꾸는 데 큰일을 할 것이라는 희망을 걸고 시작했건만 정년이 가까워 오는 지금도 걷어 낸 아픔보다 쌓아 올린 아픔이 더 많으니 말해 무엇 합니까.

요즈음에는 아이들마저도 스스로 자기를 죽여 버리고, 어른들이 만들어 놓은 야자와 보충과 수능 같은 틀 속에 편입되는 것을 오히려 편안하다고 생각하는 판입니다. 용기를 가지고 앞장서 보아야 얻을 것보다 잃을 것이 많다는 계산을 아이들이 먼저 하고 있지요. 그렇지 못한 아이들은 성적에 주눅 들고 가난에 기가 죽어 소리 없이 죽어지내고 있습니다.

"자기 삶을 찾아라. 자기 삶을 업신여기지 마라. 자기를 귀하게 생각해라. 미래를 위해 지금의 행복을 담보로 잡히지 마라."

수업을 하다가 고함치듯 이런 말을 해 보아야 아이들은, 무슨 자다가 봉창 두드리는 소리냐, 진도나 나가지 하는 표정입니다.

그래서 나는 아이들에게 내 자라 온 이야기를 들려주려고 마음먹었습니다.

가난한 집안에 나서 삼류 학교를 다니며, 끝없이 방황하고 가출하고 재수하고 고뇌하고…… 그렇지만 그 속에서 피어나던 우정으로 행복했고, 사랑에 눈을 떴고, 자연과 이야기를 나누게 되었고, 학교 밖에서도 배울 게 많다는 것을 알았고…… 이런 것들이 내 삶을 지탱하게 하는 힘이 되더라고 이야기하고 싶었지요. 사실이 그래요. 지금 생각해도 내 인생에서 가장 아름다웠던 때는 대입 재수 시절, 고향에 내려가 큰아버지 곁에서 들일을 하다가 산으로 들로 쏘다니던 그때였거든요. 내가 대학에 떨어지지 않았다면 하마터면 잃어버렸을 내 청춘의 봄. 그 못난 시절이 그렇게 고마울 수가 없더라고요.

그래요, 우정이 얼마나 귀한 것인지, 방황이 나를 어떻게 일깨웠는지, 반항이 어째서 헛된 잘못만은 아닌 것인지, 가난은 어떻게 사람을 사려 깊게 해 주는지 하나하나 말해 주고 싶었지요. 청춘! 그 화려한 시절을 책상 앞에 코 박고 앉아 문제집만 풀어 대는 것은 너무나 억울하지 않은가요. 그래서 나는 부끄러움을 무릅쓰고 내 자라 온 이야기를 솔직히 털어놓아 보았습니다. 선생님들이 들으면 못나기 짝이 없는 내 삶을.

십 년쯤 전 이 책이 처음 세상에 나왔을 때, 어느 학부모는 자기는 재미나게 읽었지만 자기 아이에게 선뜻 권하기가 어렵겠다고 합디다. 왜 안 그렇겠어요. 하는 얘기가 만날 가출하고 방황하고 여학생 꽁무니 좇아다니는 일이니 이런 '청소년 관람 불가'가 어디 있겠어요. 그러나 나는 아이들이 이 책을 읽고 야성을 좀 찾아 주었으면 해요. 공부를 못해 방황한 생활도, 친구를 사귀느라 다 써 버린 시간도, 재수 시절 맛보는 서글픈 자유도, 그것이 자기를 일으켜 세우는 좋은 거름이 된다는 사실을 어릴 때야 어찌 알아차리겠습니까. 다만 내 얘기를 듣고 못난 자기를 끊임없이 학대하거나 주눅 들어 고개 숙이고 살지는 말았으면 좋겠습니다.

그래서 나는 그 아이들에게 이렇게 말합니다.

"얘야, 못난 것도 힘이 된단다. 너무 괴로워하지 마라. 인생은 성적이란 잣대 하나만으로 재어지는 것이 아니란 걸 조금만 나이 더 들면 알게 돼. 세상 친구들이 다들 성적에 미쳐 돌아가도, 다들 돈 앞에 꼼짝 못 하는 비굴한 사람이 되어 가도 못난 우리는 못난 우리들끼리 손 맞잡고 새 세상을 꿈꾸어 보자. 그러기 위해서는 이 청춘 시절에 누릴 행복을 당당히 누리고 살아가자. 나는 교과서와 학교 선생님한테서 배운 것보다는 봄이 오는 산에서 배운 것이 더 많고 친구와 밤새워 이야기하면서 배운 것이 더 많고 농사짓는 큰아버지한테서 배운 것이 더 많더라. 그게 다 좋은 거름이 되더라. 얘들아, 저기 봄이 오지 않니? 저 봄은 네가 맞을 봄이란다. 외면하지 마라. 두려워 고개 돌리지 마라. 온 몸과 마음으로 봄에 녹아 보렴."

2010년 3월 14일
해운대 장산 자락에서
이상석

차례

삘기 뽑아 먹던 언덕

아른거리는 물빛이 좋아

모래구찌, 솔개. 옛날 우리 동네 너머에 있던 바닷가 이름이다. 조그만 모래밭이 있는 포구. 어부들이 몇 살았다. 옛날에야 어디 해수욕장이 따로 있었나. 사람 발길이 닿는 바다는 다 일하는 곳이었지. 조그만 배가 몇 척 모래밭에 끌어올려져 있고 어부들이 한가로이 그물을 손질하고 있는 그런 갯마을. 구찌는 일본 말이겠지. 솔개라는 이름, 어감이 참 좋다. 솔개, 솔개. 소나무가 있는 갯가라서 솔개라 했겠지. 그런데 이런 말은 요즈음엔 다 죽고 없다. 그곳이 없어졌으니 이름도 함께 사라질밖에. 지금은 온통 다 메워져 시멘트로 뒤덮인 항구가 되어 버렸고 내 어릴 때 그 바닷가는 온데간데없다.

여름이면 모래구찌로 수영하러 갔다. 어린아이가 가기에는 좀 먼 길이었는데도 곧잘 갔다. 물론 어른들은 말렸다. 그러나 우리는 이미 거기가 안전한 곳인 줄 알고 있다. 우리가 노는 곳은 갯바위들이 마치 울타리처럼 둘러쳐진 곳이다. 잔잔한 물결 아래로 하얀 모래가 환히 들여다보이고 푸른색 파래들이 바위에 붙어 물결 따라 일렁거리고 있었다. 물도 우리 젖꼭지까지밖에 안 왔다. 물에 들어가서 발바닥을 모래밭에다 이리저리 비비면 맨들거리는 감촉이 온다. 그러면 몸을 잠시 솟구쳤다가 곤두박질쳐서 바닥으로 내려간다. 거기엔 줄이 조록조록한 대합이 빼쪼롬히 나와 있다. 모랫바닥에 박혀 있는 대합을 손에 쥐었을 때 그 뿌듯한 기분. 우리는 물안경도 끼지 않았지만 물속에서도 눈을 뜨고 있었다. 조금 따끔거리다가도 금방 익숙해졌으니까.

햇빛을 받아서 반짝거리는 물빛. 노르스름한 바탕에 연한 갈색 줄이 조록조록한 대합, 이런 빛깔들이 지금도 눈에 아른거린다. 요즈음은 어느 바다에서 그런 것을 볼 수 있을까. 많이 잡는 날은 열 마리도 더 되었다. 그렇지만 물속에서야 추워서 오래 놀 수 있나. 물 밖에 나와 따끈따끈한 모래밭에 몸을 굴린다. 아, 그 따끈한 기운이 아련히 느껴진다. 턱을 덜덜거리면서도 발바닥은 뜨거워 따끔따끔했지.

건져 온 대합, 이게 입이 잘 벌어지지 않는다. 잡을 때 조금 벌린 듯하던 입이 굳게 닫혀 있다. 그걸 바위에 대고 돌을 주워 탁탁 때려 조갯살을 꺼낸다. 조개의 노릿노릿한 속살, 그걸 그냥 입에 넣는다. 보들보들한 것이 짭짤하면서도 씹으려면 좀 질기다. 입속에서 이리저리 미끄러지기도 하고. 그냥 뱉는다. 날것으로는 못 먹겠다 하고 집에 가서 국 끓여 먹는다고 모은다. 나는 늘 내가 잡은 것을 동무들 통에 넣었다. 나는 통도 없었지만 집에 가면 바다에 갔다 왔다고 혼날 테니 대합 같은 것은 가지고 가지 않았다.

물이 별로 겁나지 않을 즈음 혼자 모래구찌로 갔다. 어린 마음에도 잔잔한 물빛이 보고 싶었다. 모래밭에 옷을 벗어 놓고 물로 뛰어들었다. 물속에서 눈을 뜨면 햇빛이 어른거리는 물빛을 볼 수 있다. 지금도 그 물빛을 생각하면 꿈이라도 꾸는 듯하다. 그렇게 물이 좋았으면 헤엄을 배웠어야 할 텐데 나는 지금까지도 수영을 못 한다. 겁이 많았던 것일까. 바위 뒤쪽에도 가지 못했다. 그냥 내 가슴 깊이까지만 들어가서 일렁일렁 걸어다니며 물속을 헤매었던 모양이다. 그러다가 제법 큰 파도가 왔나 보다. 어지간해서 안 오는 파도인데. 냅다 물을 먹었다. 어찌나 짜던지 목이 알알하게 아팠다. 눈깔사탕이라도 하나 있었으면 목을 달랬을 텐데. 그때 좀 떨어진 곳에 아이들이 식구끼리 놀러 와서 뭘 먹고 있었는데 그게 그렇게 부러웠다. 그쪽으로 돌아보지도 못하고 처량하게 바다만 바라보며 있었지.

"엄마, 돈 십 환만."

"머할라꼬?"

"머 사 묵을라꼬."

"밥 묵었으마 됐지, 멀……."

"엄마, 돈 십 환만, 으응."

엄마를 졸라 찐빵 두 개 사서 양쪽 호주머니에 하나씩 넣고는 '인자 물 먹어도 끄떡없다.' 하고는 또 모래구찌로 갔다. 모래밭에 옷을 벗어 두고 바다로 뛰어든다. 한데 정작 물을 먹으려면 그것도 잘 안 된다. 물을 먹고 짠 기운에 몸서리를 치며 찐빵을 먹어야 맛이 있는데. 하지만 어디 일부러 물이 먹어지나. 아주 용감하게 자맥질을 하면서 작은 조개도 줍고 대합도 잡고 하다가 드디어 물을 좀 먹었다. 가자, 찐빵 먹으러. 달려가서 주머니에 쏙 손을 넣는다. 엇! 찐빵이 없다. 어? 양쪽 호주머니 다 없다. 어어, 내 찐빵. 하얀 빵을 야금야금 베어 먹다가 속에 남은 그 달콤한 앙꼬를 한입에 쏙 베어 먹으려 했던 내 찐빵. 모래를 헤집어 봐야 소용이 있나. 어느 놈이 몰래 꺼내 먹었을까. 아깝고 안타까워 눈물이 났다.

모래밭 건너서는 좁은 외길이 나 있고 그 너머에는 밭이 펼쳐져 있었다. 뭘 심어 두었던가. 밀이었을 것이다. 그래, 밭 가운데 드문드문 밀깜부기가 피어 있었다. 밀 이삭이 무슨 병이 들었는지 검은 흙색으로 변한 것이다. 꺾어 보면 푸석푸석한 숯덩이 같았다. 어른들이 뽑아서 밭두렁에 던져두면 우리는 그것을 가지고 장난을 쳤다. 동무들 얼굴에 깜부기를 문지르면 시꺼멓게 된다. 한참 장난하다가 내려다보면 잔잔한 푸른 바다. 다시 바다로 뛰어들고 싶다.

"진구야, 또 갈래?"

"안 할란다. 니 혼자 가라미."

하는 수 없이 푸르게 일렁거리던 밀밭을 헤치며 집으로 돌아왔다.

선생님께 귀염받던 시절

현성환, 1학년 때 담임 선생님. 백일장 하던 날 내 앞에 서서 내가 쓸 글을 불러 주셨던 선생님. 나는 받아쓰기하듯이 받아 적어서 1등 상을 탔지. 빨간 줄로 칸을 지른 원고지를 상품으로 받아서는 좋아 어쩔 줄 몰라 했지. 내가 처음으로 탄 상. 선생님은 어쩌자고 그때 내가

1등 상을 타게 하려고 애를 쓰셨을까?

선생님은 나를 자주 심부름 보내셨다. 그게 참 기분 좋았고 늘 우쭐하게 만들었다. 어느 날 학교에 장학사가 온다고 환경 미화 준비를 하다가 심부름을 보내셨다. 선생님 댁으로 가서 국화 화분을 들고 오라고. 그날 사모님이 '센베이'를 주셨던 기억이 난다. 부채꼴을 살짝 오므린 모양인데 윗부분에 파랜지 김인지 푸르스름한 것이 발라져 있던 과자. 아삭아삭 바스러지던 과자 맛을 잊지 못해 어른이 된 지금도 나는 센베이를 자주 사 먹는다.

사모님이 화분을 내게 안겨 주셨다. 실국화 화분이었다. 꽃송이가 내 두 손을 모아 살며시 오므린 것만 했다. 어린 마음에도 참 탐스러웠다. 그런 송이가 예닐곱 개는 되었지 싶다. 화분을 안고 바닷가 그 길을 걸어오는데 얼마나 행복하던지. 파랗게 펼쳐진 바다. 그 바다 위에서 반짝거리던 햇살. 새하얀 모래밭. 연보라 실국화 향기. 선생님 심부름. 촐래촐래 걷는데 발걸음 따라 꽃송이도 함께 일렁거렸다. 어찌 된 일인지 그때 그 모양 국화를 요즈음은 볼 수가 없다.

3학년 때는 내가 일기를 열심히 쓴다고 선생님이 또 그렇게 나를 좋아해 주셨다. 엄마가 초 공장에 다닐 때였는데 초를 싸는 마분지로 내 일기장을 대여섯 권씩 묶어 주었다. 어느 날 그것을 선생님이 보시고 나를 덥석 안아 올리며 칭찬해 주셨다. 그때 바싹 가까이서 본 늙은 선생님 얼굴이 아주 귤껍질 같았다. 안겨 있으면서도 어째 얼굴이 이럴까 하고 생각하던 기억이 난다.

선생님은 내 성적표에 두 개인가 빼고 다 '수'를 주셨다. 과목마다 서너 개 항목을 두어 한 가지 한 가지 모두 수, 우, 미, 양, 가를 매겼으니 내 성적표에는 수가 수두룩했다. 볼수록 기분이 좋았다. 하지만 그 찬란한 성적표는 그때가 처음이자 마지막이었다. 아마 선생님은 일기를 참하게 쓰는 내가 '기특해 싸아서' 어지간하면 다 수를 주지 않았던가 싶다. 또 선생님은 나하고 일하시는 걸 참 좋아하셨다. 학기 말 성적 처리할 때도 내가 수, 우, 미, 양, 가를 불러 드리면 선생님은 성적표에 받아 적으셨다. 내 성적을 부를 차례가 되자 긴장이 된다. 머뭇거린다.

"우리 상석이 꺼는 안 불러도 된다. 내가 전부 다 수를 주지."

그 말씀이 얼마나 좋던지. 그러면서도 이래도 되는 건가 싶기도 했다. 선생님이 기분대로 점수를 주는 것 같았으니까.

김동출 선생님. 이분도 늙으신 분이다. 4학년 초에 잠깐 우리 담임을 하셨다. 젊은 선생님이 오자 김 선생님은 바로 무슨 주임 선생님을 한다고 다른 학년을 맡으셨으니까. 그 선생님은 학교 가실 때 길 위에 있는 우리 집에 대고 내 이름을 부르셨다.

"이이 사앙 서어억."

나는 집 앞 밭두렁을 뛰어 내려와 선생님과 함께 학교로 갔다. 가면 교실에 아무도 없다. 선생님은 늘 그렇게 일찍 다니셨다. 하루는 아무도 없는 교실에서 선생님이 전날 친 시험지를 꺼내시더니 내게 물으셨다.

"이상석, 이 문제 답이 이게 맞는 거가?"

한참 들여다보니 어! 틀렸네.

"아닌데예…… 이건데……."

"그렇지. 이런 걸 틀리면 되나. 답을 알았으면 고쳐 써."

그러고는 빨간 색연필로 비워 둔 자리에 동그라미를 쳐서 100점을 만드시더니 교실 뒷벽 게시판에 척 갖다 붙이는 거다. 기분이 좋으면서도 좀 떨리고 부끄러웠다. 이 선생님이 왜 날 좋아하셨는지 안다. 내가 국어 시간에 시조를 줄줄 외웠던 일이 있었거든. 선생님은 학교에서는 배우지도 않은 시조들을 줄줄 외는 내가 귀여웠던 모양이다. 또 다른 일도 있었다. 어느 날 선생님이 물으셨다.

"상석이는 본관이 어디지?"

"예, 벽진 이갑니다."

"벽진 이가라……. 그래 그래, 양반 자손은 다르구나."

내 대답에는 연유가 있었다. 바로 외할매한테서 마르고 닳도록 들은 소리였기 때문이다.

"누가 본관을 묻거들랑 벽진 이가라 해야지 벽진 이씨라 카마 안 된다. 누구는 자기 성씨를 밀양 박씹니더 카더란다. 아이구 박씨라이, 아나, 호박씨나."

내가 선생님께 이런 귀여움을 받은 것도 4학년으로 끝이 났다. 4학년 2학기에 전학을 갔기 때문이다. 처음 다니던 동항초등학교는 학교 둘레가 온통 논밭인 작은 학교였는데 전학 간 성지초등학교는 우리 학교의 열 배나 되는, 운동장이 까마득한 학교였다. 나보다 공부 잘하는 아이도 '수두룩 빽빽' 했다. 촌티를 벗지 못한 나는 점점 티끌이 되어 갔다.

따뜻한 가난

고향 창녕에서 부산으로 나온 게 내가 네댓 살 때였다. 처음 자리 잡은 곳이 감만동이었다. 그때 모습을 떠올려 보려고 요즈음 그 동네에 몇 번 가 봐도 도무지 방향조차 종잡을 수 없도록 변해 버렸다. 도랑도 없어지고 논밭도 없어지고, 옛날 집은 하나도 없고 전부 아파트에 상가들이다. 내 어릴 때는 말만 부산이지 아주 시골이었는데.

우리 마을에서 가장 부잣집은 비누 공장 집이었다. 이북에서 피난와 자리 잡았다는 그 집은 조그만 비누 공장도 하고 초 공장도 했다. 마을 한복판에 있는 비누 공장에서는 늘 알싸한 비누 냄새가 났다. 엄마는 그 초 공장에서 봉지 싸는 일을 했다. 집에 올 때는 엄마 손바닥이 늘 새까맣게 되어 있었다. 나는 공장 창틀 밑 큰 돌 위에 올라서서 엄마가 일하는 모습을 보곤 했다. 뚱뚱하고 얼굴이 희멀건 주인아저씨는 큰 가마에 있는 걸쭉한 무엇을 휘휘 젓고 있었다. 그걸 가지고 초도 만들고 비누도 만드는 모양이다.

우리는 정봉이네 집 아랫방에 살았다. 정봉이 엄마는 무슨 사연이 있었는지 마당 우물에 빠져 죽었고, 아버지는 어디 간 줄도 모른다는 정봉이는 할아버지 할머니와 살았다. 그 집은 마당이 꽤 넓었는데 마당 귀퉁이에는 그 무서운 우물이 뚜껑이 덮인 채로 있었다. 우리는 온갖 장난은 다 쳐도 그 우물 뚜껑은 한 번도 열어 보지 않았다. 정봉이 엄마가 빠져 죽은 우물. 밤이 되면 그 우물 뚜껑이 소리 없이 열리고 소복한 정봉이 엄마가 안개 속에 솟아오를 것 같았다. 변소가 대문간 옆에 있어 다행이지 안 그랬으면 그 집에 살지도 못했을 거다. 그래도 낮이 되면 아무렇지도 않게 마당을 뛰어다니며 놀았다.

"이승만 박사 댓통령, 이승만 박사 댓통령."

주먹으로 입나팔을 하고 외치며 뛰어다녔다. 정봉이는 그런 우리를 물끄러미 바라만 보았지 잘 어울리려 하지 않았다. 나는 정봉이가 비록 주인집 아이이긴 했지만 우리보다 불쌍하다고 생각했다.

정봉이 할배는 새벽이면 마을 너머에 있는 바다로 고기 잡으러 갔다. 어쩌다 오줌이 마려워 일찍 일어나 변소에 갈 때면 할배는 그물을 어깨에 메고 어슬렁어슬렁 집을 나서고 있었다. 정봉이 할배는 늦은 아침을 꼭 마루에 앉아 먹었다. 자기가 잡아 온 갈치를 석쇠에 올려놓고 굵은 소금 뿌려 가며 구워 먹는데 아, 그 냄새, 그 두터운 가운데 토막. 할배가 밥 먹을 때면 슬며시 앞을 지나가 본다. 저것 한번 먹어 봤으면. 흘깃 나를 보던 할배는 무심하게 혼자서 그 갈치를 다 먹는다. 자기 손녀인 정봉이도, 마누라인 할매도 안 주고 혼자 먹는데 내게 줄 리가 있나. 엄마들이 할배 흉보는 소리를 들었다. 자기가 잡은 거라고 식구도 안 주고 혼자 먹더라고. 그 즈음 엄마는 내게 글자를 가르쳐 주었는데 대문에다 못으로 엄마가 부르는 글자를 썼다.

"엄마, 갈치 어째 쓰는데?"

엄마는 대문에다 칼치라고 썼다. 나는 다 자랄 때까지 갈치를 칼치로 알고 있었다. 아! 칼처럼 생겼다고 칼치구나 했다. 엄마는 얼마 지나지 않아 내게 갈치 반찬을 해 주셨지.

그러나 내가 가장 먹고 싶어 했던 것은 삶은 달걀이다. 도랑 건너에 사는 동장집 아들은 날마다 삶은 달걀 하나를 들고 나와 꼭 우리 앞에서 먹는다. 자기 집에서 시간을 맞추어 주는 것 같았다.

'절마 저거, 인자 달걀 묵을 때 됐을 낀데.'

그러면 아니나 다를까 언제 들고 나왔는지 그 애 손에는 달걀이 들려 있었다. 껍질을 까 놓으면 더욱 먹음직스럽다. 그걸 들고 옴쏙옴쏙 베어 먹는데, 햐, 그 노른자. 타박타박한 노란조시. 그것만 남겨서 요리조리 재다가 입에 날름 집어넣어 버리던 모습. 엄마한테 달걀 삶아 달라고 많이 졸랐다. 엄마는 외갓집에 가면 먹는다고 잘 안 삶아 주었다.

마을 가장자리에는 마부집도 있었다. 노새로 짐수레를 끌어 먹고 사는 집이었는데 식구가 얼마나 많은지, 나고 드는 형제 모두 튼튼한 청년들이었다. 일하고 돌아온 청년들이 울도 없는 마당가에서 세숫대야에 물을 가득 부어서 어푸어푸 몸 씻는 걸 자주 보았다. 짚으로 만든 수세미로 팔뚝이고 목이고 얼굴까지 빽빽 문질러 씻는다. 안 따가울랑가. 그 수세미는 하도 오래 써서 보들보들한 느낌이기도 했지만. 엄마가 나를 씻길 때마다 내가 아프다고 울면 꼭 앞집 형님들 봐라, 짚수세로도 얼마나 빡빡 문질러 씻더냐고 팔을 잡아 흔들곤 했다. 아이구, 그래도 귀 뒤에 때가 많다고 엄지손가락으로 눌러 씻길 때는 얼마나 아프던지. 그래서 나는 우리 아이 목욕 데리고 가서는 절대 그렇게 안 씻겼다.

우리는 단칸방에 다섯 식구가 살았다. 셋째 상경이는 아직 두세 살짜리 아기였고 막내는 나지 않았을 때였다. 방에는 어두한 전구 하나가 벽 쪽에 대롱대롱 매달려 있었다. 백열등 전구였는데 이게 환하지 않았다. 필라멘트만 겨우 빤할 정도다. 그래도 호롱불보다 밝았지. 엄마, 아버지는 아랫목에 앉아 있고 나와 동생 미정이는 차례로 윗목 전구 아래 벽에 붙어 서서 아버지께서 가르쳐 주신 시조를 외웠다.

가노라 삼각산아 다시 보자 한강수야
일도 창해하면 다시 오기 어려우니

어? 이게 아니잖아. 일도 창해는 황진이 시조지.

가노라 삼각산아 다시 보자 한강수야
……?

뭐더라? 아이고, 지금도 생각이 안 난다. 그래, 그때도 그랬다. 가노라 삼각산아 다시 보자 한강수야 하고 나면 꼭 일도 창해로 이어 나갔다. 아버지한테 꾸중을 들었던 기억이 난다. 동생은 한 번 하면 다 외웠는데 나는 자꾸 틀렸다.

청산리 벽계수야 수이 감을 자랑 마라
일도 창해하면 다시 오기 어렵나니
명월이 만공산할 제 쉬어간들 어떠리

아버지가 황진이, 서화담 이야기를 해 주셨지. 그래도 뜻은 잘 몰랐다. 뜻도 모르고 시조를 외우긴 했지만 머릿속에는 맑은 냇물이 흐르는 달밤이 떠올랐다. 어린 마음에도 하늘에 달이 환히 떠 있고 세상은 조용한데 맑은 냇물이 두런두런 흘러가는 풍경이 눈앞 가득 펼쳐졌다. 필라멘트에만 불빛이 빤한 전등 아래서 시조를 외우던 시절.

가난한 살림살이였지만 저녁을 먹고 나면 윷놀이도 하고 시조도

외우고 아버지가 해 주시는 이야기도 듣곤 했다. 가장 슬펐던 얘기는 '푸른 하늘 은하수' 일 거다. 아버지가 무슨 영화 보았던 걸 얘기하셨을 테지. 나도 그 이야기를 영화장면으로 기억하고 있다. 마지막 장면에 노래가 나온단다. "푸른 하늘 은하수 하얀 쪽배엔 계수나무 한 나무 토끼 한 마리. 돛대도 아니 달고 삿대도 없이 가기도 잘도 간다 서쪽 나라로."

엄마 잃고 떠나는 한 소년의 모습이 떠오르기도 하고, 우리나라를 떠나 저기 만주로 어디로 정처 없이 갔다는 할아버지 모습도 떠오르고……. 그런 슬픈 장면이다. 동생 미정이와 함께 들었는데 말도 잘 못 알아들을 나이인 동생이 먼저 우는 바람에 나는 좀 머쓱해졌다. 아버지가 이놈 이렇게 영리하다고, 어떻게 얘기를 듣고 우냐고, 막 칭찬을 하시는 거였다. 나도 사실 슬펐는데, 막 눈물이 나려 했는데 아버지는 동생이 영리하다고 웃으셨다. 은색 이를 드러내시며.

정봉이네 집에 살다가 연탄 공장 앞집으로 이사했다. 단칸방에서 방이 두 개인 집으로 옮긴 셈인데 하나는 아주 작은 골방이었다. 그래도 거기에 엄마가 앉은뱅이책상을 사 이고 와서 놓아 주었다. 앉은뱅이책상. 그 무렵 엄마가 쓴 돈 가운데 아주 벅찬 목돈이었을 거다. 몇 번이고 책상을 닦던 우리 엄마. 그때가 초등학교 2학년 때쯤이었나 그랬다.

나는 책상 앞에 앉아도 보고 내 방에 누워도 보고…… 아무도 없는 방에 나 혼자 누울 수 있다는 것이 어찌 그리 짜릿하던지. 하기야 방은 정말 콧구멍만 해서 책상 하나 놓고 내가 누우면 꽉 찰 정도였다. 전깃불도 벽을 뚫어 가운데 달아 놓고 양쪽 방에서 같이 쓰도록 했다.

그렇게 작은 방이니까 더 아늑했는지도 모르겠다. 책상 앞 벽에다 가장 먼저 생활 계획표를 만들어 붙였다. 아버지 밥그릇 뚜껑으로 동그라미를 그리고 24시간 칸을 지르고, 7시 일어나기, 7시 30분 아침 체조, 밥 먹기, 학교 가기, 학교생활, 그리고 공부하기 또 공부하기……. 하나도 지키지는 못했지만.

어린 시절을 생각하면 가난해서 마음 아팠던 기억보다 온통 따뜻한 느낌만 든다. 그때 우리 마을 부자는 삶은 달걀을 마음 놓고 먹을 수 있는 정도가 아니었을까. 다 엇비슷하게 가난했고 그러면서 앞, 뒤, 건너 집 다 나누면서 살았다. 가난한 마을도 따뜻했고, 가난한 우리 집도 따뜻했다.

미지기 짜자, 베 짜자

마을 옆쪽으로 드넓은 빈터가 있었는데 우리는 거기를 치장이라 했다. 외국에서 들여오는 원목을 쌓아 두는 곳이었다. 그래서 치장(置場)이라 했나 보다. 거기는 더없이 좋은 우리 놀이터였다. 원목이 늘 쌓여 있는 것도 아니었지만, 또 있으면 있는 대로 우리는 거기서 노는 방법을 잘도 찾아냈다. 토끼풀이 무성하게 나 있어 푹신하기까지 한 그곳에서 '고상 받기'를 많이 했다. 상대가 "고상!" 할 때까지 엉겨 붙어 싸우는 놀이다. 주먹 쓰기 없기, 얼굴 할퀴기 없기, 목 조르기 없기, 발로 차기 없기, "고상" 하면 바로 놓아주기. 뭐, 이런 규칙이 많았지. 누구도 그 규칙을 깨는 아이는 없었던 것 같다. 그래도 곧잘 얼굴에

멍이 들기도 하고 무릎에는 어김없이 풀물이 들곤 했다. 그러다가 숨이 차면 네 잎 클로버 찾기도 하고 계집애들은 토끼풀꽃으로 반지도 만들고 공주님 관도 만들면서 놀았다.

나는 계집애들 소꿉놀이에도 자주 끼었다. 나는 늘 아버지다. "볼일 보고 오꾸마." 하고는 벽에 걸린 옷을 떼어 입는 시늉을 하고 밖으로 나간다. 그러곤 뒷짐을 지고 어슬렁거린다. 나는 어른들이 볼일 보는 것은 그냥 어슬렁어슬렁 사람들과 건물들을 보면서 다니다가 친구 만나서 술집에 가고 하는 것인 줄 알았다. 언젠가 한번 아버지를 따라가서 보니 꼭 그랬다. 나를 데리고 나간 아버지는 범일동 어딘가에서 내 손을 잡고 빈둥빈둥 돌아다니시는 거였다.

"아부지예, 볼일 보는 기 이런 깁니꺼?"

아버지는 밖에 나가실 때면 꼭, 내 볼일 좀 보고 오꾸마, 하셨으니 내가 그렇게 물었던 것도 당연했겠지. 아버지는 물끄러미 나를 내려다보시더니 웃으면서 대답하셨다.

"그래."

어른들 볼일이 별것 아니구나 싶었다. 그날 아버지는 친구분을 만나서는 시장통을 조금 벗어난 어느 술집으로 가셨고 나는 그때 거기서 빈대떡이라는 것을 처음 먹어 보았다. 아! 그 고소하고 타박타박한 맛. 먼저 한가운데 박힌 돼지고기 살점부터 빼 먹고 고슬고슬 구워진 빈대떡을 한 젓가락씩 떼어 먹던 맛.

"보소, 반찬은 빈대떡 좀 하소."

볼일에서 돌아온 나는 아내에게 말한다.

"빈대떡이 머고, 머스마야. 그냥 김치하고 묵어라."

아내는 잘게 썬 풀잎 위에 붉은 벽돌 가루를 뿌려서 사금파리에 담아 내놓는다.

"안 묵을 끼다. 니는 빈대떡도 모르나, 가시나야."

소꿉놀이는 그만 깨지고 만다.

질척한 물가에는 줄기가 가늘지만 아주 튼튼하고 노끈처럼 길게 자라는 풀이 무성했다. 그 풀이름을 조릿대라고 했다. 어른이 되어 그 이름을 알아보려고 식물도감을 찾아보아도 없었는데 어머니께 물어보니 예전에는 그 풀을 가지고 조리도 짜고 그랬단다. 그래서 조릿대라고 했구나. 조릿대, 딱 맞는 이름이다.

이걸 가지고 온갖 것을 다 만들었다. 머리 땋듯이 세 가닥으로 땋으며 놀기도 했고, 그 풀로 새끼 꼬듯 해서 줄다리기도 하고. 만지면 매끌매끌한 느낌이 참 좋았다. 줄기에서는 풋풋한 풀 냄새가 났다. 누나나 아주머니들은 우리가 뽑아다 주는 조릿대로 조리도 만들고 작은 소쿠리 같은 것도 만들었다. 우리가 그 풀을 뽑아다 집에 가지고 가면 어른들이 좋아하니까 우리 옆방에 살던 철경이라는 꼬마는 남의 집 밭에 있는 마늘종다리를 한 움큼 뽑아 갔다. 더 큰 칭찬을 받고 싶었겠지. 철경이 엄마는 아이 등짝을 후려치고는 밭 주인한테 아이를 데리고 가서 빌게 했다.

우리 동네에 놀 데는 치장만 있은 게 아니었다. 마을 뒤에는 야트막한 산이 하나 있었는데 무덤이 몇 있고 오래된 소나무가 두어 그루 서 있었다. 나는 소나무에서 솔바람 소리가 나는 것을 그때는 알지 못했다. 어른이 된 뒤에야 솔바람 소리가 들렸는데 그게 얼마나 고운 소리인 줄도 알게 되었다.

나 무엇이 될까 하니
그리운 그대 꿈속까지 찾아가
사랑하는 그대 귀 씻어 주는
빛 고운 솔바람 소리…….

장사익 노래를 들을 때마다 그 솔바람 소리를 떠올린다. 그러나 내가 놀던 그 뒷동산 소나무는 간 곳 없고 귀 씻어 줄 그대도 지금은 없다.

봄이면 그 산으로 올라갔다. 샛노란 민들레가 그렇게 반가웠지. 나는 꽃을 보며 엄마한테 들은 이야기를 떠올리곤 했다. 자식들 산지사방 다 떠나보낸 머리 하얀 엄마 이야기였다. 이곳저곳 흩어졌던 자식들 또한 엄마가 되어 머지않아 자기 곁을 떠나가 버릴 자식들을 꽃으로 피워 낸다고. 그 이야기 때문에 민들레를 보면 늘 조금 슬펐다. 아이들은 민들레는 별로 안중에도 없이 무덤가에 돋아난 삘기 뽑기에 바빴는데 나는 노란 민들레를 오래오래 들여다보았다. 그러다가 문득 할미꽃을 찾으면 또 얼마나 반가웠던지. 꼬부랑 할머니가 딸네 집에 가다가 길에서 얼어 죽었다던가. 그 할머니가 꽃이 되었다던가. 책에 꼬부랑 할머니가 지팡이 짚고 딸네 집에 가는 그림이 있었다. 불쌍하고 슬펐다.

삘기 맛은 보드라운 미영다래(목화꽃 송이가 덜 익었을 때를 이르는 말) 맛일까, 달짝지근하면서도 풋내가 나는. 줄기를 뽑아 올리면 솜털 같은 속살이 나오는 삘기. 아이들은 그렇게도 잘 찾아내던 삘기를 나는 잘 찾지 못했다. 삘기 한 움큼 뽑아 손에 쥐고는 한 올씩 뽑아 먹으며 언덕을 내달렸다. 무엇이 좋아서 그렇게 웃으며 내달렸을까.

겨울이 오면 놀러 갈 데가 별로 없었다. 뒷동산에도, 치장에도 바람만 쌩쌩 분다. 동네 가운데 있던 비누 공장 맞은편이 누구네 집이더라, 그 집 변소간 벽에 햇살이 아주 따뜻하게 들었다. 변소간 판자는 시커먼 콜타르를 칠해 두었는데 거기 햇살이 오래 비치면 따뜻해진다. 벽 앞에 아이들이 옹기종기 모여든다. 벽에 기대어 햇살을 받고 서 있으면 환한 햇살에 눈이 가물거린다. 아이들이 많아지면 서로 벽에 기대어 서겠다고 밀친다. 그러다가 만들어 낸 놀이가 있다. '미지기 짜자 베 짜자.' 줄느런히 서서 서로 어깨와 몸을 꼭 붙여서는 다른 아이를 밀쳐 내는 놀이다. 편을 갈라 하기도 했고 편묵기 없기로 하기도 했다. 그때는 양쪽 어디든 민다. 맨 끝에 선 아이가 밀려 나가거나 가운데 놈이 튕겨 나가기도 한다. 우리는 입을 모아 소리치며 몸을 밀어 댔다.

"미지기 짜자 베 짜자, 미지기 짜자 베 짜자……."

"이놈들아, 느머 빈소 뭉개겠다. 저리 가서 안 노나."

주인이 나와서 소리치면 잠시 벽에서 떨어져 섰다가는 또 미지기 짜자 베 짜자를 한다. 다시 주인이 나온다. 그제야 타협을 한다.

"인자 안 그라끼예. 묵찌빠 하고 놀끼예."

싯누런 코가 콧구멍에서 수욱 빠져나오는 아이들. 아이구 추줍어라. 니하고 안 논다, 인마. 저리 가라. 주인한테 들은 꾸중에 화풀이는 괜히 다른 아이한테 하기 일쑤였다. 그러고는 묵찌빠를 해서 대장 뽑기 놀이를 한다. 대장을 3년(세 번) 하면 부하도 뽑을 수 있는데 거지는 그 부하와 먼저 붙어야 한다. 부하가 이겨 버리면 거지는 대장과는 붙어 보지도 못한다. 그리고 또 3년을 대장 자리를 지키면 거지에게 심부름을 시킬 수 있다.

"너거 집에 가서 물 떠 온나."

"저기 저 사람 한 대 치고 온나."

"신발 벗고 깽깽이 열 번 해라."

"절마 코 빨아 묵어라."

"에이, 그런 거 시키기 없기다."

"그라마 자지 내바라."

변소에서는 가끔 똥 구린내가 올라오기도 했지만 우리는 겨울이면 늘 거기 모였다. 그러다가 형들이 만들어 들고 나오는 권총 앞에서 우리는 귀를 막고 총소리를 들어야 했다. 나무토막을 권총 모양으로 다듬어서 총신에는 양산 대 부러진 것을 갖다 대 고무줄로 칭칭 감아 만든 권총인데 화약을 쟁여서 쏘면 소리가 아주 컸다. 나도 형이 있으면 저런 권총 만들어 달라고 할 수 있을 텐데…….

권총. 그래, 나는 멋진 권총 하나 갖는 게 소원이었다. 가끔 마을 앞 큰길로 군악대가 지나갈 때가 있었는데 지휘자의 모습은 내가 본 사람 가운데 가장 멋지고 우뚝한 사람이었다. 싯누런 수술이 어깻죽지를 몇 번 감돌았다가 바지 솔기께로 축 늘어져 있고 허리에는 권총을 찼는데 권총 꽁무니에도 수술이 치렁치렁하다. 새하얀 바지 솔기에는 황금빛 줄이 굵게 박혀 있다. 맨 앞에 서서 호루라기를 삐리리리릭 불며 지휘봉을 핑그르르 돌리면 쿵작쿵작 빰빠바아앙 군악대는 씩씩한 연주를 하며 발을 착착 맞추어 걸어간다. 아! 저 멋진 모습. 나도 커서 저런 군인이 되어야지. 저런 옷 입고 촌에 가면 사람들이 못골댁 외손자가 저렇게 잘되었다며 우르르 나와서 구경하겠지.

형이 있는 아이들이 부러울 때가 또 있었다. 연 날릴 때다. 형들이 연을 만들어 나와서 날리는데 어찌나 높이 올라가던지 나중에는 연이 까만 점만 해졌다. 고개가 아프도록 쳐다보곤 했지. 연줄은 '사멕인' 것이었다. 유리를 가루가 되도록 빻아서 아교에다가 섞어 놓고 실을 거기에 담갔다 뽑아낸 것이었는데 그걸 우리는 사멕인다고 했다. 그런 실은 잘못 만지면 손을 베이기도 했다.

형들이 벌이는 연싸움은 장관이었다. 연을 하늘 높이 띄워 올리면 팽팽하게 당겨진 연줄에서 웅웅 소리가 난다. 연은 바람결에서 꼿꼿하게 솟아오른다. 연줄이 휘영청 늘어질 정도로 까마득히 떠오르면 그때야 서로 연줄을 얽는다. "탱금아!" 하는 소리와 함께 얼레를 양손에 쥐고 실을 재게 감다가 한 손을 놓으며 연줄을 한꺼번에 풀어 버리면 연은 잠시 휘청거리며 곤두박질치기도 하고 다시 솟아오르기도 한다. 그러기를 여러 번, 그렇게 어르고 풀고 하다 보면 연 하나는 어느새 줄이 끊어지며 너울너울 하늘가로 날아가 버린다.

"나가아았다아아……!"

우리는 소리를 지르며 그 연을 잡으러 숨이 턱에 차오르도록 내달리곤 했다.

그러고 보니 어릴 때 내 소원은 멋진 휘장 붙은 군복을 입고 권총을 차는 것, 그리고 하늘 높이 날릴 수 있는 좋은 연을 갖는 것이었나 보다. 이제 군복에 권총은 별것 아니라는 것을 알았는데 하늘 높이 날아오르는 연은 지금도 하나 갖고 싶다.

연탄집 아저씨

연탄 공장에서 연탄 찍는 아저씨는 참 잘생겼다. 연탄 공장은 우리 집 바로 뒤에 있었다. 엄마는 별난 음식을 했다 하면 꼭 그 아저씨에게 갖다 주라고 했다. 파전도 갖다 주고, 호박죽도 갖다 주고, 송편도 갖다 주었다. 고향이 충청도 어디라는데 이렇게 멀리 와서 돈을 번단다. 엄마는 그게 안돼 보여 늘 불쌍하다고 했다. 내 보기에는 하나도 안 불쌍한데.

아저씨가 연탄을 찍는 모습이 얼마나 놀랍고 재미있던지 나는 공장 안까지 들어가 쪼그리고 앉아 바라보곤 했다. 먼저 쌓아 둔 탄가루를 조금 덜어 내 물뿌리개로 골고루 물을 뿌린다. 삽으로 뒤적여 가며 꼽꼽해질 때까지 물을 뿌린 뒤 적당히 젖은 탄가루를 한 삽 가득 퍼서 연탄 틀에 수북이 채운다. 연탄 틀은 언제 보아도 신통하다. 손가락 굵기의 봉이 삐죽삐죽 열 개쯤 솟아 있는 동그란 밑판 위에 연탄 굵기의 원통을 씌우고 그 속에 탄가루를 수북하게 채워 넣는 것이다. 그 다음에는 밑판의 봉에 꼭 맞게 구멍 송송 뚫려 있는 쇠뚜껑을 덮고는 그 뚜껑을 곰배(고무래)로 힘껏 내리치면 속에 있는 탄가루가 딴딴하게 뭉쳐진다.

처음에 몇 번 내려칠 때는 뚜껑이 쑥쑥 내려가면서 뚜껑에 난 구멍으로는 봉이 쏙쏙 올라온다. 그러면 뚜껑을 들어내고 탄가루를 좀 더 넣고는 다시 뚜껑을 덮고 몇 번 더 마무리로 내려친다. 다 되었다 싶으면 뚜껑을 들어내고 원통도 쑥 뽑아 올리면 밑판 위에는 딴딴하게 뭉쳐진 까만 연탄 하나가 빛을 내며 앉아 있는 것이다.

곰배는 제법 굵은 나무둥치를 잘라 만든 것이었는데 아저씨가 없을 때 들어 보면 너무 무거워 잘 들리지도 않았다. 내가 연탄 찍어 내는 모습을 바라보고 있노라면 아저씨는 더욱 신 나게 찍어 내는 것 같았다. 그 굵고 탄탄한 팔뚝, 번들거리는 어깻죽지, 시커멓게 변한 국방색 러닝. 가끔 침을 퉤 뱉으면 저 멀리 탄 더미 위까지 휘익 날아간다. 그것조차 멋있어서 나도 한번 "카악 퉤." 따라 해 보지만 기껏 해야 한 발이나 날아갈까.

하루는 아저씨가 날 데리고 점방에 간다. 무슨 영문인지는 모르지만 나를 아주 귀여워하는 줄은 알겠다. 그런데 아저씨가 나에게 쪽지를 주네. 종이를 세로로 좁다랗게 접은 다음 이리저리 뒤집어 가며 엮듯이 접은 쪽지다.

"이거 저기 봉구네 집 아랫방에 사는 누나 알지? 그 누나한테 갖다 주고, 뭐라고 하는지 말 듣고 와라. 뭐 써 주면 기다렸다가 받아 오고. 한 번 갔다 오는 데 십 환씩 준다. 알지?"

나는 이런 일은 몰래 해야 되는 일일 것 같았다. 눈치가 그랬다.

"살짝 몰래 주야 데지예?"

"그렇지, 그렇지. 똑똑해라. 쉿! 비밀로 해야 되는 거야."

아저씨는 입에 손가락을 갖다 대며 기특해 죽겠다는 듯 웃는다.

"자, 똑똑해서 선불이다."

나는 쪼르르 달려가서 이리저리 사람 있나 살피다가 누나한테 쓱 내민다. 그러면 누나는 잠시 대문 밖에 서 있어라 하고는 정지 구석으로 들어간다. 조금 뒤에는 누나도 똑같이 접은 편지를 내게 쥐어 주면서 누나는 누나대로 내게 배달값을 주네. 그때 돈은 보라색 종이돈이었다. 엄마한테도 얻기 어려운 돈을 두 푼씩이나 받았으니 이런 횡재가 어디 있나. 받자마자 점방으로 달려갔지.

한동안 나는 걸핏하면 연탄 공장으로 가서 아저씨를 찾았다. 편지 안 주나 싶어서. 몇 번 배달을 했을까. 어느 날 그 아저씨가 누나와 함께 마을에서 사라져 버렸다. 동네가 술렁거린다. 멀쩡한 사내가 남의 딸년 후려 갔다고. 그렇게 아저씨께 잘해 주던 우리 엄마도 욕을 한다. 그만 내 가슴이 철렁한다. 내가 도망시킨 놈이라고 누나 아버지가 잡으러 오지 않나 싶어 떨리기도 했다. 그러나 아무도 나에게 죄를 묻지는 않았다. 비밀로 하기를 정말 잘했지……. 안 그랬으면 큰일 날 뻔했다고 어린 가슴을 쓸어내렸다.

아저씨가 없는 연탄 공장은 탄가루만 날렸다. 동네 사람들은 아저씨를 욕했지만 나는 아저씨가 보고 싶었다. 참, 아저씨가 내게 권투를 가르쳐 주었지. 연탄 공장 구석에는 커다란 샌드백이 매달려 있었는데 내가 치면 끄떡도 하지 않는데 아저씨가 한 번만 툭 쳐도 흔들흔들했다.

"너 누구하고 싸울 때 눈 감고 막 때리지? 그럼 하나도 안 맞는다. 눈을 똑바로 뜨고 보면서 때리는 거야, 알지? 자, 한번 해 보자."

나는 금세 싸움 선수가 될 것 같았다. 씩씩거리며 아저씨에게 달려들었지만 아저씨는 나를 번쩍 안아 올려 샌드백에 머리를 쿵쿵 박으며 "에밀레, 에밀레." 하며 웃었다. 훗날 커서 내가 싸움판을 기웃거릴 때면 언제나 그 아저씨 말이 생각났다.

"눈을 똑바로 뜨고 보면서 때리는 거야, 알지?"

그 샌드백도 없어져 버렸다. 화가 난 연탄 공장 주인이 칼로 그어 버렸단다. 나는 신주머니에다 모래를 채워서는 대문간 옆 구석에 매달아 놓고 아저씨가 하던 대로 주먹으로 쳤다. 몇 번만 쳐도 주먹이 쓰릿하게 아프다. 그래도 날마다 쳤다. 자꾸 치다 보면 그 아저씨 주먹처럼 굳은살이 박힐 거야.

그 아저씨와 누나는 지금쯤 어느 굽이에서 늙어 갈까.

겨울이면 생각나는 슬픈 이야기

우리 동네에는 "바읍 조옴 주우소오 야아아." 하는 거지 아이도 오고, 넝마주이도 오고, 각설이도 오고, 상이군인도 오고, 미친갱이 걸뱅이도 오고 그랬다.

거지 아이는 쭈그러진 깡통에 미제 숟가락을 들었다. 엄마는 꼭 솥에 있는 밥을 퍼다가 나보고 갖다 주라고 했다. 먹던 밥을 덜어 주는 법이 없었다. 어떨 때는 김치를 한 양푼 주기도 했다. 거지 아이는 나보다 나이가 위인 것 같은데 덩치는 나만 했다. 나는 그 아이에게 왠지 미안했다. 아이는 밥이 깡통 안에 담길 동안 나를 빤히 바라보는 것 같았는데 나는 그 아이의 눈빛을 바로 쳐다볼 수가 없었다. 속으로 '깡통이나 좀 씻어 가지고 다니지…….' 했을 뿐. 참 오랫동안 우리 동네에 다녔는데 어느 날 그 아이의 발길이 뚝 끊어졌다. 아버지가 밥을 잡수시다가 불쑥 한마디 하셨다.

"그놈이 밥 좀 주소 안 하니 내 밥맛이 없네."

어머니도 한마디 거드셨다.

"이 겨울에 어데로 갔는고…… 저거 부모라도 만냈능강. 석이 입던 옷이라도 한 벌 줄라 캤는데, 마 안 오네."

각설이는 그래도 대접을 좀 받았다. 이 사람은 꼭 점방집 앞에서 깡통을 두드리며 노래를 했다. 소리가 나면 우리는 열일 다 제치고 몰려갔다.

"어허얼 시구시구 들어가안다아 저어헐 시구시구 들어가안다아 자악년에 와았던 가악서어리이 주욱지도 아않고 또오 와았네……."

사람들은 하나 더 해라 하고 돈을 주기도 하고 점방집에서는 밥도 내오고 그랬다. 점방집 아지매는 각설이를 아주 좋아했다. 각설이는 얻어먹는 사람 같지 않았다. 동네 사람 친구 같았다. 우리에게도 장난을 잘 쳤다.

"가악설이 반찬이 무엇이냐아…… 된장에 박은 풋꼬치이."

이러다가 갑자기 "꼬치 따 묵자!" 하고는 우리에게 달려온다. 우리는 화들짝 놀라 와르르 흩어졌다가 다시 모여들곤 했다.

겁나기는 상이군인이나 걸뱅이가 겁났다. 상이군인은 빛바랜 국방색 군복을 입고 다녔는데 어떤 이는 한쪽 바지 가랑이를 펄럭거리며 목발을 짚고 나타나기도 했고 또 어떤 이는 갈고리 손을 하고 나타나기도 했다. 아무 집이나 쑥 들어가서 갈고리 손에 연필 하나 끼워 들고 사라는 거였다. 안 사면 땡깡을 부린다. 늘 술에 불콰하게 취해서 화가 난 얼굴로 마을을 돌면 우리는 겁이 나서 숨고는 했다. 점방집에서 땡깡을 많이 부렸다. 뭘 주어도 적다고 그러는지, 사람 무시한다고 갈고리 손을 내밀어 삿대질을 하고 어떨 때는 물건을 부수기도 했다. 우리는 저 사람이 왜 그렇게 다쳤는지는 생각도 못 해 보고 단지 무섭

고 미웠다. 상이군인 좀 안 왔으면…….

아, 또 왔네. 그 사람만 나타나면 그만 근심이 서렸다. 또 무슨 짓을 할지. 그 사람이 보이지 않아야 마음이 놓였다.

미친갱이 걸뱅이. 누더기를 겹겹이 걸치고 온몸에 때가 덕지덕지 앉은 걸뱅이. 쓰레기 더미가 천천히 움직이는 것 같았다. 그 사람이 미쳤는지 아닌지도 모르면서 우리는 왜 미친갱이라고 했을까. 생각해 보니 정작 미친 짓은 하나도 하지 않았는데. 밥을 얻어서 양지쪽에 앉아 먹는데 아이들은 왜 그 사람에게 연탄재를 던지고 심지어 돌까지 던지고 그랬던지. 걸뱅이는 그래도 아랑곳 않고 연탄재가 떨어진 밥을 미제 숫가락으로 퍼 넣고 있었다.

그러다가 아이들의 악다구니가 수그러들 기미가 안 보이면 와락 일어나 우리를 잡으러 온다. 정말 그때는 잡히면 죽을 것 같았다. 다리야 날 살려라 달아났는데 어느 누구도 잡힌 애가 없었다. 그냥 우리를 쫓은 거다. 그런데도 우리는 또 몰려가서 "미친개이, 미친개이." 하면서 연탄재를 던졌다. 쑤세 같은 머리에는 늘 연탄재 부스러기가 묻어 있던 걸뱅이. 어른들이 그러면 안 된다고 나무랐지만, 그중에는 유독 못된 애가 있었다. 걔는 꼭 돌을 던진다. 나는 차마 아무것도 던지지는 못하고 우르르 함께 몰려다녔다. 속으로 이런 짓을 하면 안 되는데 싫기도 했다.

그 걸뱅이가 하루는 저녁 무렵 우리 동네에 왔는데 아주 추운 날이었다. 밥 얻은 깡통을 들고 어디 밥 먹을 곳을 찾았겠지. 무슨 공사를 했는지 구덩이가 제법 깊게 파인 곳이 있었는데 그 안으로 기어 내려가 밥을 먹고 있었다. 아이들은 구덩이가에 둘러서서 욕을 해 대다가 또 연탄재를 던졌다. 생각난다. 밥에 연탄재가 떨어질세라 깡통을 가슴에 품고 웅크리고 있던 그 사람. 날이 추워 우리는 몇 번 그러다가 집으로 돌아갔다. 아, 그런데 다음 날 아침 그 사람은 구덩이 속에서 웅크린 채로 죽어 있더란 것이다.

지금 이 글을 쓰는데도 눈물이 난다. 영악한 놈들이 죄를 얼마나 지었나. 그 사람은 어디를 떠돌다가 그렇게 되었을까. 전쟁이 지나가고 누구나 헐벗고 굶주렸던 시절, 수많은 사람이 거리를 떠돌아야 했던 시절. 우리는 어쩌자고 그렇게 못된 짓을 했나.

그 사람이 차라리 시골을 떠돌았다면 그렇게 배고파 얼어 죽지는 않았을 텐데. 남의 집 헛간에서 가마니라도 얻어 덮고 살아났을걸. 촌에서야 어느 집에 잔치라도 하면 동네방네 거지가 다 몰려왔지. 거지들도 어엿이 바깥마당 한구석에 자리 차지하고 술이야 밥이야 대접을 받았는데 어쩌자고 그 사람은 이 도시 변두리, 조무래기들의 악다구니가 들끓는 거리를 맴돌고 있었을까. 그리고 그렇게 죽어 갔을까.

큰집

큰집은 외갓집에서 20리쯤 떨어져 있다. 방학 때는 큰집, 외갓집을 오가며 놀았다. 사실은 큰집에서 놀면 훨씬 재미있다. 사촌 형제도 많고 먹을 것도 넉넉하다. 그러나 우리 형제들은 외갓집부터 먼저 가서 며칠 지낸 뒤에야 큰집으로 갔다. 부산으로 올 즈음에는 다시 외갓집으로 가서 며칠 묵은 뒤 부산으로 돌아오곤 했다. 외할매 혼자서 우리를 눈이 빠지게 기다리는 것을 알고 있는데 우리 재미에 빠져서 큰집에만 오래 있으면 외할매가 얼마나 섭섭해하시겠나.

사람을 버선발로 맞이한다는 것을 나는 어릴 때부터 알았다. 큰집 대문에 들어서면 큰엄마가 정말로 맨발로 뛰어나왔다. 누나도 그렇고 동생들도 그렇게 뛰어나왔다.

"아이구짜끼나, 상식이 오나."

큰엄마는 나를 상석이라고 하지 않고 늘 상식이라고 했다. 그게 발음이 편한 모양이다. 조용한 외갓집에 있다가 가면 큰집은 늘 잔칫집 같았다. 큰집에만 사촌 형제가 일곱이고 이웃에 사는 작은집 형제가 셋이다. 우리까지 합치면 열넷에 고종까지 오면 열일곱이 될 때도 있었다. 거기다가 큰 머슴, 작은 머슴에 꼴머슴까지 있었으니 그야말로 그 큰 집이 사람들로 바글바글했다.

밥때가 되면 큰방은 아이들로 가득 찬다. 맨 아랫목에 큰아버지, 작은아버지가 할머니와 겸상해서 상 하나 받고, 사내들은 그 아래 상에 빙 둘러앉는다. 혹 작은아버지가 안 계실 때는 내가 할매 상에 끼여서 밥을 먹기도 했다. 할매 상에는 언제나 색다른 반찬이 하나둘 더 있었다. 자반이 있든지 김이 있든지 달걀찜이 있든지. 아이들은 할머니 상을 힐끔거리면서도 투정을 하지는 않았다. 딸아이들은 상도 있는 둥 마는 둥 작은 소반에 반찬만 얹어 두고 밥그릇은 올릴 자리가 없어 내려놓고 먹는다. 부산 우리 집에서는 이렇게 앉지는 않았는데, 늘 일만 하는 여동생들이 안쓰럽다. 집에 와서 아버지한테 물었다.

"계급으로 치마 큰어매가 더 높은데 큰어매는 와 방바닥에 밥그릇을 놓고 묵습니꺼? 누야도 그렇고 미라, 미주는 더하고예. 큰집은 여자라고 차별합니더. 할매가 그래예. 할매도 여자민서."

"식구가 많아 안 그렇나마는 너거는 커서 그라지 마라. 그란다꼬 누야나 여동생들 시뿌보마(업신여기면) 안 되는 기다."

"우리 식구는 다 둘러앉아 묵으입시더."

"아버지하고 마구 둘러앉아 묵는 거는 아이니라."

엄마가 옆에서 거들자, 아버지는 그러셨다.

"씰데없는 소리. 이래 다 같이 묵어야 밥맛이 있는 기다."

어린 마음에도 큰아버지, 작은아버지보다 우리 아버지가 좀 더 훌륭한 것 같았다.

화롯불에는 된장이 뽀글뽀글 끓고, 우리는 그놈을 덜어다가 밥에 비벼서는 시퍼런 배추김치 잎사귀를 쌈처럼 해서 싸 먹었다. 군이 달아서(사람이 많아서) 밥이 어느 구멍으로 들어가는지도 모르고 퍼 넣는다. 작은방이나 마루에서 독상 받아먹고 있는 머슴 밥은 그릇도 큰데다가 그릇 위에 고봉으로 담긴 밥이 또 한 그릇은 될 정도였다. 그 높은 밥을 한 톨 안 흘리고 숟가락으로 꾹꾹 눌러 가며 잘도 먹는다. 한 숟가락 밥이 어찌나 많던지 '저 밥은 물에 말아 먹으려고 덜어 놓는 걸 거야.' 싶은데 입으로 뚝딱 들어가고 '이젠 비빌 밥이겠지.' 싶은데 또 뚝딱 입으로 들어가고. 나는 힐끔힐끔 머슴 밥 먹는 것을 구경했다. 한번은 나도 저렇게 먹어 봐야지 하고는 숟가락에 밥을 한껏 떠서 입에 넣다가 작은아버지한테 혼이 났다.

"누가 이늠, 양반이 밥숟가락을 그래 퍼 넣더노. 안 뺏어 묵으이 조금씩 떠 넣어라."

큰집 바깥마당은 동네 아이들이 다 모이는 곳이었다. 자치기를 하거나 '혹말 타기'를 하거나 '땅콩 가생'을 하고 놀았다. 기분이 늘 펄떡펄떡 뛰었다. 외갓집에서 잔잔하게 있던 기분을 마구 푸는 것이다.

여름이면 더 풍성했다. 우리 고향 마을은 참외, 수박 농사를 많이 지었다. 장날 돌고개 마루에서 보면 장에 참외 내러 가는 사람 지게가 노랗게 줄을 선다. 산자락마다 원두막이 총총했다. 원두막 가운데서도 우리 원두막이 가장 크고 실했다. 우리는 밥만 먹으면 원두막으로 달려갔다. 나이가 좀 든 형제들끼리 가면 수박도 슬쩍 따 먹고 재미난 이야기도 할 텐데 꼭 막내 상일이가 따라온다. 일이가 오면 산통이 다 깨진다.

"준아, 우리 수박 하나 따 묵자."

내가 먼저 말을 꺼낸다.

"버시로(벌써)? 지난 장에 다 내뿌고 안주 덜 익었을 낀데……. 밭 가운데 함 보까."

이러면 꼬마 일이가 꼭 딴죽을 건다.

"할매한테 캐뿔 끼다이."

이렇게 되면 준이와 일이의 말싸움이 시작된다.

"일아, 일마. 니 가시나맨치로……. 할매한테 카지 마라."

"매에('안 해' 보다 더 강한 부정)."

"니 그라마, 니는 안 따 문나아? 나도 캐뿐다."

"캐라모. 나도 캐뿐다."

"에에이 씨, 파이다. 말아 뿌라."

그러나 한번 나온 말은 그리 쉽게 거두어들여지지 않는다. 잠시 뒤에 다시 슬며시 말을 꺼낸다.

"그라마, 위나 하나 따 무우까."

"위도 캐뿐다."

"위 하나 따 묵는데, 칼 끼가? 차말로."

"칼 끼다."

"꼬부래이는 할매도 머라 안 칸다, 빙신아."

"그래도 캐뿐다."

"일이 니 인자 우리 따라댕기지 마라, 일마."

"매에."

"일마 이거……, 니 집에 가라."

"이기 너거 위막(원두막)가?"

"그래, 내 끼다, 와?"

"우째 니 끼고?"

"가라, 일마. 머 이런 기 다 있노."

그러고는 기어이 꿀밤 한 대가 올라간다. 딱!

"으앙!"

상일이는 울면서 원두막을 내려가고 그런 상일이 뒤꼭지에 대고 길게 소리 지른다.

"니 할매한테 카지 마래이. 카만 쥐기 뿐다."

상일이는 돌아서서 쑥떡을 먹인다.

이런 상일이도 누나와 나에게는 잘도 속았다. 설 지내고 나서 손님치를 때 내놓는다고 강정을 한 당새기 해서 살강에 얹어 놓은 것을 몰래 꺼내 먹어야겠는데 일이 또래 꼬마들 때문에 안 된다. 그러면 꼬맹이들을 모아 놓고 달리기를 시킨다.

"너거, 저어 저 재실 보이제. 저까지 누가 빨리 갔다 오는고 시합해 바라. 일 등은 어리(강정) 두 개, 이 등은 한 개, 삼 등은 고구마 빼때기 하나씩 주꾸마."

이렇게 해서 달리러 간 사이에 큰 놈들은 서둘러 강정을 꺼내 와작와작 먹는다. 얼굴이 새빨갛게 되어 숨을 쌕쌕거리며 뛰어온 동생들에게 강정 두어 개씩 주고 또 달리기를 시킨다. 꼬마들은 강정 하나 얻어먹을 거라고 또 정신없이 달려 나간다. 우리는 배꼽을 잡고 웃으며 강정을 어적어적 씹어 삼킨다.

큰집은 늘 그렇게 활기찼다. 그럴수록 혼자 있을 외할매가 안쓰러워 나는 서둘러 외갓집으로 가고는 했다.

외갓집

스산한 바람이 들판을 가로질러 불어오고, 새들은 탱자나무 울섶으로 재재거리며 날아든다. 우리는 동식이네 바깥마당에서 놀고 있었다. 어울 아지매가 아이를 부른다.

"동식아, 소죽 퍼 주고 퍼뜩 들와서 밥 묵어라."

"나 인자 고마할란다."

동식이가 집으로 쪼르르 들어가고 나면, 갑포도 손을 털고 허물어져 가는 토담집 모퉁이를 돌아 방앗간 쪽 집으로 가 버린다. 이러면 놀이는 파장이다. 아이들은 흩어진다. 나와 돌이는 고샅길을 돌아 외갓집으로 돌아온다. 돌이네는 우리 외갓집 앞집이다.

"아이구, 내 강생이 마실 갔다 오시는게."

할매가 엉덩이를 토닥거려 주지만 신명이 없다. 할매하고 단둘이서만 밥을 먹는다. 어둠은 점점 짙어 온다. 마루로 나서서 돌이네 집 불빛이 빤한 봉창을 바라본다. 저녁밥 수저 달그락거리는 소리, 숭늉 찾는 돌이 아배 소리도 들린다. 두런두런 이야기 소리, 참 듣기 좋다.

'울 할매 집도 식구 많으마 좋겠다.'

할매와 흐릿한 호롱불 아래서 민화투를 친다. 조금 재미있다.

"할매 심패 맞기 하자."

"온냐, 내 강생이. 애비한테 가거들랑 할매한테 화투 비았다(배웠다) 카지 마래이."

"와아?"

"너거 아배가 할매한테 데리다 놔서 아 배리 났다 카마 우짤라꼬."

"화투 치마 아 배리나?"

"글키, 이래 노는 거를 못 하라 안 카나. 후지 커서 노름한다꼬."

아랫목에 나를 누이고 할매는 요강에 오줌 한 번 누고 자리에 눕는다. 어쩌다 내가 할매보다 늦게 잠드는 날은 희부연 방문과 방구석 어둠을 둘러보다가 이불을 폭 뒤집어쓰고 만다. 무섭기도 하고 슬프기도 하다.

할매가 장에 가고 난 날은 더 서글프다. 아이들과 놀다가 점심때가 되면 나 혼자 집에 와서 점심을 먹는다. 어둑한 정지로 들어가 가마솥을 연다. "스거엉." 가마솥 여는 소리가 정지 천장까지 올라가는 것 같다. 그 소리가 좋아 한 번 더 여닫아 본다. 할매가 가마솥에 넣어 두고 간 고구마 두어 뿌리 내놓고 물도 한 대접 떠서 마루로 나온다. 햇살 따뜻한 마루 끝에 앉아 다리를 달랑거리며 고구마 한 입에 물 한 모금, 먹는다. 겨울 해는 점심 먹고 나면 얼마 안 있어 서산에 걸린다. 아이들이 돌아가고 난 동식이네 바깥마당 짚동 사이에 몸을 꼭 끼워 넣고 할매를 기다린다.

"석아, 할매 안주 올 때 멀었다. 동식이하고 여서 한술 뜨거래이."

어울 아지매가 불러도 나는 안 들어간다. 남의 식구들 사이에서 밥 먹기 부끄럽다. 어울 아재가 없으면 또 모를까, 그 어른이 자꾸 말을 시켜 쌌는 게 싫다. 할매를 기다린다. 들판에는 갈가마귀 떼가 멍석을 말 듯 빙글빙글 날아간다. 소 요령 소리가 달그랑달그랑 들린다. 먼 산에서 며칠씩 나무해서 돌아오는 아랫말 총각들은 높은 나뭇단 위에 걸터앉아 우쭐우쭐 구루마(수레)를 몰고 돌아온다. 얼굴에는 허연 버짐이 피었다. 할매는 그래도 안 온다. 까무룩해져서야 장 보퉁이 인 우리 할매가 동구 밖 언덕에 올라선다. 나는 그만 눈물이 난다.

"아이고, 내 강생이, 오는 장날엘랑 딜꼬 가꾸마이."

군불을 지피는 할매 곁에 앉아 아궁이에 일렁거리는 불길을 바라보면서 나는 다시 눈물을 훔친다. 할매도 치마를 뒤집어 훌쩍거리며

코를 닦는다.

학교 들기 전 한 해 남짓 나는 외할매 손에서 컸다. 우리 4남매가 다 그랬다. 식구 없이 혼자 사는 할매는 우리를 살갑게 키우셨지만 할매 집의 쓸쓸한 분위기는 견디기 어려웠던 모양이다. 그러면서도 할매를 생각하면 늘 마음이 아팠다. 집에 가고 싶다는 내색은 결코 하지 않았다. 입학하기 위해 부산으로 오고부터는 할매가 보고 싶어 또 견딜 수 없었다. 할매 혼자 어둑한 정지 부뚜막에서 밥을 먹고 있을 것을 생각하면 불쌍해서 목이 메었다.

방학만 되면 바로 그날로 동생들과 외갓집으로 갔다. 할매는 손자들을 위해 미숫가루도 해 놓고, 닭 고아 먹일 거라고 건삼도 사 놓고, 남새밭에는 옥수수도 심어 두고, 소금물에 감도 삭혀 두었다. 외갓집에 도착하면 우선 미숫가루부터 한 대접 물에 타 마셨다. 그런데 이게 잘 풀리지 않아 애를 먹곤 했다. 꿀아재비를 넣어서 먹던 미숫가루. 달기가 꿀아재비뻘이라서 꿀아재비란다. 한 사발씩 마시고 나면 배가 벌떡 일어났다.

마을에서 좀 떨어진 들 한복판에 찬새미가 있었다. 물이 하도 많이 나서 물 솟는 것이 눈에 훤히 보인다. 그렇게 차가울 수가 없다. 샘가에 돌담을 쌓아 제법 물장구를 퐁당거리며 돌 수 있을 만하게 만들어 두었다. 바로 옆으로 개울이 흘러 찬새미에서 넘친 물은 개울물로 흘러들었다. 들판을 휘 둘러보고 사람이 없으면 발가벗어 버린다. 풍덩 빠지면 금방 불알이 얼얼해졌다. 들에서 일하던 사람들도 거기를 지나면 옷을 입은 채 풍덩 빠져서 몸을 식힌다.

"이늠, 이거는 누 집 아들고?"

"못골띠기 위손잔데예."

"그라마 이늠, 부산 사는 늠 아이가. 여 이래 오이 좋나?"

"부산보다 여엉 좋아예."

"그래, 위조모 기럽다꼬(외롭다고) 왔구나. 니는 공부 잘하제?"

자갈이 환하게 들여다보이는 찬새미 물은 우리 부산 모래구찌 바다보다 더 맑다. 여기서는 물속에서 눈을 떠도 그렇게 따갑지 않다. 자갈들이 햇살을 받아 물속에서 일렁거리는 것처럼 보이는 것이 재미있다. 밤에는 여자들에게 찬새미를 내주어야 한다. 동네 여자들은 들판에 어둠이 내리면 사분(비누)을 들고 찬새미로 갔다.

아침이면 일어나자마자 봇도랑으로 낯 씻으러 간다. 무명 수건 하나 들고 집을 나서면 아침 안개가 들판에 자욱할 때도 있었다.

"히야, 똑 하늘 속 겉다, 그자?"

"구름 속 겉다 캐라."

정자나무 옆 봇도랑 물은 언제나 넉넉하게 흘러내리고 있었다. 그 봇도랑가 논 한가운데는 커다란 바위가 있었다. 나중에 학교에서 그런 게 고인돌이라는 것을 배웠을 때, 우리 외가 마을이 아주 훌륭한 마을이나 된 듯하여 그 바위만 보아도 자랑스러웠다. '저게 책에도 나오는 고인돌이구나.' 때로 개구리밥이 가득 떠내려오기도 했다. 할매는 양치도 하고 오라고 했지만 그것은 왠지 내키지 않았다. '할매는 추줍구로 어째 도랑물에 양치를 하라 카노.' 싶었다.

어느 날 동네 아이들이 갱변에 헤엄치러 가자고 했다. 물이 배꼽에도 잘 안 오는 찬새미는 시시하단다. 갱변은 찬새미를 지나 한참을 더 가야 했다. 할매는 거기는 물이 깊다고 질겁을 했던 터라 나는 조금 겁이 났지만 할매 몰래 따라가 보기로 했다. 갱변은 강보다는 좁지만 시내라 하기는 너무 넓다. 징검다리에 앉아서 물속을 들여다보면 송사리 떼가 까맣게 몰려왔다가는 놀란 듯 방향을 휙 바꾸어 사라진다. 그냥 거기서 고기나 잡고 놀았으면 좋겠는데 아이들은 거기서도 갱변을 따라 한참을 더 올라간다.

키가 까마득한 뽀뿌라나무(미루나무)가 대여섯 그루 서 있는 곳까지 갔다. 거기서는 마을도 보이지 않는다. 커다란 바위가 있고, 바위 아래 물은 시퍼렇게 깊다. 아이들은 바위 위에 올라가서 물속으로 뛰어내렸다가 헤엄을 쳐서 물 밖으로 나온다. 빠지면 한 길도 넘겠는데 동식이도 뛰어내리고, 상대도 뛰어내리고, 돌이도 뛰어내린다. 갑포만 귀에 물이 들어가 곪았다고 안 뛰어내린다. 보니 귀에 솜을 막아 놓았다. 나는 도저히 뛰어내릴 자신이 없었다. 빠지면 바로 죽을 것 같았다.

"내 헤엄 못 친다."

나는 솔직히 말해 버렸다. 부끄럽고 말고 할 일이 아니다 싶었다.

"나도 헤엄 못 친다. 그래도 뛰내리마 지질로 이짝으로 나온다. 해바라."

동식이가 재촉했지만 나는 못 들은 체 얕은 물에서만 놀았다. 그러다가 어째 귀에 물이 들어갔는데 나는 다행이다 싶었다. 동식이가 다시 물에 뛰어들라면 어쩌나 속으로 조마조마했으니까. 햇볕에 따끈따끈하게 데워진 몽돌을 주워 귀에 갖다 대고 깨금발을 뛰었다. 뜨거운 돌 기운을 따라 귓속 물은 잘도 빠져나왔지만 나는 아직도 물이 안 나왔다면서 자꾸 깨금발을 뛰었다. 그날 뒤로 나는 갱변 뽀뿌라나무 있는 데는 가지 않았다.

할매는 무엇 하나 버리는 것이 없었다. 참외도 깎아 먹고 나면 껍질은 총총 썰어 된장에 넣는다. 수박 껍질도 하얀 부분은 도려내어 채나물을 한다. 우리는 그런 것은 잘 먹지 않았지만 제사 음식 남은 것으로 끓인 찌개는 좋아했다. 딱딱하게 굳은 산적, 고기전, 문어 쪼가리, 자반 대가리 들을 한데 넣어 찌개를 끓이면 건져 먹을 게 쏠쏠했으니까. 할매는 우리가 마시고 난 미숫가루 그릇에도 물을 조금 부어 바닥에 남은 가루를 흔들어 마시고서야 기명 물통(설거지하는 물통)에 넣었다. 밥 비벼 먹은 그릇에다 물을 부어 주며 흔들어 마시라고 할 때는 그만 딱 질색이었다. 그렇게 먹어야 나중에 극락 간다고 하시면서 굳이 마다하는 나를 타박하시곤 했다.

"지가 묵은 밥그릇인데 머가 어떻다고 그래 꼭닥을 지기노, 끌끌."

음식뿐만이 아니었다. 아마 할매가 가장 아꼈던 것은 어쩌다 생기는 타월과 종이가 아니었나 싶다. 타월은 꼭 장롱 깊이 아껴 두었다가 어쩌다가 아버지가 오시거나 다른 귀한 남자 손님이 오셔야 내놓았다. 우리는 늘 무명베 수건을 썼다. 종이는 더했다. 변소에는 손바닥만 하게 신문을 오려서 차곡차곡 쟁여 두고 썼다. 우리는 종이가 너무 작다고 투덜거렸지만 할매는 얼마든지 된다고 우겼다. 그리고 종이에 인쇄가 되어 있지 않은 것은 뭘 써도 쓰도록 했다. 이런 할매가 어떨 때는 구차스러워 보였다. 잔칫집에 갔다가 오실 때는 하얀 무명 손수건에 떡 몇 쪽을 싸 가지고 와서 먹으란다. 어릴 때는 좋다고 먹었는데 좀 커서는 안 먹는다고 했다.

"할매, 이런 거 좀 싸 오지 마라. 나 이런 거 안 묵을 끼다."

"북살할 늠, 묵기 싫으마 말아라. 칼클은 수건에 쌌는데, 와?"

"할매, 그거 내가 묵으께."

옆에 있던 동생이 말하면 그만 동생 엉덩이를 토닥인다.

"아이구, 내 새끼, 니가 할미 맘을 아는구나."

그러나 할매는 그걸 동생한테 다 주는 법이 없었다. 기어이 내가 좀 먹기를 기다리는 것이었다. 나는 하는 수 없이 입을 쑥 내밀고 나머지를 먹어야 했다. 할매는 내가 먹는 것이 미정이가 먹는 것보다 더 오달진 모양이었다.

부산 집으로 갈 날이 가까워 오면 나는 마음이 급해지기 시작했다. 그때부터는 놀러도 잘 안 나갔다. 조금이라도 더 할매 곁에 있어 드리고 싶었다. 청소도 잘하고 심부름도 잘했다. 할매가 주는 것은 무엇이든 맛있게 먹으려고 했다. 그러다가 뒤안으로 가서 울기도 했다.

'우리 가고 나면 할매 혼자 이 집에서 우째 살겠노.'

막상 집으로 가야 하는 날이 되면 아침부터 마음이 짠하여 모두가 말이 없다. 샛노란 달걀찜도 하고, 김도 굽고, 고슬고슬 하얀 쌀밥을 해서 내놓아도 좋은 줄 모르겠다.

'할매는 와 부산 가서 우리하고 살마 안 되노…….'

딸네 집에 가서 사는 게 아니라고 하던 할매 말은 우리 집에 방이 모자라 못 간다는 말인 걸로 들렸다. 나는 돈 많이 못 버는 아버지가 원망스러웠다.

'내가 얼른 커서 할매 모시고 살아야 할 낀데.'

어린 시절 할매 따라 읍내 장에 가던 그 길을 걸어 나온다. 걸음걸음이 안타까워 고개를 푹 숙이고 걷는다. 저만치 뒤처져 따라오던 할매 소리가 들린다.

"아이고오……, 이래 있다가 갈 거로 머할라꼬 왔더노. 하나만 내가 델꼬 살아도……."

우리는 할매를 버리고 떠나는 것 같아서 죄스럽고도 슬펐다.

외할매 생각만 하면 나는 늘 눈물이 난다. 저승 가서는 잘 사시는가, 울 할매. 평생을 외롭게 사시다 간 불쌍한 울 할매. 우리 4남매한테 가이없는 사랑을 주고 가신 할매. 그 사랑이 우리를 사람답게 만들고 있다는 것을 나는 어른이 된 뒤에 알았다.

목젖으로 뻗쳐오르던 열기

나는 언제부터 이성에 눈을 떴을까

초등학교 1학년 때였던가, 2학년 때였던가. 지금은 이름도 잘 기억나지 않는 아이, 그 애는 우리 반 부반장이었다. 드물게 서울말을 썼는데 아버지가 군인이라 서울에서 이사를 왔던가 그랬다. 걔 집에 가면 얻어먹을 수 있던 육군 건빵이 생각난다. 우리는 감빵이라고 했는데 봉지에는 육군을 표시하는 별이 근사하게 그려져 있었다. 그 건빵은 점방에서 파는 것보다 훨씬 맛이 좋았다. 누르스름한 건빵의 윗면에는 바늘로 찌른 것 같은 구멍이 두 개, 아랫면에는 구울 때 생긴 듯한 탄 자국이 연하게 남아 있었다.

우리는 그걸 언제나 반으로 쪼개 먹었다. 그 귀한 것을 한입에 다 넣기에는 너무 아까웠으니까. 고소하고 달짝지근한 건빵을 몇 개 먹고 물을 한 대접 마시면 금방 배가 불렀다. 물론 걔 집에는 그 건빵이

지천이었지만 그렇다고 우리에게 봉지째 주지는 않았다. 하긴 그 아이도 한 봉지를 통째로 들고 먹지는 않았으니까. 도톰하고 예쁘장했던 얼굴과 살이 조금 찐 것 같은 모습이 선명하게 기억나는 것으로 보아 나하고 그 아이는 좀 친했던 모양이다. 다른 머슴애들은 가시나들하고는 안 놀았지만 나는 곧잘 그 애 집에 놀러 가 건빵을 얻어먹으며 방에서 함께 놀았던 기억이 어렴풋이 남아 있다. 그런데 하루는 걔가 이러는 거였다.

"내 옷 좀 갈아입게 이상석 눈 좀 감아."

나는 순간 아, 이거 내가 올 자리가 아니구나 싶었다. 머슴애는 나 혼자였던가……. 아니 호철이, 그래 동장집 아들도 있었던 것 같기도 하다. 하여튼 나는 그 말을 듣고 무척 부끄러웠다. 그리고 내 뒤에서 옷을 갈아입는 소리. 그 소리가 아직도 기억에 생생하다. 그때 나도 모르게 목구멍에서 올라오는 야릇한 기운을 느꼈다. 목젖에 무슨 힘 같은 것이 올라와 걸리는 그런 기분이었다. 차마 돌아보지는 못했지만 힐끗 돌아보고 싶은 걸 참느라 아랫배에 힘을 주고 있었다.

그 뒤로 나는 아무리 건빵이 먹고 싶어도 걔 집에는 가지 않았다. 머슴애가 갈 데가 아니라고 생각했던 거겠지. 그런데 이상도 하지. 그 일이 있고 난 뒤로 나는 여자와 관계되는 일을 겪을 때는 어김없이 목젖에 무슨 기운이 느껴졌다. 딸꾹질 나기 직전의 그 느낌이라고나 할까.

선생님의 종아리

내가 초등학교 다닐 때는 여선생님이 귀했다. 6년 동안 여선생님이 담임이었던 때는 2학년 때뿐이었다. 송금혜 선생님. 선생님은 우리 이웃에서 늘 보던 여자들하고는 아주 달랐다. 그때 처녀였는지 갓 결혼했는지 그건 잘 모르겠는데, 참 예뻤다. 웃을 때 양 볼에 파이던 보조개며 예쁜 목소리, 나는 선생님이 좋았다. 집에 와서 거울을 들여다보며 아무리 입을 오므렸다 폈다 해도 나에게는 그 보조개가 생기지 않았다. 화를 낼 때는 무섭기도 했고, 부잣집 아이만 좋아한다고 우리끼리 더러 쑥덕거리기도 했지만 나는 선생님만 보고 있으면 기분이 좋아지는 걸 어쩔 수 없었다.

그런 어느 날 선생님하고 사진 찍을 기회가 생겼다. 학교로 사진사가 와서 검은 보자기 뒤집어쓰고 찍는 그 사진, 반마다 기념 촬영을 한 것이다. 양철 지붕에 검은 콜타르를 칠한 나무 벽으로 된 교실 창 앞에서 찍던 기념사진. 첫 줄은 퍼질러 앉고, 둘째 줄은 무릎 꿇고 앉고, 셋째 줄은 엉거주춤 허리를 숙이고, 넷째 줄은 서고. 선생님들은 보통 줄 가운데 걸상을 내어 앉으셨지. 집집마다 한 장쯤은 앨범에 끼워져 빛바랜 채로 남아 있는 누런 사진. 얼굴은 잘 알아보지도 못할 정도로 작게 나왔

지만 우리 어릴 때 사진은 그것밖에 없었다.

사진을 찍는다고 하자 우리는 교실 밖으로 우르르 몰려 나갔다. 나는 선생님 바로 뒤에 서고 싶었다. 할 수만 있다면 선생님 어깨에 손이라도 얹고 찍으면 얼마나 좋을까……. 그때 언뜻 생각해 낸 게 있었다.

'연필을 들고 나가자. 여럿이 찍으면 나를 찾기가 힘들 테니 연필을 세워 들고 있으면 금방 찾을 수 있을 거야.'

그러나 나는 선생님 뒤에 설 수가 없었다. 남학생들은 뒤에 서고 여학생들을 앞 두 줄에 앉게 한 탓이다. 선생님은 걸상에도 안 앉으시고 맨 앞줄 가운데 무릎을 접어 앉으셨다. 몸을 약간 비스듬히 하고. 나는 어느 아이 어깨에 손을 짚고 손가락 사이에 연필을 끼워 세웠다. 약간 웃음 띤 얼굴로. 그때부터 튀려고 하는 끼가 있었나 보다.

며칠 뒤 사진이 나왔는데 과연 아무도 웃지 않는 가운데 나만 웃고 있었다. 아, 선생님도 조금 웃는 얼굴이었다. 얼굴이 작게 나와 잘 보이지는 않았지만 보조개도 파였을 테고. 그런데 우리 선생님 모습 좀 봐. 아이들 가운데 쪼그리고 앉았는데 무릎 아래 종아리가 하얗게 드러나 있는 게 아닌가. 나는 그 모습이 너무 보기 좋아서 틈만 나면 그 사진을 들여다보곤 했다. 목젖이 내려앉는 묘한 느낌과 함께.

내가 그때 반장이었는지 분단장이었는지 확실하지는 않지만(아마 반장이었던 모양이다) 하루는 선생님이 학교에 나오지 않으셨다. 출장을 가셨던가? 아니, 그때 결혼한다고 못 나오셨는지도 모르겠다. 하여튼 옆 반 불독 선생님이 오시더니 나보고 조용히 시키고 있으라는 거였다. 그래서 나는 먼지떨이를 거꾸로 잡고 아이들 사이를 돌아다녔다. 책상을 탁탁 치며.

우리 반에 공정숙이란 애가 있었다. 성이 특이해서 그런지 지금도 기억이 나는데 단추 공장을 하는 부잣집 아이였다. 곱슬머리가 부풀어 올라 얘 머리는 남의 두 배는 될 정도였다. 그 계집애는 내가 아무리 조용히 하라고 해도 말을 안 듣는다. 화가 나서 손바닥을 내게 해서 때려 버렸다. 그런데 얘가 그만 울면서 집으로 가 버리는 게 아닌가. 그 소동을 안 불독 선생님이 오셔서 버럭 고함을 치셨다. 애를 때려 울려 보낸 녀석이 누구냐고. 나는 억울하기도 하고 겁도 나서 말도 못 하고 잠자코 앉아 있었다. 함께 떠들었던 계집애들이 내가 그랬다고 일러바쳤고 나는 불려 나가 발바닥을 많이도 맞았다. 조용히 하고 있으라고 했는데 반장이란 놈이 애나 때려 울려 보냈으니.

'조용히 시키라고 할 때는 언제고……. 우리 담임 송금혜 선생님이었다면 안 그랬을 거야.'라는 생각이 나서 더 슬펐다. 그런데 웬걸, 며칠 뒤에 오신 선생님은 그것 때문에 나를 또 나무라시는 게 아닌가. 공정숙이 가시나 그거 와이로 썼을 거라고 아이들이 내 편을 들었지만 나는 아이들의 그런 소리는 귀에 들어오지도 않았고 다만 선생님 눈 밖에 난 것만 억울했다. 하지만 그런 일이 있고 난 뒤에도 나는 사진 들여다보는 일을 그만두지는 않았다. 오히려 더 자주 사진을 들여다보곤 했다. 아니, 정확히 말하면 선생님의 종아리만 뚫어져라 본 것이지만.

알싸한 향내, 야릇한 기분

우리 동네에는 미장원이 없었다. 한참 걸어서 큰길로 나가야 덕홍의원도 있고, 버스도 다니고 그랬다. 거기에 미장원이 하나 있었는데 늘 문이 닫혀 있었다. 안을 들여다볼 수 없게 유리창에도 색을 칠해 두었던가? 우리 엄마 같은 동네 사람들이야 정봉이네 집 마당에서 파마를 하고는 했다. 뜨내기 미용사가 동네를 돌아다니며 손님을 찾아 파마를 해 주는 식이었다. 그 사람은 동그란 걸상을 갖고 다녔는데 동네 적당한 마당가에 그 의자를 내려놓으면 그곳이 바로 미장원이었다. 동네 아주머니들은 차례로 거기 앉아 파마를 하고는 수건을 무슨 함지박만 하게 둘러쓴 채 한참을 기다렸다.

그런데 큰길가의 미장원에는 아주 예쁘고 젊은 사람만 가는 것 같았다. 우연히 그 앞을 지나다 빼쪼롬히 열린 문으로 미장원 안을 얼핏 들여다보았는데 거기에는 예쁜 여자들이 어깨에 하얀 가리개를 둘러쓴 채 큼지막한 의자에 앉아 있었고 미용사들은 불에 달군 고데기로 머리를 손질하고 있었다. 난 여자들이 참 아프겠구나 싶었다. 그리고 얼마나 뜨거울까, 젊고 예쁜 여자들의 신음 소리가 들리는 듯했다. 꿈결인 듯 문은 닫히고, 그때 그 미장원 창이 붉은색이었던가. 그 뒤로 미장원 앞으로 지나가기만 하면 자꾸 눈이 가고 열린 틈에 눈을 대고 몰래 들여다보고 싶었다. 여자들만 있는 곳, 여자들의 신음 소리가 들리는 듯한 곳. 그 대목에서 또 목젖이 딸꾹 내려앉곤 했다. 거참, 왜 미장원을 보면서 야릇한 상상을 했을까.

4학년 2학기 때 성지초등학교로 전학 갔다. 내가 다니던 동항초등학교가 있던 감만동은 말만 부산이었지 시골이나 다름없었다. 그런데 전학 간 곳은 말 그대로 부산 한복판이었다. 부산에서 가장 번화한 서면이 바로 가까이 있었으니까. 또 학교 바로 뒤에 미군 부대가 있었다. 하야리야 부대라고. 전학 가서 맨 처음 놀란 것은 그 학교 운동장이었다. 까마득해 보이는 운동장 저쪽 끝을 바라보며 뭔가 모르게 주눅이 드는 기분이었다.

그런데 정작 그것보다 더 놀란 것은 교문만 나서면 보이는 미군들이었다. 시꺼먼 검둥이, 시뻘건 흰둥이들이 어슬렁어슬렁 내 옆을 아무렇지도 않게 지나가는데 처음 보는 나는 어째 그리 무섭던지. 검둥이들은 무슨 바위 덩어리를 보는 것 같았다. 커다란 주먹이 내리꽂히면 뭐든지 다 부서져 버릴 것 같은 두려움이 피어올랐다.

미군 부대는 철조망으로 담을 두르고 있어서 안이 환히 들여다보였다. 넓은 터에 사람은 별로 없고 간혹 지나다니는 백인들은 참 한가로워 보였다. 그때 성지초등학교는 "땡땡땡." 하는 학교 종 대신 스피커에서 음악이 흘러나왔다. 뒤에 알고 보니 '뻐꾸기 왈츠'라는 곡이었는데 "딩동 딩동 딩동디도디도동 딩동 딩동 딩동디도디도동." 하는 거였다. 그런데 아이들은 이 곡만 나오면 모두 입을 모아 소리를 질러 댔다. "할로 할로 좆몽디가 성하나 할로 할로 좆몽디가 성하나." 지금 생각하니 딱 맞는 말이다. 미군은 우리 앞에서 언제나 여자를 끼고 다니며 쑥왈라거렸으니까. 그것도 우리나라 처녀들을.

집으로 가는 길에는 미군 홀이 하나 있었는데 2층이라 밖에서도 사람 드나드는 것이 다 보였다. 빨간 원피스를 입은 여자, 반질반질한

빛이 나는 초록색 드레스를 입은 여자들이 달랑 들리듯이 미군 허리에 붙어서는 들락거렸다. 나는 그때 우리나라 여자들이 불쌍하다는 생각은 들지 않고 그저 화려해 보이기만 했다. 넋을 놓고 그것을 보고 있노라면 으레 목젖이 내려앉았다.

또 우리 이웃에는 미군과 살림하는 여자가 하나 있었는데 아기도 딸리고 집에서 일하는 남자도 하나 거느리고 있었다. 이상한 것은 그 여자가 걸핏 하면 일하는 남자를 마구 두드려 패는 것이었다. 어떤 때는 채찍 같은 것으로 마구 내리치기도 하고. 한데 더욱 이상한 것은 그렇게 맞는 남자는 한 번도 반항하지 않고 윽윽 신음 소리를 내며 고스란히 그 매를 다 맞는다는 것이었다. 아무리 하인처럼 그 집에서 일하는 신세라도 그렇지, 어째 여자한테 저렇게 허구한 날 맞고 사는지 우리는 도무지 이해가 되지 않았다. 하지만 그게 무슨 대수랴, 우리는 멀리서도 그 여자의 악다구니 같은 소리가 언뜻 들리기라도 하면 아무리 재미있는 놀이를 하다가도 모든 걸 팽개치고 쏜살같이 달려 동무네 집 부엌으로 갔다. 그 집 부엌 창문에 붙어 서서 숨죽이고 그 희한한 광경을 흥미진진하게 구경하곤 했다. 여자는 화려한 화장을 한 채로 말없이 앉아 있는 남자의 뺨을 수도 없이 후려치고 드디어는 채찍으로 등짝을 사정없이 내갈기기도 했다. 그것은 정말이지 기가 막힌 구경거리였다.

더욱 가관인 것은 그렇게 때려 놓고는 터진 입술에 약을 발라 주기도 하고 코피를 닦아 주기도 하며 아주 불쌍히 어루만지는 것이었다. 그래, 그 짓을 마루에서 하고 있으니 우리에게 다 보일밖에. 그때 우리는 숨이 다 멎을 지경이었다. 침이 꼴깍꼴깍 넘어갈 때마다 목이 아팠던 기억이 지금도 생생하다. 그리고 왠지 나도 저 여자에게 맞고 있는 기분이 들 때도 있었다. 무어라 설명할 수 없는 야릇한 쾌감과 함께.

그때 즈음 우리는 동균이네 구석방에서 서로 고추 길이를 재어 보기도 했다. 누가 누가 큰지 내기를 한 것이다. 철수, 동균이, 맹준이, 나 차례로 자를 들고 재면서 서로 크게 하려고 자를 불두덩에 쑥 밀어 넣고는 아프다고 낄낄대고……. 서로 크니 작니 놀리느라 낄낄대고. 어느 날은 동균이 것이 대장이었다가 또 다른 날은 내 것이 대장이었다가 어금버금했다. 이 짓을 하고 놀던 어느 날, 하필 내 것이 가장 크다고 판명되어 그놈을 불쑥 내밀고 다시 재다가 어른들한테 들켜 버렸다. 얼마나 창피하고 부끄럽던지. 야단을 치던 아지매들이 모여 앉으면 우리 하던 짓 이야기를 하고는 마구 웃었다. 그 일로 한동안 부끄러워서 동균이 집에 가지 못할 정도였다.

"석이 저늠 끼 젤 크더란다. 아하하하하."

이 말이 그렇게 창피할 수 없었다.

학교에서 집으로 오는 길에는 상각구마찌라는 사창가도 있었다(그러고 보니 우리 동네고 학교고 참 환경이 안 좋은 곳에 있었다). 철둑길에 붙어서 판잣집이 다닥다닥 줄지어 있었는데 거기가 다 사창가였다. 그때야 그곳이 뭐 하는 데인지 잘 알지도 못했지만 그 철둑길 위로는 절대 가면 안 되는 곳 정도로 알고 있었다. 그러다가 5학년 말쯤부터는 간이 커져서 슬슬 그 철둑길로 해서 집에 오기도 했다. 판잣집 앞에 나와 앉은 여자들을 흘깃거리기도 하면서. 그 집들 앞에는 여자 속옷이 널려 있기도 했는데 그것만 보면 또 그만 내 목이 간질간질해졌다. 가끔 심심한 여자들이 장난삼아 "꼬마야, 이리 와 봐. 내 만져 줄게."라거나 "새끼들, 저리 안 가나, 대가리 피도 안 마른 것들이." 하면서 수작이라도 건넬라치면 우리는 목소리와 몸짓을 한껏 과장해서 괴성을 지르며 부리나케 달아나곤 했다.

내가 중학교 2학년 때는 작정을 하고 그 동네 한가운데 골목길을 가로질러 가 보기도 했다. 거기는 여자들이 치마를 걷어붙이고 속옷을 보일락 말락 하며 나앉은 곳이었으니 철둑길과는 또 다른 세계였다. 지나가는 나를 정말로 잡아끌기도 하는 여자들이 있었으니까. "헤이, 꼬마 총각. 이리 들어와 봐. 홍콩 보내 주께." "잠시 있다가 가. 들어가자, 응?" 아! 그 두렵고도 아릿한 기분. 벌벌 떨리면서도 기분은 붕붕 뜨는 것 같고 목젖만 내려앉는 게 아니라 내 온몸이 그 자리에서 주저앉을 것 같았다. 혼곤했다.

"친구 집에 가는데요."

"친구 집 어데? 공갈치지 마, 인마."

한낮에도 어둑한 골목길, 집집마다 불그레한 빛이 새어 나왔던가. 난 아직도 가끔 그 동네 꿈을 꾸기도 한다. 가난하면서도 훈기가 도는 듯하고 더러우면서도 알싸한 향내가 나는 것 같기도 한, 참 야릇한 기분이 드는 그 동네를 지나는 꿈.

내 사랑, 옥연이

방학만 하면 나는 고향 큰집으로 갔고 그 동네 동무들과도 친하게 지냈다. 그래도 오랜만에 가면 하루 이틀은 꼭 서먹서먹했다. 내가 도시내기라고 잘난 체를 했겠지. 그런 걸 동무들은 봐주기가 싫었을 테고. 태권도를 배웠느니, 무슨 영화를 보았느니 자랑을 해 댔지만 태권도 실력이야 금방 들통이 나게 마련이었다. 태권도 도장 문 앞에도 가보지 않은 동무가 발차기를 하면 나보다 훨씬 잘했으니까. 그러다가 한 이틀 지나면 다시 한 덩어리가 되어 돌아다니면서 어울려 놀았다. 태춘이네 사랑방은 형님들이 차지하고 있으니 우리는 작은 골방 같은 진록이네 정지방(부엌방)에 모여 놀기 일쑤였다.

그때 큰집 마을에 옥연이라는 우리 또래 계집애가 있었는데 나폴거리는 단발머리, 작게 오므린 입술, 새까맣게 빛나는 눈매가 참 예뻤다. 그런데 그 애는 나만 가면 그날로 놀러 나오지를 않네. 나는 촌에 갈 때부터 그 애 보는 것을 가장 기다렸는데 여간 섭섭한 게 아니었다. 나는 걔 집 바깥마당에서 하릴없이 어슬렁거리거나 어떨 때는 평행봉에 올라앉아 줄창 기다리기도 했다. 담을 넘어오는 소리에 귀를 곤두세우고서.

"옥연아, 밥 안치고 마리(마루) 쫌 닦아라."

"내 지금 머리 깜는다."

아! 나는 옥연이가 머리 감는 것을 보고 싶었다. 동생 훈이더러 좀 나와 보라고 말하라면 훈이는 아무 주저 없이 대문간으로 가서 냅다 소리를 질렀다.

"옥연이 누우야. 우리 힝야가 좀 보자 컨다."

"문디 자슥아, 찌랄 안 하나."

그러고는 어김없이 옥연이는 대문간을 설핏 지나쳐 가는 것이었

다. 나는 그런 옥연이 모습을 훔쳐보면서 그때도 어김없이 목젖으로 야릇한 기운이 뻗쳐오르는 걸 느끼곤 했다. 어쩌면 그게 내 첫사랑인지도 몰랐다. 밤에 동네 아이들과 다 모여 놀 때도 옥연이는 나오지 않고 아이들은 무슨 놀잇감이나 되는 것마냥 놀려 대기 일쑤였다. 나 때문에 부끄러워서 안 나온다고. 하긴 나도 다른 계집애들은 아무리 보아도 아무렇지 않은데 옥연이만 그렇지 않았으니…….

사실 옥연이는 우리 일가였다. 그것도 항렬이 높아 아지매뻘이나 되는. 그래도 옥연이가 보고 싶었고 6학년 마치고는 그 학교 앨범에 찍힌 옥연이 사진을 태춘이가 오려 주기도 했다. 중학교 가서도 옥연이는 내 앞에 잘 나타나지 않았다. 그 뒤로는 더 볼 수가 없었다. 지금은 경기도 어디로 시집가 산다고 하는데 어른 되어서도 한 번도 보지 못했다. 그렇다고 고향 동무들에게 꼬치꼬치 물어볼 수도 없는 노릇이었다. 바깥마당 평행봉 위에 걸터앉아 기다리던 옥연이, 내 첫사랑.

하얀 허벅지

우리 집은 이사를 참 자주 다녔다. 그러나 전세 살림이라는 게 늘 그런 터여서 그 사실이 그리 불편한 줄도 몰랐다. 식구가 많아지자 방 두 칸에 다락이 2층처럼 되어 있는 집으로 이사를 갔다. 그런데 이 다락은 여느 것과 달리 방도 꽤 넓었고 마당을 통해서도 올라갈 수 있는 외부 계단과 그 계단에 맞닿아 있는 한 평 남짓한 작은 발코니까지 딸려 있어 2층이라 해도 별 손색이 없는 것이었다. 다만 안방과 통하는 통로가 보통 다락방 계단처럼 되어 있어서 다락방이라는 이름을 달고 있는 모양이었다. 그때 이층집이 어디 흔하길 했나.

그곳은 우리에게 더할 나위 없이 좋은 놀이터였다. 다다미가 깔린 방바닥 한쪽 구석에 있는, 안방과 통하는 통로의 뚜껑 문을 닫고 거기에 뭘 눌러두기만 하면 위에서 무슨 짓을 하다가도 누가 들이닥쳤을 때 그 현장을 감쪽같이 정리할 수 있는 시간을 벌 수 있었으니 그 방은 우리 아지트로 안성맞춤이었다. 게다가 발코니에 나가 서기만 해도 제법 동네가 내려다보이는 게 기분이 괜찮았다.

한데 그 2층 같은 다락방 왼쪽 아래 작은 골방에 어느 여고생이 혼자 자취를 하고 있었다. 그 학생은 어찌나 조용하던지 한 지붕 아래 살던 우리하고도 거의 말을 안 하고 지냈다. 그 학생이 살던 방은 우리 집 부엌 옆으로 내달아 대충 얽어 만든 것이어서 창문도 변변히 없었고 따라서 햇빛이 들지 않았다. 그래서였던지 지붕에다가 작은 보자기만 하게 반투명 플라스틱을 끼워 두었다. 말하자면 채광창인 셈이었다. 요즈음 고급 차에 보면 선루프라고, 천장을 도려내고 반투명 덮개를 한 것 같은, 꼭 그런 것이었다.

하루는 내가 발코니를 통해 그 지붕으로 넘어가 채광창 아래를 들여다보질 않았겠나. 안에 사람이 어른거리는 게 보였다. '햐, 이것 봐라.' 나는 아주 작정을 하고 채광창을 찬찬히 살펴보았고 거기서 못구멍만 한 구멍이 하나 나 있는 걸 발견했다. 거기에 눈을 갖다 대니 그 여학생 책상과 언저리가 똑똑히 보이는 것이었다. 나는 큰 구경거리를 만난 듯해서 가슴이 다 벌렁거렸다. 발코니를 통해 그 지붕으로 넘어가는 것은 식은 죽 먹기, 그러니 채광창은 언제든 마음만 먹으면 들여다볼 수 있는 만화경 같은 것이 된 셈이었다.

한번은 그 창에 눈을 갖다 대고 뭐 구경거리가 없나 하고 있는데 그 여고생 누나가 들어오는 것이었다. 그러고는 아무 의심도 없이 교복을 갈아입는데, 아이구, 그만 숨이 딱 멎을 지경이었다. 책상 앞에 퍼질러 앉는데 하얀 허벅지가 다 드러나 보였다. 순간 아니나 다를까, 나는 그만 목구멍이 뻣뻣해지면서 침이 마구 고였고…….

그러던 어느 날 우리 집 부엌 앞 빨랫줄에 그 누나 것이 틀림없어 보이는 브래지어가 하나 널려 있었다. 검정색이었다. 실은 나는 그때 브래지어를 처음 보았다. 둘레를 살피니 아무도 없기에 그걸 슬쩍 만져 봤다. 레이스가 주는 야릇한 느낌, 그리고 동도롬한 젖가리개. 그 날부터는 누나가 학교 갔다 올 때를 맞추어 구멍으로 들여다보곤 했다. 그러다 보니 나중에는 슬슬 간도 커지고 장난기가 발동했다.

하루는 방 빗자루에서 가느다란 올을 하나 빼 가지고는 그 구멍으로 솔솔 밀어 넣어 떨어뜨렸지. 한데 그게 기가 막히게도 책상 위에 톡 떨어지는 게 아닌가. 누나는 멍하니 앉았다가 떨어진 올을 들고 두리번거렸지만 지붕에서 떨어진 줄은 모르는 눈치였다. 나는 그게 얼마나 재미있던지 다시 한 올을 더 떨어뜨렸네. 물론 한참 뜸을 들여 잊을 만할 때. 그랬더니 이번에는 바로 고개를 젖혀 천장을 보았다. 얼굴 하나가 시커멓게 보였겠지.

누나는 기겁을 하고 놀라 고함을 치며 벌떡 일어나 방 밖으로 뛰어나가는 거였다. 큰일이 난 거지. 그날 엄마한테 빗자루 몽둥이로 된통 얻어터졌고 그 좋은 구경거리를 다시 보지 못했다. 아, 누나가 그렇게 크게 놀랄 줄 내가 알았나, 어디. 얘기도 한번 못 나눠 본 그 누나는 다시는 브래지어 같은 것은 바깥 빨랫줄에 내걸지 않았다. 그리고 얼마 안 있어 다른 데로 방을 옮겨 갔으니 그건 내가 쫓아낸 꼴이나 다름없었다. 그때가 6학년 때였던가 중학교 1학년 때였던가 아슴푸레하다.

중3, 반항을 시작하다

내가 니 시다바리가?

꿈에도 이 녀석들이 나타난다. 세 놈이 나를 에워싸더니 머리를 쿡쿡 건드린다. 마주 선 용근이 놈은 주먹으로 내 명치끝을 찍듯이 쥐어박는다. 숨이 탁 막힌다. 배를 싸쥐고 주저앉으니 내 등짝을 발뒤꿈치로 찍어 댄다. 그러고는 내 귀에 대고 속삭이듯 말한다.

"니, 이 새끼…… 우리가 시험지 봤다고 하면 죽을 줄 알아라."

그래도 나는 꼼짝 못 하고 맞기만 하고 있다. 답답해서 미치겠다. 돌이라도 주워 들고 그놈 얼굴을 사정없이 내리쳤으면. 나는 계속 비굴한 신음 소리만 내고 있다. 이놈은 태권도 초단이다. 내가 맞붙으면 온갖 기술로 나를 깔아뭉개 버릴 것 같다. 잠이 깨면 내 스스로가 비겁하고 힘없어 보여 더욱 치가 떨린다. 오늘 학교에 가면 한판 붙어 볼까. 그러나 별수 없이 꼼짝 못 하고 지나갈 것이다.

지난 체육 시간에는 용근이 놈이 자기가 주번이면서 나더러 교실을 지키라고 하고는 내 대답을 듣기도 전에 체육복으로 갈아입고 휭 나가 버렸다. 나는 꼼짝없이 교실에 남아 있어야 했다. 체육을 마치고 세수를 했는지 물이 뚝뚝 흐르는 얼굴을 하고 들어와서는 손바닥으로 얼굴을 훔쳐 내 얼굴에다 튕기며 "다음 체육 시간에도 니가 남아라. 알겠나?" 하고 또 홱 돌아서 버린다. '못 하겠다, 새끼야. 내가 니 시다바리가?' 그러나 그 말은 목구멍에서 나와 주지 않는다. 어이없게도 혼자 남아 밥이나 먹고 빈둥거리는 것도 괜찮겠다 싶다.

이 녀석들은 나를 괴롭혀도 표 나게 괴롭히지 않는다. 책상에 앉아 있는 내 뒤꼭지를 탁 때리며 지나가거나, 알맞은 것으로 골라 놓은 내 걸상을 자기 것과 바꿔 버리는 식이다. 옆에서 보면 장난을 치고 있는 줄 안다. 그도 그럴 것이 지난주까지만 해도 싫건 좋건 함께 남아서 놀다가 과외 공부방도 함께 갔으니까. 그런데 오늘 셋째 시간 마치고 쉬는 시간에 용근이 녀석이 내 어깨에 대고 "태권도 격파!" 고함을 치며 손을 세워 내리치고는 후닥닥 달아난다. 나는 그만 벌떡 일어나 걸상을 집어 들었다. 이 녀석은 잡아 보란 듯이 멀리서 얼쩡거리며 헤헤거린다. 나는 들었던 걸상을 도로 놓으며 한 번만 더 괴롭히면 물어뜯더라도 싸워야겠다고 다짐에 다짐을 했다.

용근이는 다음 체육 시간에도 어김없이 남 먼저 체육복으로 갈아입는다. 며칠 전 내 얼굴에 물을 튕기며 "다음에도 니가 남아라." 고 한 것을 마치 서로 약속이나 했다는 듯이. 할 수 없이 또 교실 신세다. 혼자 남아 있으니 나도 이 녀석에게 심술을 부리고 싶다. 냅다 그놈 책상을 차 버렸다. 필통, 도시락, 책들이 와르르 쏟아진다. 아무렇게

나 쑤셔 넣고 시치미를 떼 보았다. 그래도 화가 삭지 않는다. 오늘 새로 산 연필 깎는 칼로 이 새끼 교복을 찢어 버릴까. 그것 참 재미날 것 같다. 고급 기지 양복이니 새로 맞추려면 돈도 많이 들 거야. 칼을 꺼내 들고 딸막거렸다. 에라 모르겠다. 윗도리 등짝을 죽 그어 버렸다. 한 뼘 정도나 되도록. 긋고 나니 아차 싶다.

'이거, 어떻게 하지……. 할 수 없지. 지는 내 안 괴롭혔나, 머.'

자리에 앉아 체육 시간이 끝나기를 기다렸다. 교실에 들어온 녀석은 교복이 찢긴 줄도 모르고 걸쳐 입는다. 넷째 시간 수업이 시작되었다. 수업 중에 녀석이 화들짝 교복을 벗어 본다. 뒤에 앉은 애가 얘기를 한 모양이다. 내 쪽을 노려본다. 나는 얼른 얼굴을 돌려 버렸다. 수업 마치고 당해야 할 일을 생각하니 괜한 짓을 해 가지고 고생하겠구나 싶어 후회가 막심하다. 담임 선생한테 이르는 건 아닐까. 이 녀석들이 패거리로 달려들면 어쩌지. 그러나 이번에 때리면 나도 가만 있지 않을 거야. 박노식이 나오는 영화장면이 떠오른다. 가죽 장갑 낀 손으로 어깨까지 휙 돌리며 주먹을 날리면 상대는 저쪽으로 나가떨어진다. 다시 발길로 걷어차 올리면 또 저쪽으로 나뒹군다. 나도 이번에는 한판 붙어 보자. 한 대만 때려 봐라. 바로 받아칠 테니.

종이 치자 녀석이 득달같이 달려온다.

"개새끼, 이거 니가 그랬제?"

"모른다."

어째 이런 말이 나올까. 계획은 이게 아니었는데.

"씨발 놈아, 교실에 니밖에 없었는데 오리발이고."

주먹이 날아왔다. 턱이 얼얼하다. 생각보다 아프지 않다. 다시 한

대 친다.

'아, 결국 나는 우리 반 애들 다 보는 데서 이런 망신을 당하는구나. 반 아이들은 여태껏 나와 용근이가 서로 친해서 장난을 하는 모양으로 알고 있었을 텐데. 오늘 그게 아니란 걸 알겠구나. 내가 그놈에게 늘 짓눌려 살았다는 걸 다 알아 버리겠구나. 바보같이, 병신같이 놈의 종노릇이나 한 것을.'

그 순간 나는 와락 불기둥이 솟구치듯이 달려들었다.

"그래 이 새끼야, 내가 그랬다."

부르르 떨리는 주먹으로 녀석의 얼굴을 사정없이 갈겼다. 덤벼들 것이라고는 상상도 못 하고 있던 그놈은 갑작스런 내 반격에 눈두덩을 싸안고 고꾸라진다. 나는 턱을 겨냥한다고 했는데 눈을 맞은 모양이다. 그래도 볼 것 있나. 다시 다리를 들어 올려 놈의 얼굴을 무릎으로 쳐올렸다. 주먹질, 발길질이 그렇게 정확하게 잘될 줄은 나도 몰랐다. 눈을 싸쥐고 허리를 숙인 채 엉거주춤한 그놈의 머리를 잡고는 무릎으로 쳐올렸을 때, 내 무릎에 전해지는 둔탁한 충격은 짜릿한 쾌감을 주었다. 얼굴이 뭉개졌을 것 같다. 녀석의 코에서 코피가 쏟아졌다. 정말 영화처럼 되었다.

"씨발 놈, 내가 가마이 있으이 가마때긴 줄 알았더나."

내친 김에 걸상을 들어 올렸다. 얼굴을 싸쥐고 주저앉은 놈을 내리칠 기세였다. 그때야 아이들이 우르르 달려들어 말린다. 나는 오금이 저리면서도 고래고래 고함을 질러 댔다. 말리는 애들 사이를 비집고 다시 달려들 기세를 부리며.

"씨발 놈들, 다 덤비라. 면도칼로 면상을 그리뿔 끼다. 시험지도,

시험지도 먼저 보는 새끼들이……."

용근이가 아이들 부축을 받아 양호실로 가고 난 뒤 선생님이 벌건 얼굴로 올라왔다. 반장인 민규 녀석은 선생님 옆에 서서 씩씩거리고 있다. 이 녀석이 선생님을 부르러 갔던 모양이다.

"이놈우 새끼, 인자 보이 이기 영 깡패 새끼구나. 따라왓!"

선생님은 내 귀퉁이를 후려치더니 귀를 잡아 끌고 간다. 교무실 캐비닛 뒤로. 이곳은 아이들이 불려 와 주로 매를 맞는 곳이다. 나를 꿇어앉힌 선생님은 까닭도 묻지 않고 빗자루 대로 허벅지를 내리친다.

"애 봉사 되면 니 책임져라, 이놈우 새끼."

"어디다 대고 걸상을 들어, 이놈우 새끼."

"가만히 있는 애 옷은 왜 찢어, 이놈우 새끼."

한마디가 끝날 때마다 허벅지로 몽둥이가 떨어진다. 손으로 막을 수도 없는 노릇이다. 손등을 맞으면 더 아플 것 같다. 맞을 때마다 허벅지가 들썩이는 것 같다. 너무나 아프다.

"시험지? 시험지가 어땠다는 말이야, 이놈우 새끼."

나는 그만 서러워 눈물이 난다.

"선생님이 공부방에서 시험지 보여 줬다 아입니까."

그 말에 선생님은 멈칫하는 것 같더니 다시 후려친다.

"그것도 공부야, 이놈우 새끼야. 어디서 또 헛나발 불고 있어, 이놈우 새끼가."

그 말에 나는 이렇게 야비한 선생도 다 있나 싶었다. 오기가 솟구쳐 올랐다. 주먹으로 눈물을 훔치며 이를 악물었다.

'울지 않을 거야!'

선생님은 무슨 훈계를 계속했는데 말을 하다 보면 울화가 치미는지 그때마다 몽둥이를 내리쳤다. 나중에는 아프지도 않았다. 점심시간이 끝나 갈 즈음까지 매질을 하던 선생님이 나가고 난 뒤에도 나는 계속 그 자리에 꿇어앉아 있어야 했다. 두 시간을 그렇게 꿇고 있다가 청소 시간도 지나고 종례 시간이 되어서야 풀려났다.

"이놈우 새끼, 운 좋은 줄 알아라. 안구에 이상이 있었으면 넌 퇴학이었어."

교실로 돌아와서 힐끗 용근이를 보았다. 눈두덩이가 시퍼렇다.

'오늘 집에 갈 때 무사하지 않겠구나.'

또 걱정이 되었다. 내가 몇 대 맞고 말걸. 종례를 마치고 우르르 아이들이 빠져나갈 때까지 나는 계속 자리에 앉아 있었다. 녀석들에게 맞아도 교실에서 맞는 편이 덜 창피할 것 같았다. 처분을 기다리듯이 앉아 있는데 녀석들은 쓰다 달다 말도 없이 교실을 나가 버렸다. 다행이다. 나는 욱신거리는 허벅지를 어루만지며 교실을 벗어났다. 더 다행인 것은 그 뒤로 용근이는 내게 눈길도 주지 않으려고 했다. 칼로 얼굴을 그어 버리겠다고 한 말에 겁을 먹었을까. 상우와 민규도 내게 가까이 오지 않았다. 살 것 같았다.

게다가 과외 공부방에서 미리 시험지를 봤다는 사실이 짜하게 퍼져 나갔다. 반 아이들은 나를 정의파라고 추켜세워 주었다. 자연히 그 녀석들은 내돌리게 되었다. 그러면서 나는 조금씩 어깨에 힘이 들어가기 시작했다. 처음 해 본 싸움이었는데 스스로 만족스러울 만치 잘 싸웠던 것이 생각할수록 통쾌했다. 더욱이 선생님 매도 별것 아니라는 것을 알았다. 면도칼을 갖고 다닌다는 소문도 과히 싫지 않았다.

바지 주머니에 손을 푹 찌르고 팔자걸음도 걸어 보았다. 가끔 침도 찍찍 뱉어 가면서. 짝지가 말했다.

"니 보통 놈이 아이데. 어데서 싸움 많이 해 봤더나?"

이 말은 오래도록 나를 우쭐하게 만들었다.

과외 공부방

우리 반 아이들 가운데 용근이, 민규, 상우는 제일 부잣집 애들이었다. 얼굴도 뽀얗고 공부도 잘했다. 얘들은 늘 뭉쳐 놀았다. 딴 반 아이들이 몇 명 더 어울렸는데 모두 우리 담임 선생님 집에서 과외 공부를 하는 아이들이었다. 아무도 얘들을 건드리지 못했다. 남달리 싸움을 잘하는 것은 아니었지만 선생님의 힘이 그들 뒤에 있으니 어쩌지를 못한 것이다.

학기 초였다. 공부를 마치고 농구대에서 놀고 있는데 얘들이 오더니 자기들끼리 시합을 하겠다고 비키라는 것이었다. 서너 명밖에 안 되는 우리는 자리를 비키지 않을 수 없었다. 어쩔 수가 없었다. 옆에 삐죽이 서 있는 우리에게 저리 가라며 잔돌을 주워 던지기도 했다. 우리는 두고 보자며 자리를 떠났다. 교실에서도 왈왈거리는 이놈들 앞에서는 아무도 말을 하지 못했다. 그러고도 떠드는 아이들 이름은 저희가 적고 있었다. 우리는 잘못 보이고 싶지 않았다.

그러던 어느 날, 내 성적이 떨어져 걱정하시던 어머니가 학교로 오셨다. 선생님이 불렀는지도 모르겠다. 그날 저녁 어머니는 내일부터 선생님 집에 공부하러 다니라고 했다. 선생님이 우리 집 어려운 것을 생각해 주어서 과외 수업비를 절반만 받겠다고 하셨단다. 부잣집 아이들만 다니는 그 집에 나는 가기 싫었다. 그것도 반값만 내고 다니는 것이 자존심 상했다. 그러나 엄마가 하도 쾌치기도 하고 선생님도 오라는 통에 과외 공부방으로 갔다. 조그만 방에 작은 칠판을 세워 두고 아이들 예닐곱 명이 오글오글 모여 앉아 수업을 받는다. 책상은 긴 탁자 모양이었는데 학교 목공실 아저씨가 짜 주었다고 했다. 뒤꽁무니에 앉아 수업을 받았지만 좋은 줄 하나도 모르겠다.

담임은 영어 선생님이었는데 늘 3학년만 맡는다고 했다. 실력이 있어서가 아니라 교장 선생님께 잘 비벼서 그렇다고 쑤군대고는 했다. 그때 쉰을 넘겼을까. 하얀 얼굴에 단정히 빗어 넘긴 곱슬머리가 참 차갑게 느껴졌다. 공부 내용은 하나도 기억에 없고 코맹맹이 소리가 아직도 귀에 남아 있다. 안경 너머 눈빛은 사람 속을 꿰뚫어 보듯 반짝거리기도 했고, 어떨 때는 우리를 아주 얕잡아 보는 듯한 눈빛이기도 했다. 처음부터 정나미가 떨어졌다. 그런데 집에 가 보니 선생님 모습은 아주 달랐다. 술을 한잔했는지 불콰한 얼굴로 더욱 코맹맹이가 되어 농담도 해 가며 뜨듬뜨듬 수업을 했다. 파자마를 입고서.

하루는 동그란 양주잔을 들고 조금씩 핥듯이 마시면서 이런 얘기를 해 주었다.

"너희는 앞으로 신사가 돼야 해. 거지처럼 뒷골목 술집에서 막걸리나 마시고 트림을 해 대고 그러면 안 되는 기야, 알겠어? 공부 잘해서 일류가 돼야 한다 그 말이야. 술도 이런 양주를 마시라고. 양주는 이렇게 향기도 맡아 가면서, 혀끝으로 맛을 느끼며, 입안에 술을 살살 굴려. 이기 신사들이 마시는 술이야. 한 번을 마셔도 이런 걸 마셔야 되는 기야. 상류 사회로 나갈라믄 지금 공부를 잘해 두야 해. 특히 영어는 필수야. 너거가 어른이 되면 전부 영어를 쓸지도 모르지. 그렇게 되게 돼 있어……."

나는 소주를 마시고 돌아와 초라하게 쓰러져 자는 아버지 모습이 떠올랐다. 부끄러웠다. 그러면서 한편으로 '찌랄하네.' 싶은 생각도 들었다. 요즈음 가끔 양주를 마실 때면 그때 선생님 얘기가 떠올라 쓴웃음을 지으며 혀끝으로 굴려 보기도 한다.

그에 비해 수학 선생님은 아주 엄하게 가르쳤다. 숙제를 내고 안 해 오는 날이면 손등을 내밀게 해서 손가락 끝을 단단한 지휘봉으로 톡톡 때렸다. 손가락이 끊어져 나갈 듯이 아팠다. 그래도 나는 이 선생님이 좋았다. 공부를 확실히 가르쳐 주는구나 싶었던 것이다.

가끔씩 생물 선생님도 오셔서 장난 반 수업 반으로 우리를 가르쳤다. 자그마한 몸집에 하얀 얼굴을 한 선생님은 늘 여선생 같은 기분이 들었다. 그러나 서울대학교 출신이라는 것 하나만으로도 우리는 늘 우러러보았다. 한번씩 화가 나면 아이들을 반쯤 죽여 놓는다는 소문도 돌았다. 어떻게 보면 멋있어 보이기도 하고 어떻게 보면 아주 잘난 척 뽐내는 듯한 그런 사람이었다. 그 선생님이 방금 목욕을 하고 왔는지 얼굴이 반짝반짝 윤이 나던 날이었다.

"목욕을 하면 왜 기분이 좋아지는 줄 아세요? 그건 말이야. 때를 벗겨 내서 그런 게 아니고 피부 마찰로 인해 혈액 순환이 왕성해지기 때문인 거예요. 여러분도 자주 목욕탕에 가서 피부 마찰 해 주는 게 좋아요. 한……, 일주일에 두세 번이 적당할 거예요. 그래야 머리도 맑

아지고 공부도 잘될 거예요."

나는 이 말에 또 뜨끔했다. 한 달에 한 번 목욕 가기도 어려운 판에 일주일에 두세 번씩 목욕을 하다니. 여기 아이들이 저렇게 얼굴이 뽀얀 것도 목욕을 자주 해서 그런 건가. 나는 주눅이 들어서 선생님을 바로 쳐다보지도 못하고 잠자코 앉아 있었다. 한편에서는 은근한 반감이 솟아오르기도 했다.

'더럽게 잘난 척하고 있네…….'

공부를 마치면 아이들끼리 어울려 다니며 빵집에도 가고 중국집에도 가고 했는데 나는 두어 번 정도 따라갔을까. 돈이 없으니 자주 갈 수도 없는 노릇이고, 얘들이 너무 고급으로만 놀아서 내 입이 딱 벌어질 정도였다. 나는 5원에 두 개 주는 호떡도 감지덕지였는데 이 녀석들은 양과점에 가서 팥빙수에다 도넛을 담가 퍼 넣는 식이었다. 그러나 그것은 약과였다. 하루는 중국집에 따라갔는데 탕수육을 시키는 것이었다. 자장면 말고는 먹어 본 일이 없던 나는 눈이 휘둥그레졌다. 돈을 나누어 낼 때 녀석들이 내 몫은 빼 주었다. 돈 없는 줄 알고 있다는 투였다. 그 뒤로는 함께 다니지 않았다.

한 달 남짓 다녔을까. 중간고사 칠 때가 되었다. 우리는 열심히 쪼았다. 그때 우리는 열심히 공부하는 것을 쪼은다고 했다. 나는 집에 와서도 밤을 새울 요량으로 잠 안 오는 약을 사 먹어 가며 설쳤다. 그래도 늘 자고 말았지만. 시험 치기 이틀 전인가 과외 공부방에서 마지막 준비 시험을 쳤다. 열심히 한 덕분이었는지 거의 다 맞힐 수 있었다. 선생님은 시험지 매긴 것을 거두어 보시더니 잘했다고 하면서 상으로 우리에게 자장면을 사 주었다.

그런데 시험 날 아침. 시험지를 받아 보니 그저께 우리가 풀었던 것과 글자 하나 안 틀리고 그대로가 아닌가. 아니 바로 그 시험지였다. 가슴에서 뜨거운 김이 확 솟구쳤다. 이 새끼들이 이렇게 해서 공부를 잘했구나. 나는 도무지 시험을 칠 수가 없었다. 영어뿐 아니라 수학도 그랬다. 덜덜 떨렸다. 반 아이들이 이걸 알면 뭐라고 할까. 답을 쓰다 엎어지고 말았다. 그렇게 부끄러울 수가 없었다. 아니 겁이 났다. 결국 문제를 몇 개 풀지도 않고 그냥 내 버렸다. 사실은 백지로 내거나 아예 내지 말까 싶기도 했다. 그러나 그럴 만한 용기는 없었다.

그 뒤로 나는 과외 공부방에 가지 않았다. 선생님이 불렀다.

"학교에서 치나 집에서 치나 그게 그거잖아. 미리 한번 쳐본 거라고. 점수는 그저께 집에서 친 그 점수대로 줄 테니까 그리 알고."

말도 안 되는 소리다. 나는 잠자코 듣고 섰다가 돌아서 버렸다. 아이들도 슬금슬금 나를 피했다. 그러나 얼마 안 되어 아이들은 다시 내 앞에서 왈왈거리기 시작했다. 일류 극장으로 영화 보러 간 이야기, 경남여중 아이들 만났던 이야기……. 그러면서 반값만 내는 과외 공부를 왜 못 하느냐고 다그쳤다. 나는 참을 수가 없었다. 하지만 뭘 어떻게 할 수도 없었다. 그런 나에게 이 녀석들은 노골적으로 비아냥거리거나 뒤통수를 툭툭 건드리며 을러대기도 했다.

"니, 우리한테 탕수육 사 줄 거 있다 아이가."

"니는 인마, 과외 수업비도 반만 내고 다녔다민서. 그래 놓고 새끼, 지 혼자 잘난 체하제. 탕수육 사도, 인마."

공부방에 간다고 어울려 다니지만 않았어도 멀리서 따로따로 생활할 수 있겠는데 이제 이 녀석들은 나와 친한 척하며 나를 괴롭히고 있다. 드디어 꿈에까지 나타나 나를 괴롭혔던 것이다.

한 표 부탁합니다

옷 찢은 사건은 없었던 듯이 묻혀 갔다. 그런데 또 다른 사건이 터졌다. 그때 우리 반에서는 한 달에 한 번씩 사람을 공포로 몰아넣는 투표를 했다. 3월 중순쯤이었다. 선생님이 투표 용지를 한 장씩 나누어 주고 한바탕 훈시를 했다.

"내가 너거 하는 꼬라지를 보고 있으니 이래 가지고는 죽도 밥도 안 되겠다. 점심시간에 차분히 앉아 공부하는 놈이 있나, 수업 시간에 조용히 하기를 하나. 교실이 먼지 구덩이가 되도록 분필 지우개로 축구를 해? 거지 같은 새끼들. 특별반이라고 뽑아 놓으니 하반 애들보다 더 공부를 안 해. 시험을 코앞에 두고도 그렇게 정신을 못 차려, 이 놈우 새끼들이. 일류 되기는 틀린 놈들이야. 너거 버릇을 잡지 않으면 열심히 공부할라는 애들이 얼마나 손해를 보겠어? 오늘 이 투표 용지에 이름을 적어 낸다, 알았어? 너거가 보기에 지금까지 제일 떠들었다 싶은 놈 이름을 한 명만 적어 내. 누가 누구를 적었는지 아무도 모른다. 백지로 내는 놈이 한 놈이라도 있으면 오늘 밤이 새도록 투표할 거니까 알아서 해. 지금 바로 적어. 엎드려서 손 가리고."

우리는 멀뚱히 앉아 어찌할 바를 몰랐다. 떠들기로 치자면 모두 다 떠든 것 같아서 누구를 적어 내야 할지 모르겠다. 서슬로 보아서는 오늘 걸리는 애는 반쯤 죽을 것도 같았다. 아이들은 끙끙거리다가 그래도 한 명씩 이름을 적어 냈다. 나는 그때 반장 이름을 적었다. 그 녀석도 "조용히 좀 해라!" 고함을 질러 대다가도 자기가 얘기할 때는 끝없이 주절거린 놈이니까. 개표가 시작되었다. 반장 선거보다 훨씬 재미나기도 했다. 이름이 불린 애들은 "하이이, 씨이." "으으읍……." 가지각색 신음 소리를 내며 머리를 싸쥐고 엎어진다. 그런 모습이 우스워 키들거리기도 했다. 표는 거의 골고루 나왔다. 좀 심하게 떠든다 싶은 애가 열 표쯤 나오고, 그 밖에는 서너 표씩. 반장 이름이 나오자 아이들은 와르르 웃었다.

"이 새끼들이 장난을 쳐? 투표가 장난인 줄 아는 모양인데……."

칠판에 바를 정(正) 자를 쓰던 반장이 벌겋게 얼굴이 달아올랐다가 선생님 말을 듣자마자 자기 이름을 싹 지워 버린다. 내 투표는 장난이 되어 버렸다. 그렇게 지워 버리는 민규 녀석이 참으로 아니꼬웠다. 그 날은 네 표 이상 받은 아이가 모두 불려 나가 손바닥을 맞았다. 손바닥을 싸쥐고 팔짝팔짝 뛰는 모습을 보면서 우리는 또 쿡쿡 웃어 댔다. 그러나 맞은 녀석들이 눈물을 질금거리자 우리는 다시 고개를 숙이고 말았다. 우리가 웃으니까 더 세게 때리는 것 같았기 때문이었다.

"다음부터는 투표해서 나온 수만큼 때릴 테니까 알아서 해, 이놈우 새끼들."

교실 분위기는 싹 바뀌어 버렸다. 아침 자습 시간에 걸상 끄는 소리도 조심할 정도였다. 어느 날 아침 그렇게 조용한 교실에서 재순이가 방귀를 뿌우우웅 뀌었다. 아이들은 꾹꾹 눌러 담아 놓았던 웃음 소쿠리를 쏟아 놓듯 책상을 두들기며 웃어 댔다. 무슨 소리 지를 거리가 없나 했는데 방귀가 터졌으니 마음 놓고 고함을 지르며 웃고 또 웃었다. 재순이는 벌겋게 상기된 얼굴로 일어서서는 소리를 질렀다.

"나는 안 떠들었다이. 나는 아이다이."

그 말에 우리는 또 웃었다. 그 달 투표에서는 재순이가 1등을 해 버렸다. 재순이는 울면서 선생님께 하소연했다.

"빵구 낀 거 말고는 안 했어예. 빵구만 꼈어예."

그날은 선생님도 웃었다. 재순이가 순진하고 어리숙하지만 공부를 잘하는 모범생인 것을 선생님도 알고 있었다. 조금씩 투표의 효력도 사라져 갔다. 그래도 투표는 어김없이 계속되었고 효력이 떨어진다 싶으니 매는 더욱 세졌다.

옷 찢은 사건이 있은 얼마 뒤 또 투표하는 날이 되었다.

"오늘 종례 시간에 투표를 실시한다."

선생님은 이 짧은 한마디로 조례를 끝냈다. 우리는 금세 기분이 가라앉아 버렸다.

"머를 자꾸 투표를 하노……."

"조용히 했는데도 자꾸 하나. 반장 니 샘한테 말 좀 해라."

"이름 적어 내지 말자."

아이들은 여기저기서 수군대기 시작한다. 반장 녀석은 들었는지 말았는지 책만 보고 있다. 그런 소리도 다 투표에 반영될 것이라는 듯이. 나는 슬며시 부아가 끓어올랐다. 선생님께 맞는 게 별것 아니라는 것도 알고 있었다. 더욱이 반장 놈 짓거리가 아니꼬워서 살 수가 없다.

"야, 야, 너거 오늘 모두 내 이름 적어 내라. 씨바, 한 번 죽지 두 번 죽나. 내 이름 적어라, 개안타."

"니는 인마, 요번에 걸리면 죽는대이. 니 베루고(벼르고) 있는 줄 모루나."

"베라 보이. 적어라, 적어. 언 놈은 지 이름 나오니 지가 지워 뿌데. 나는 안 그란다."

나는 무슨 큰 결심을 하고 스스로 희생양으로 나서겠다는 듯이 어깨까지 으쓱거렸다. 반장 녀석은 끝까지 꼼짝도 하지 않고 앉아 있다.

'절마가 선생한테 다 일러바치겠구나.'

하지만 이왕 내친 김이었다. 점심시간에는 걸상을 엎어서 밀고 다니며 밥 먹는 아이들 책상을 쿵쿵 박으며 소리를 질렀다.

"한 표 부탁합니다, 유권자 여러분."

그날 오후 어김없이 투표를 했다. 투표 용지를 들고 들어온 선생님은 여느 날과 다르게 더욱 무겁게 입을 닫았다. 입술이 '一' 자로 닫히고, 눈빛은 번뜩번뜩 안경 너머에서 우리를 노려보듯 훑고 있다. 나는 덜컥 겁이 났다.

'내가 괜히 설쳤나. 마, 모른 체하고 있을걸. 정말로 애들이 모두 내 이름을 적어 내면 어쩌지…….'

개표가 시작되었다.

"이상석, 이상석, 이상석, 이상석, 이상석……."

선생님은 얼굴이 벌겋게 달아오르고 있었다. 내 이름 뒤에 正 자가 끝없이 이어졌다. 선생님 얼굴이 부들부들 떨리고 있었다.

'죽었구나.'

나는 그만 숨이 멎었다. 아이들은 아는지 모르는지 큭큭 웃고 있었다.

'이 새끼들이 해도 너무했구나…….'

"반장! 목공실 가서 뺀찌 갖고 왓! 이놈우 새끼 이빨을 뽑아 버려야겠어!"

한순간에 뚝 끊어지는 소란.

"나왓! 이놈우 짜쓱. 나왓!"

나는 정말 선생님이 이빨을 뽑지 않을까 와들와들 떨렸다.

"엎드렷!"

아, 살았구나. 엉덩이 맞는 것쯤이야. 나는 똥구멍에 바짝 힘을 주고 엎드렸다. 죽은 듯이 참아 보자. 아, 그런데 선생님은 느닷없이 펜치를 들고는 내 허벅지를 꽈악 찝었다.

"으아아악!"

등골을 타고 오르는 고통이 뒷골까지 쭈욱 뻗쳐올랐다. 살점을 인두로 지지는 듯이 입이 딱 벌어졌다. 그 순간에 오기가 불덩이가 되어 목구멍으로 울컥 넘어왔다.

"이 씻……."

차마 '발' 자를 마저 소리 내지 못했다. 이빨이 뿌드득 갈렸다. 일어설 수가 없었다. 엉거주춤 엎드린 채로 한참 숨을 몰아쉬었다. 조금씩 정신이 돌아왔다. 교실을 박차고 나가 버리고 싶었다.

'딸막딸막. 하나, 둘, 셋, 나가, 나가자. 이 더러운 데를 나가 버리자.'

그러나 그러지 못했다. 비실비실 걸어서 자리로 돌아와 앉았다. 울음이 북받쳐 올랐다. 내 몸과 마음이 갈기갈기 찢기는 것 같았다.

그날 뒤로 나는 담임 얼굴을 철저히 외면했다. 영어 시간에는 결코 책을 펴지 않았다. 죽일 테면 죽여라 싶었다. 허벅지 살점은 시꺼멓게

죽어 갔다. 나중에는 온 허벅지로 멍이 번졌다. 담임도 더 이상 나에게 이래라저래라 말이 없었다. 담배를 피우기 시작했다. 필터를 질경질경 씹으며 담배 연기를 뿜어내니 세상에 겁나는 것이 없었다. 나는 문득 훌쩍 커 버린 기분이었다. 옛날의 내가 아니었다.

냉차 장수, 찐빵집, 커닝

중학교 1, 2학년 때는 늘 맨 앞줄에 앉았다. 키도 작고 몸도 약했다. 그 시절, 아이들 교복은 두 종류가 있었다. 무명에 새까만 물을 들인 교복은 얼마 안 입으면 색이 희끗희끗 날고 구김도 잘 갔다. 바지 무릎은 툭 불거지고 오금에는 잔주름이 쪼글쪼글했다. 아이들 대부분은 이런 옷을 입고 다녔지만 몇몇 부잣집 애들은 이른바 기지 양복이라고 하는 옷을 입었는데 어른들 양복 옷감이었다. 구김도 잘 안 가고 입고 있으면 찰랑찰랑 태가 났다. 다림질한 올이 언제나 반듯하게 날이 서 있었다. 이런 아이는 모두 얼굴도 뽀얗게 곱살했다. 나도 기지 양복을 입고 싶었다. 그렇지만 그런 것을 사 달라고 조를 수 없다는 것은 내가 먼저 알고 있었다. 엄마는 클 때까지 입어야 한다며 소매를 접어야 할 만치 큰 무명 교복을 사 주셨다.

그러나 부러움도 잠시뿐 집에서 먼 곳까지 전차를 타고 학교에 다니는 것이 재미났다. 공부 마치면 바로 도서관으로 달려갔다. 좋은 자리 잡아서 책을 읽어야 했다. 도서관 사서 선생님도 나를 귀여워하셨다. 그 쓰다듬어 주는 손길이 향긋해서 더욱 열심히 도서관으로 달려갔다. 어둑할 무렵 전차를 타고 집으로 돌아왔다. 배가 고파 차창 밖으로 보이는 냉차 장수, 찐빵집 꺼먼 솥에서 뭉게뭉게 피어오르는 김을 보면서 침을 꼴깍거리기도 했다. 서면에 내려서 집까지 삼십 분은 실히 걸어야 한다. 그 길에는 주먹만 한 만두를 만들어 파는 중국집도 있고 다뉴브, 백송, 오스카 양과점도 있었다. 힐끗힐끗 유리창을 들여다보면 은은한 분위기가 감돌고 있었다. 저런 곳에서 포크로 빵을 찍어 먹었으면. 우유를 곁들여 조금씩 마셔 가면서. 참 우아할 것이다. 그래도 집에 가면 따뜻한 밥이 있으니 얼른얼른 걸음을 옮기면 된다.

1학년 때 영어 선생님은 멋있는 분이었다. 덩치가 우람하고 콧날도 우뚝하며 늘 인자한 웃음을 보여 주는 선생님이었다. 생전 고함을 지르는 법이 없었다. 팔뚝에는 웬 털이 그렇게 많았는지. 마치 외국 영화에 나오는 주인공 같았다. 점심 체조 시간에 전교생이 나와서 음악에 맞추어 체조를 했는데, 그 선생님도 꼭 나와서 체조를 했다. 천천히 몸을 흔들다가 허리를 뒤로 젖혀 등배 운동을 하는 모습이 그렇게 멋있을 수 없었다. 그 큰 덩치가 부드럽고도 근엄하게 움직일 때는 나도 어른이 되면 저런 모습이면 좋겠다 싶을 정도였다. 선생님께 잘 보이고 싶어서 열심히 영어 공부를 했다. 한 과를 마치면 꼭 단어 시험을 쳤는데 나는 늘 다 맞혔다. 선생님께는 가장 착한 학생이 되고 싶었다.

늙은 국어 선생님은 늘 당신 혼자서 설명하셨다. 그래서 아이들은 그 선생님 시간만 되면 웅성거리며 딴짓을 해 댔다. 나는 그런 아이들 때문에 선생님이 화를 내실까 봐 안달이 나곤 했는데 그런 내 모습을 보며 빙그레 웃어 주셨다. 선생님은 뜬금없이 우리에게 사주 보는 법이나 손금 보는 법도 가르쳐 주셨는데 꼭 내 손을 펴게 해서는 가느다란 대나무 회초리로 손금을 짚으면서 얘기를 하셨다. 나는 그때 들은 풍월로 나중에 군대에 갔을 때 내무반에 있는 사람들 손금을 다 봐 주었다. 나중에는 소대장까지 내 앞에 손을 내밀기도 했다. 물론 나오는 대로 주절거렸지만 사람들은 용한 점쟁이를 만난 듯이 줄을 섰다.

또 선생님은 중학교 때 한국 단편 문학을 다 읽어 두어야 한다며 주마다 숙제를 내셨는데 나는 그것을 거의 빠뜨리지 않고 다 했다. 숙제가 아니라도 책 읽는 재미가 붙으니 도서관에 있는 단편 문학 전집은 다 읽고 싶었다. 특히 황순원의 작품은 나를 사로잡았다. 어떻게 그런 이야기를 지어낼 수 있을까. 신기하기만 했다.

하루는 다음 날 영어 단어 시험 치는 것을 깜박 잊고 밤새도록 황순원의 소설에 빠져 있었다. 학교에 가서야 허둥지둥 단어를 외웠는데 그날따라 문장 외우기도 해야 하는 날이었다.

'우짜꼬.'

허둥거리며 문장을 외워 보았지만 한 줄 외우면 한 줄 까먹고 마음만 바빴다. 아이들은 칸닝구 뻬빠(커닝 페이퍼)를 만들고 있다. 시험지 밑에, 필통 뚜껑 안쪽에, 걸상 바닥에 종이를 붙여 두고 시험을 쳤다.

'나도 해 볼까? 들키면 우짜노……. 그래도 하나도 못 쓰는 것보다야 낫지.'

가슴을 콩닥거리다가 커닝을 하기로 마음먹었다. 한 번만 하자. 외워야 하는 문장을 촘촘히 적어 걸상 바닥 앞쪽에다 붙였다. 엉덩이를 뒤로 빼고 고개를 푹 숙여 보았다. 환히 보였다. 베껴 쓰는 연습도 해 보았다. 감쪽같겠다. 커닝하기도 어렵지 않구나.

영어 시간. 선생님은 귀퉁이에 도장이 찍힌 쪽지 한 장씩 나누어 주고 단어를 불러 주었다. 단어는 그런 대로 받아 적을 수 있다. 다음은 문장 외워 쓰기. 드디어 왔다. 연습한 대로 슬그머니 엉덩이를 뺐다. 보인다. 됐다. 열심히 베껴 쓰고 있었다. 그때 내 허리 뒤쪽으로 털이 숭숭한 커다란 손이 쓰윽 들어왔다. 앗! 선생님. 소스라쳐 놀라 다리를 오므리고 달달 떨었다. 선생님은 입을 꾹 다문 채 손바닥을 내밀었다. 앞이 캄캄했다. 커닝하다 잡히면 정학이다. 딴 사람도 아닌 존경하는 영어 선생님께 들켜 버렸다. 오들오들 떨면서 붙여 놓은 종이를 떼었다. 밥풀로 붙여 둔 종이는 가운데 부분이 잘 떨어지지 않는다. 찢어진 종이를 그대로 드렸다. 선생님은 아무 소리 없이 앞으로 가셨다.

나는 어찌할 바를 모르고 책상에 엎드렸다. 창피하고 겁도 나고 이제는 좋아하던 선생님께 버림을 받겠다 싶으니 그것이 더욱 안타까웠다. 눈물이 났다. 울면 조금이라도 내 안타까운 마음을 알아주실 것도 같았다. 선생님은 울고 있는 내 머리를 쓰다듬고 지나가셨다. 그러니 더욱 눈물이 났다. 그 시간 내내 훌쩍거리고만 있었다.

"상석이 이리 와 봐라. 교무실로 좀 가자."

공부가 끝나고 나는 선생님 뒤를 따라 교무실로 갔다. 이제 죽는구나. 선생님들만 우글거리는 교무실. 담임 선생님은 눈이 벌건 나를 보고 "요놈이 뭘 잘못해서 교무실까지 불려 오는고." 하며 놀리듯이 웃으신다. 영어 선생님은 말없이 나를 캐비닛 뒤로 데리고 가셨다. 선생님과 단둘이 마주 앉으니 다시 눈물이 쏟아진다. 무릎 위에 뚝뚝. 두 손을 무릎 위에 단정히 얹고는 처분만 기다렸다.

"됐어. 그만 울어. 잘못한 것 알면 됐어."

도리어 그런 나를 쓰다듬으며 달래셨다.

"앞으로는 그런 짓 하지 마. 버릇이 되면 큰일 나는 거야."

위로하듯이 다정한 목소리로 말씀하셨다.

"오늘 시험 친 부분 열 번 써 오는 걸로 용서할 테니까. 걱정 말고 가서 수업하도록."

나는 백 번이라도 써다 드리고 싶었다. 이런 영어 선생님께서 2학기가 되자 온다 간다 말도 없이 다른 데로 가 버리셨다. 어느 큰 회사로 갔다는 말도 있고, 대학교수가 되었다는 소문도 있고. 무정한 선생님. 섭섭한 마음에 새로 온 영어 선생님 수업에는 관심이 없었다.

패거리가 생겼다

교무실 캐비닛 뒤편, 그곳은 내가 가장 존경하던 영어 선생님한테서 따뜻한 타이름을 받던 곳이었다. 내 딴에는 특별한 뜻이 있는 곳이다. 그런데 3학년 때는 가장 싫어하는 담임 선생님께 끌려가 뺨을 맞고, 허벅지를 수도 없이 맞았으니. 그때는 울지도 않았고 처분을 기다리지도 않았다. 반항심만 목구멍에 울컥울컥 솟고 있었다. 펜치로 허벅지를 집히고 난 뒤부터는 커닝을 해도 아무 가책도 없었다. 내가 저지르는 잘못은 모두 담임 때문이라고 핑계를 댔다.

'내가 뭐한다고 공부를 잘해 줄 거고. 치아라.'

중간고사, 기말고사 이런 시험 때는 앞에 앉은 재순이가 죽을 맛이었을 것이다. 시험지를 옆으로 빼놓지 않으면 줄곧 연필로 꾹꾹 찔러 댔으니. 오른쪽으로 뺐다가 왼편으로 뺐다가. 1학년 때 영어 선생님 말씀은 까맣게 잊은 채 정말 버릇처럼 커닝을 해 댔다. 게다가 집에서 주는 과외 수업비는 꼬박꼬박 받아 챙겼다. 좀 켕기기는 했지만 마음을 고쳐먹었다.

'내가 안 다닐라 해도 엄마가 억지로 보내서 그 고생했는데, 내가 뭐 잘못했노. 가만히 다녔으면 이 돈이 그 꼴 보기 싫은 담임한테로 갔을 텐데, 뭐. 그것보다야 낫지.'

책값 받아 쓰는 것보다 돈이 너무 많아 움찔움찔 겁이 났지만 한 푼 두 푼 쓰는 재미가 또한 나를 끝없이 유혹했다. 돈을 쓰니 자연히 패거리가 생겼다. 나를 싸움 무지 잘하는 정의파로 알아주는 짝지와 1학년 때 같은 반이었고 도서관에 함께 다니던 광철이와 가끔 가출을 하던 태훈이는 빠지지 않는 한패가 되었다. 그 무렵 광철이는 유도를 배웠는데 어깨가 아주 딱 벌어진 것이 1학년 때 도서관으로 뛰어다니며 자리를 잡던 어린 티를 싹 벗고 있었다. 싸움이 붙어도 광철이가 옆에 있으면 믿음직했다.

우리는 시시하게 호떡집에는 가지 않았다. 담배를 마음 놓고 피울 수 있는 중국집 방이 제격이었다. 내 돈으로 탕수육과 배갈도 시켰다. 사실 배갈은 마시기 거북한 술이었다. 그 냄새가 너무 역겨웠다. 그러나 숨을 딱 멈추고 한 잔 탁 털어 넣고는 고슬고슬 튀긴 탕수육을 한 점 씹어 삼키는 재미는 여간이 아니었다. 배갈은 목구멍을 넘어가면서 온통 내장에 불을 지피는 것 같았다. 술에 데는 기분이랄까. 두어

잔만 마셔도 알딸딸해져서 간이 벙벙해졌다.

벌건 얼굴로는 나다닐 수 없어서 미성극장에 두 편 동시 상영 영화를 보러 가곤 했다. 텅 빈 극장 안의 어두컴컴한 분위기가 좋았다. 야한 영화장면에 침을 꼴까닥 삼키며 우리는 키들거렸다. 그때 여자 배우는 문희, 남정임, 윤정희가 날렸는데 나와 광철이는 문희가 최고라고 우기고 짝지는 남정임, 태훈이는 윤정희가 가장 예쁘다고 한 치도 양보하지 않았다. 볼이 뽕탕하고 입술이 도톰하게 불거진 남정임이나, 이마가 짱구로 생긴 윤정희가 무엇이 그래 예쁘다고 우기는지. 달걀처럼 갸름한 얼굴에 큰 눈에는 금방 눈물이 고일 듯한 문희를 보고 있으면 갑자기 수음을 하고 싶었다.

한번은 태화극장에서 문희, 남정임이 함께 나오는 쇼를 했다. 우리는 만사 제치고 태화극장으로 달려갔다. 무대 앞자리는 서고 앉고 발 디딜 틈이 없었다. 겨우 비집고 들어가 통로에 앉아서 문희를 기다렸다. 그때 자리에 앉아 있던 어떤 처녀가 자리를 좁히며 함께 앉자고 한다. 웬 떡! 허벅지를 찰싹 붙여 함께 앉았다. 그렇게 앉아 있으니 전해지는 체온 때문에 나는 문희고 무엇이고 가슴만 콩닥콩닥 뛰었다. 처녀도 마찬가지인 것 같았다. 팔뚝으로 전해 오는 처녀의 몰캉한 젖가슴이 깜빡깜빡 내 혼을 빼 갔다. 불기둥 같은 뜨거운 열기가 목구멍을 턱턱 막는 것 같았다. 얼굴을 돌려 처녀 모습을 보고 싶었지만 그럴 수는 없었다. 아까 앉을 때 흘깃 본 것뿐이었다. 난 그 처녀가 마치 문희인 것 같은 착각에 빠지기도 했다.

아! 그러나 쇼가 끝나고 우르르 자리에서 일어설 때 마주친 그 얼굴은 문희도 남정임도 아니요 화장을 덕지덕지한 노처녀였다. 서둘러

광철이와 어깨동무하고 극장을 빠져나와 버렸다. 아이들은 내 얘기를 듣고 놀려 댔다.

"따라가지, 빙신아. 맛있는 것도 사 줄 거고, 그것도 하고…… 아이구, 빙신아."

"너거가 당해 봐라, 새끼야."

나는 아직도 가라앉지 않는 젖가슴의 말랑말랑한 느낌과 정나미 떨어지는 그 여자의 얼굴과 눈빛을 뒤섞어 떠올리며 고개를 흔들어 댔다. 다음 날은 교실에 '상석이가 어제 여자하고 뭐뭐 했다.'는 소문이 났다. 같이 갔던 녀석들이 부풀려 소문을 낸 것이다.

"어떻던데? 어떻던데?"

아이 놈들은 따라다니며 소매를 잡아끈다.

"내가 아나, 인마. 너거도 해 보라모."

나도 짐짓 그 일을 경험이나 한 것처럼 뒤를 눙치고 다녔다.

공부보다 재미난 일은 끝이 없었다. 우리는 일요일에도 만나 놀러 다녔다. 지금 해양대학교가 있는 아치섬은 우리가 자주 갔던 곳이다. 태훈이는 자기 집 안방에 놓아두는 트랜지스터 라디오를 들고 왔다. 소주 두어 병과 오징어를 사 들고 그 섬으로 가서 남진, 나훈아의 노래와 춤을 배웠다.

거기 놀러 온 다른 패들과 싸움을 벌이기도 했다. 싸움에는 늘 광철이가 앞장섰다. 단추를 후두둑 뜯으며 웃통을 벗어제끼면 땅땅한 키에 딱 벌어진 어깨가 아주 싸움꾼다웠다. 그러나 대개는 이렇게 한 번 으르고는 끝나는 싸움이었다. 꼭 이쪽이나 저쪽 편에는 "피 보지 말고 말로 하자."고 중재를 하는 놈이 있었기 때문이다. 나는 거의 중재

하는 역을 맡았다.

"꼭 피를 바야 되겠나, 너거. 오늘 참말로 수박 함 깨 보까. 붙으면 한 놈은 죽는다. 좋나? 저 새끼 성질 건디리지 말고 말로 해라, 말로."

이렇게 놀아나면 놀아날수록 아이들은 우리를 높이 봐 주는 듯했다. 이제 과외 공부방 패거리는 교실에서 있는 둥 마는 둥 기가 죽었다. 그리고 공부를 마치면 학교 건물 뒤편에 모여 담배를 피웠다. 필터를 질겅질겅 씹으며 담배 연기를 뿜어 대면서 책상에 머리 처박고 책만 보는 녀석들을 비웃었다.

지금 생각해 보니 그때 과외 공부방 패거리들은 기가 죽어 그대로 있었던 것이 아니라 입시 준비에 여념이 없었던 것 같다. 어쩌면 그렇게 놀아나고 있는 내 모습을 보며 비웃고 있었을지도 모른다.

그러는 사이에 고등학교 입학시험이 다가오고 있었다.

아재, 밥 좀 갈라 묵읍시다

만남

중 · 고등학교가 추첨제 입학으로 바뀐 게 1974년이었다. 그전에는 초등학교 때부터 입시 경쟁에 시달려야 했다. 그때, 부산에서는 부산고, 경남고, 부산여고, 경남여고가 일류 학교로 꼽혔다. ㅂ, ㄱ을 엮어 만든 부고 배지는 그것만으로도 아주 큰 계급장이었다. 중학교를 졸업할 즈음 나는 해 놓은 공부도 없이 막연히 일류 고등학교에는 가야 한다는 생각을 하고 있었다. 하지만 짐작대로 부산고등학교에 떨어졌다. 당연히 재수를 해서라도 가야만 할 학교였다.

부산의 중심에 있는 서면은 남포동 다음으로 붐비는 곳이었다. 지금 서면 오거리 교차로는 그때 로터리였고 로터리 가운데는 부산탑이 있었다. 그 로터리 둘레에 북성극장, 동보극장, 태화극장, 좀 늦게 세워진 대한극장이 있었고, 부산진경찰서, 청학서림, 백송, 오스카, 다뉴브 양과점이 총총히 있었다. 로터리 조금 아래쪽에 서면학원이 있었다. 초량에 있는 청산학원, 대신동에 있는 대신학원은 공부 잘하는 부잣집 아이들이 주로 다녔고, 서면학원은 놀기 좋아하고, 가난한 변두리 아이들이 주로 모였다. 시골에서 공부하러 온 아이들은 주로 서면학원 아니면 범일학원에 다녔다.

나는 서면학원에 다니기로 했다. 집에서 걸어 다닐 수 있는 거리였다. 주간 종합반에 등록을 했다. 3월 초 개강할 때는 아이들이 많지 않았는데, 자연히 이 아이들이 패거리를 이루어 좀 늦게 학원에 등록한 아이들에게 텃세를 부렸다. 우리는 벌써 열댓 놈 패거리를 이루었고 태화극장 기도(극장에서 표 받는 사람을 두고 하는 말인데, 사실은 주먹잡이다)를 선다는 외팔이 형의 수하에 들어가 있었다. 외팔이 형은 태화극장과 그 주변 보안관 노릇을 했다. 시비를 걸거나 다른 동네 패거리들이 얼씬거리면 그 유명한 돌려차기로 사람을 떡사발로 만들어 버린다고 했다. 사실은 한 번도 그 형이 싸우는 것을 보지는 못했는데, 덜렁거리는 빈 소매가 아주 무서운 힘으로 우리를 압도했다.

그 아래 깜상이니 또 뭐라고 하는 형들이 있었는데 그들은 주로 우리에게 돈을 뜯어 라면을 사 먹고 소주나 마시는 치들이었다. 우리를 특별히 아우로 생각해 주는 것도 아니고 눈에만 띄면 불러서 "야 인마, 라면 하나 사라." "돈 모아서 담배 좀 사 와." 이런 식으로 돈이나 뜯었다. 다른 아이들이 두려움에 떨면서 돈을 뺏긴다면 우리는 아는 형한테 스스로 얼마씩 갖다 바치는 꼴이었다. 그렇지만 우리는 이 깜상 형들과 어울려 농담도 하고, 함께 건들거리면서 서성거리는 것만으로도 아주 빽이 든든한 놈들이 되어 있었다. 그러니 학원 안에서는 우리가 깜상과 아주 친한 똘마니들로 통하고 있었고, 이런 사실이 바로 우리의 힘이 되었던 것이다. 이러면서 우리는 공부 반 놀기 반으로 학원을 다니고 있었다.

그렇게 두어 달 지내고 있는데, 하루는 비쩍 마르고 키가 멀쑥하니 큰 녀석이 낡고 빛이 바랜 회색 작업복을 입고 우리 학원에 나타났다. 세상 온갖 고민을 다 안고 있는 듯한 구부정한 걸음걸이, 집에서 만들어 입은 듯한 후줄근한 윗도리, 우리의 텃세를 아예 무시해 버리고 혼자 있어도 얼마든지 살 수 있다는 듯 흔들림 없는 눈빛.

'이것 봐라, 우리의 텃세를 꺾기 위해 나타난 쟝고라도 되냐?'

그 당시 프랑코 네로가 주연한 〈황야의 무법자〉 시리즈 영화가 유행을 했는데, 깡패 총잡이들을 단숨에 해치우고 유유히 사라지는 주인공 이름이 쟝고였다. 공부만 하려고 오는 아이들은 우리 관심 밖이었는데, 이렇게 도전적인 모습으로 나타난 놈은 가만히 놓아둘 수 없는 게 우리의 불문율이었다.

한 이틀 지켜보았다. 아무에게도 말 한마디 건네지 않고 맨 뒷자리에 앉아 있다. 쉬는 시간에는 변소 옆 으슥한 곳에서 혼자 담배를 뻑뻑 피우고는 말없이 사라진다. 우리한테 인사를 건넬 만한데 이 녀석은 아주 배짱이다.

며칠 뒤 점심시간이었다. 아이들이 모두 점심 사 먹으러 나가고 없는 텅 빈 교실에 이 녀석은 혼자서 도시락을 꺼내 먹고 있었다. 그 모습조차 아주 당당해 보이기도 하고 고독해 보이기도 했다. 내가 시비를 걸었다. 까만 모자를 삐딱하게 쓰고, 어깨를 잔뜩 세워 꾸부정하게 건들거리며 옆으로 갔다. 힐끗 나를 올려다보고는 그냥 밥을 먹는다.

내가 밥 먹는 책상에 터억 걸터앉으며 말했다.

"아재, 밥 좀 갈라 묵읍시다."

이런 말은 빼도 박도 못 할 시비다. 언제 봤다고 밥을 갈라 먹나. 그것도 아주 시비조로 밥 먹는 책상에 걸터앉는 놈과. 이쯤 되면 도시락 뚜껑을 덮고 일어서야 한다. 이러면 싸움이 되는 것이다. 그런데 이 녀석은 아무 동요도 없는 눈빛으로 도시락을 내민다.

"그랍시다. 좀 묵어 보소."

졌다는 눈빛도 아니고, 싫다는 눈빛도 아니고, 스스럼없는 동무에게 도시락을 내밀듯이. 이러면 싸움이 되지 않는다. 오히려 내가 당황했다. 할 말이 없다. 나는 걸상으로 내려앉으며 말했다.

"아재…… 참, 성질도 좋네…… 좀 묵읍시다이."

그러고는 몇 술 떠먹었다. 그런 나를 빙그레 웃으며 바라보고 있다. 녀석의 눈빛이 너무나 서글서글하다. 어떤 적대감도 가질 수가 없다. 악수를 청했다.

"인사나 합시다. 나 이상석이오."

"예, 나는 박재동입니다. 허허……."

재동이는 이렇게 해서 우리 패거리와 인사를 나누게 되었다. 서면 학원 근처에는 아이들에게 까치 담배(낱개로 파는 담배)도 팔고 과자나 라면 따위를 파는 구멍가게가 하나 있었는데 우리는 거기 뒷방을 골방이라 했다. 주로 미군 부대에서 흘러나온 양담배를 낱개로 팔았는데 셀렘, 말보로, 팔말, 스트라이크에 좆담배(우리는 시가를 이렇게 이름 붙였다)까지 없는 게 없었다. 인사를 나누었으니 골방으로 안내를 해야지. 나는 셀렘을 피우는데 이 녀석은 말보로를 골라 든다. 골초구

나. 그러나 재동이는 골방에 앉아 담배 피울 때나 함께 있지, 깜상 형과 어울리는 데는 가지 않았다. 애써 패거리에 어울려 돌아다니려 하지도 않고 덤덤하게 앉아 자기 일만 했다.

그러면서 한 보름 지났을까. 서서히 이 녀석의 진가가 드러나기 시작했다. 틈만 나면 공책에 그림을 그리는데 모두 그 그림을 보며 깜짝 놀랐다. 이렇게 그림을 잘 그리다니. 클린트 이스트우드를 사진처럼 그려 냈고, 윤정희 얼굴도 판에 박듯이 그렸다. 갖가지 재미난 만화도 그렸다. 우리는 뒤늦게야 알았다. 이 녀석이 부산중학교 미술반이었다는 것, 미술부 특기생으로 얼마든지 부산고등학교로 진학할 수 있었는데 자존심 상한다고 특기생 전형에 응시하지 않고 일반 전형에 응시했다가 떨어졌다는 것, 부산중학교 다닐 때부터 조회 시간마다 불려 나가 상을 받았다는 것 그리고 이야기를 너무나 재미나게 잘했다는 것. 이것을 알고부터 자습 시간만 되면 나가서 이야기를 하게 했다.

재동이가 칠판 앞에 턱 나서면 우리는 얘기도 시작하기 전에 키득키득 웃음부터 흘렸다. 오늘은 또 어떤 얘기로 우리를 흔들어 놓을지. 재동이는 칠판에 그림부터 척 그려 냈다. 이야기의 배경이 되는 그림이다. 아이들은 그림 솜씨에 탄복한다.

"우아, 진짜 잘 그린다."

"엄마야, 정말 잘 그린다야. 저 머스마 어데 산다 하더노?"

재동이는 이런 찬사를 듣는 둥 마는 둥하고 이야기보따리를 풀어놓는다. 모두 그때그때 지어내는 이야기인 것 같았다.

"얼마 전, 부산 제3부두에 전국 엿재이(엿장수)들이 모인 거 알제?

이 엿재이들을 모아서 제주도로 강간하로 갔거든."

"히히 새끼, 강간이란다, 강간."

"어허이, 들어 바라. 강간이나 관광이나 그기 그거 아이가. 이런 배에 엿재이들이 꽉 탔지."

칠판에는 금방 배 한 척이 파도에 넘실거린다.

"이 배가 부산항을 출발했지. 그런데 제주도 항구에 도착했을 때 어째 된 줄 아나? 엿재이들이 배에서 다 내리자마자 배가 그 자리에서 사라져 버렸어. 왜? 이거야말로 미숫가리 아이가? 아참, 미스터리. 아는 사람 입에 발가락 물고."

우리는 다시 배를 잡고 웃는다. 그 사이에 엿장수들이 고철 더미를 이고 지고 가는 그림이 나타난다.

"그 미숫가리는 바로 이거! 엿재이들이 배를 고철로 모두 뜯어 간 기야. 엿재이들 앞에 고철이 남아나겠어?"

우리는 책상을 치며 웃어 댔다. 얘기하는 놈은 아주 진지한 표정으로 웃지도 않고 얘기를 이어 나가고 있었는데 그 모습이 더 우스워 박수를 쳐 댔다. 재동이는 하루아침에 우리 학원에서 가장 인기 있는 남학생으로 떠올랐다. 다른 반에 원정 강의까지 나갔다. 엿재이 시리즈, 참새 시리즈, 쟝고 시리즈……. 나는 이런 재동이가 너무 좋았다. 다른 아이들과 어울릴 시간이 없었다. 재동이하고만 있으면 제일 즐거웠다. 둘이서만 붙어 다니게 되었고 서로의 집에 놀러도 다녔다.

그냥 함께 있어도 좋더라

재동이네는 만화방을 하고 있었다. 판잣집이 다닥다닥 붙어 있는 전포동 윗동네 조그마한 집이었는데, 아버지는 만화방에 앉아 있고 어머니는 가게 앞에 천막을 잇대어 만든 좌판에서 붕어빵도 굽고 오뎅도 팔고, 여름이면 팥빙수도 만들어 팔았다. 햇빛이 들지 않는 골방 같은 재동이 방에서 나는 만화도 보고, 재동이가 그린 그림들도 구경했다.

재동이 아버지는 옛날에 초등학교 선생님이셨는데 몸이 아파 그만두셨다고 한다. 그러고 보니 자그마한 체구지만 아주 꼿꼿하고 무섭게 생기셨다. 아이들이 만화방에 오래 앉아 있으면 이제 공부할 때 되었다고 그만 보고 가라고 하신다. 어머니는 언제나 웃고 계셨는데 그 모습이 참 보기 좋았다. 가기만 하면 따끈따끈한 붕어빵을 한 접시 담아 주셨다.

이렇게 사는 재동이가 더욱 좋았다. 부잣집 애 같으면 그렇게 친해지지도 않았을 것이다. 우리 집이나 재동이 집이나 빠듯하게 살아가면서 우리를 키우고 계셨다. 우리 둘만 있으면 재동이는 아주 진지해졌다. 인생에 대해서, 고독에 대해서, 인간 존재에 대해서, 예술에 대해서 재동이는 내가 잘 모르는 얘기들을 꺼냈고, 나는 나대로 질세라 그런 것에 대한 내 생각을 주워섬겼다. 나는 시나 소설을 쓰고 싶다고 했고, 재동이는 이 세상에 영원히 남을 그림을 그리고 싶다고 했다.

봄이 무르익는 어느 날이었다. 우리 둘은 낙동강 둑에 놀러 가기로 했다. 요즈음에야 고약한 냄새가 나는 강둑에 누가 놀러 가냐마는 그때는 낙동강이 자연 그대로 살아 있던 시절이다. 재동이는 수채화 그릴 도구를 챙겨 가고, 나는 우리 집 부엌 찬장에 있던, 아버지가 마시다 남겨 둔 소주와 공책 그리고 건빵을 가지고 갔다. 안주 할 것이 아무것도 없으니 이거라도 가지고 가자 하며.

재동이는 이젤을 세워 놓고 그림을 그렸다. 나는 잔디에 드러누워 그림 그리는 재동이를 올려다보고 있었다. 재동이 모습이 그렇게 아름다울 수가 없다. 나는 글을 썼다. 재동이가 그리는 모습을 글로 써 보고 싶었다. 그러나 그게 잘되지 않는다. 지나가는 꼬마가 그림 그리는 것을 구경한다. 나는 꼬마에게 장난을 건다.

"니 남자가, 여자가?"

"남잔데……."

"에이, 여자민서. 내가 보이 딱 여자네. 니 가시나 맞제?"

"아인데, 남자 맞는데……."

"거짓말. 그라마 니 정말 꼬치 있다는 말이가?"

"꼬치 있는데……."

"그라마 함 보자, 정말인가."

"……진짜로 꼬치 있는데……."

"그 바라, 말만 꼬치 있다 하고 없으니께 안 보이 주지. 가시나 맞는 갑다."

"진짜다. 내 꼬치 있다 말이다."

꼬마는 끝내 우리 앞에서 고추를 내보이며 씩씩거린다. 재동이는 그림을 그리다 말고 재미있다는 듯 싱긋이 웃고 있다.

두어 시간 봄볕에 취해 있다가 강둑을 걷기 시작했다. 낙동강이 바

다와 만나는 곳, 엄궁까지. 별 얘기도 없이 그렇게 걸었다. 두어 모금씩 나누어 마신 소주에 재동이는 얼굴이 벌겋게 달아올랐다. 걷다가 쉬다가 봄볕에 온몸 내맡기고 강둑에 누웠다가, 엄궁 어느 마을까지 가서는 라면을 사 먹었다. 그날이 내가 봄볕에 취한 첫 기억이다.

집으로 돌아와서는 재동이에게 편지를 썼다. 너무나 행복한 시간을 함께 나눈 감동을. 다음 날 재동이에게 편지를 건넸다. 재동이도 다음 날 바로 답장을 써 주었다. 한자를 섞어 쓴 편지 글씨가 그렇게 어른스러울 수가 없었다. 약간 주눅이 들었다. 학원을 마치면 우리 집 뒤 철둑을 거닐며 온갖 얘기를 나누었다.

"상석아, 이 돌이 여기 있는 것이 영원히 존재하는 것이겠나?"

뚱딴지 같은 물음을 던지곤 한다. 멍한 눈빛으로 바라보면 재동이가 이어서 말한다.

"우리가 죽으면 이 돌의 존재도 모르겠제. 그렇다면 이 돌은 존재하지 않는 거 아이겠나. 오늘 우리가 존재하기 때문에 이 사물들이 존재하는 것이지, 우리가 존재하지 않으면 사물들의 존재는 의미가 없는 거 아이겠나. 모든 것은 우리의 존재 여부에 달렸다 싶으거든."

"우리가 죽고 사는 거나 존재하고 안 하는 거와는 별도로 사물은 그대로 있지, 와? 그라마 역사 속에 수없이 나고 죽고 한 사람들도 아무 뜻이 없는 거가. 그거는 아니잖아."

이 비슷한 얘기들을 나누면서 우리는 철학자가 되어 가는 것 같은 생각에 뿌듯해지기도 했다. 그렇게 놀다가 헤어질 때가 되면 재동이를 바래다준다고 갔다가는 재동이 집 앞까지 가게 되고, 다시 재동이가 날 바래다준다고 서면을 지나 우리 집 근처까지 왔다가, 나중에는 거의 중간 지점쯤 되는 곳에서 헤어지곤 했다. 밤에는 또 서로에게 편지를 썼다. 다음 날 그 편지를 주고받았다. 재동이 편지에는 가끔씩 그림이 곁들여져 있기도 했다.

처음에 재동이는 건후, 장훈이, 윤영이…… 이런 아이들과 많이 어울려 다녔는데 어느 사이엔가 주로 우리 둘이서만 다니게 되었다. 나만의 재동이가 된 것이다. 아이들과 어울려 골방에서 담배를 피우다가도 우리 둘만 슬쩍 빠져나와 영화를 보러 가기도 하고 멀리 송정이나 다대포로 가서 노을을 보며 걷기도 했다. 아무 말 없이 노을지는 바다만 보고 있어도 마음이 푸근해졌다. 굳이 무슨 얘기를 하지 않아도 함께 아름다운 풍경에 빠져들 수 있는 것이 참 편안했다.

그러다가 그해 가을, 우리가 '바바리'라 별명을 붙인 여학생을 가운데 두고 사랑놀이에 빠졌다. 나도 재동이도 바바리를 무척 좋아했다. 서로 내 바바리로 만들고 싶어 했다. 삼각관계에 빠진 것이다. 그래도 우리는 바바리 때문에 마음 상하는 일이 없었다. 바바리가 재동이 쪽으로 기운 것을 알고 나는 재동이와 바바리 사이가 잘되도록 힘껏 도왔다. 연애 자금도 대 주고, 정보도 물어다 주고. 재동이는 재동이대로 나를 자기들 사이에 끼워 주려고 애썼다. 바바리가 우리 사이를 갈라놓을 수 없을 만큼 우리 우정은 늘 따로 굳건히 남아 있었다.

어무이, 재동이 걸렸습니더

겨울이 다가오자 정신이 번쩍 났다. 시험이 코앞으로 다가온 것이다. 두어 달쯤 남았을까. 우리는 당분간 헤어지기로 했다. 지나 내나 불쌍한 아버지 어머니를 위해서 이번에는 부산고에 붙어야만 했다.

1969년 2월 2일.

부산고등학교 합격자 발표가 났다. 나는 아무 소리 없이 집을 나섰다. 다른 사람과 같이 가고 싶지 않았다. 초량 고갯길을 올라가는데 먼저 보고 내려오는 동무들을 만났다. 시무룩히 걸어오는 아이들에게 무슨 말을 걸어 볼 수도 없다. 그런데도 상수는 연신 건들거리면서 말했다.

"상석아, 우리 2차는 어데 칠래? 서면학원 놈들 하나도 없더라. 재동이도 없고, 부조도 없고 다 없더라."

순간 나는 돌덩이가 가슴 한복판에 쿵 하고 들어앉는 것 같았다. 나는 아무 말 안 하고 가던 길을 계속 올라갔다. 안 된 걸 알면서도 올라가야만 했다. 아무 생각도 없었다. 요행을 바라는 마음도 아니고, 내 눈으로 확인해 봐야겠다는 생각도 없었다. 그냥 학교 쪽으로 도망치다시피 올라갔다. 역시 나는 없었다. 내 번호를 쏙 빼먹고 넘어간 방을 몇 번이고 훑어보았다. 없었다. 재동이 번호께로 발을 옮겼다. 나는 1,000단위였고, 재동이는 400단위였다. 460, 470, 471, 473, 474 박재동.

어! 재동이가 있다. 분명히 있다. 474번 박재동. 눈앞이 환해지는 기분이다.

'재동이가 합격했구나. 상수 그 새끼는 눈이 삐었나. 둘 중에 하나라도 합격했으니 이기 어데고. 아이구, 재동이는 다행히 합격해 주었구나.'

그때사 이 녀석 걱정이 되었다. 틀림없이 다른 동무들 얘기만 듣고 올라와 보지도 않고 어디 술집에나 처박혀 있는 건 아닌지. 나는 마구 달렸다. 얼른 가서 이 소식을 전하자. 재동이 어머니가 얼마나 애가 타겠노. 지금쯤 맥을 놓고 있을지도 모른다. 전포동 가는 버스를 탔다. 만화방 문을 열어젖히며 뛰어들었다.

"어무이, 재동이 걸렸습니더, 부고에 합격했습니더!"

부모님이 벌떡 자리에서 일어난다.

"합격했다꼬!"

힘없이 앉아 있던 어머니 얼굴은 빛살이 내려앉듯 화사하게 피어난다. 팥빙수 갈랴, 국화빵 구우랴, 오뎅 국물 안치랴, 연탄 갈랴, 만화방 보랴, 아버지 병 수발하랴, 갖가지 일에 단 하루도 편히 계실 날 없는 재동이 어머니인 줄 안다. 알면서도 우리는 어머니를 도운 적이 한 번도 없다. 싸대고 돌아다니다가 재동이 방에 틀어박혀 히히거리기나 했지, 구워 주는 국화빵이나 먹으면서. 그런 어머니에게 재동이는 할 일을 다 했구나.

순간 우리 엄마 생각이 난다. 나는 어쩌지, 갑자기 똥구멍에 침을 맞은 듯이 찌릿한 기운이 등골을 타고 오른다. 그러나 아무리 그래도 재동이라도 붙어 주었으니 반은 한 게 아닌가. 마음에 이는 아픔을 서둘러 지웠다.

"그래, 상석이 니도 붙었제?"

아버님께서 당연히 합격했을 거라는 듯이 인사를 한다.

"아니예. 미안함니더. 저는 마, 2차로 가야겠네예."

"아이구, 니는 안 됐단 말이가. 그래도 친구 붙었다고 이래 좇아왔나……. 고맙애라. 니 겉은 아가 어데 있겠노……. 같이 붙었으마 마 잊어뿔 낀데……."

재동이 어머니는 더욱 안타까워하신다.

"재동이 이느마가 지 떨어진 줄 알고 어데 돌아댕기는 모양이거든예. 먼저 보고 오던 애들이 잘못 보고 재동이가 떨어졌다 했거든예. 나중에 내한테 오라 하이소이. 저는 갈랍니더."

재동이 집을 나서자 내가 떨어졌다는 것이 현실로 다가왔다. 터덜터덜 전포동 길을 걸어 내려와 우리가 늘 가던 골방으로 갔다. 담배만 뻑뻑 피워 댔다.

'2차를 가자. 이래 사나 저래 사나 금방 죽을 인생. 2차면 어떻노. 하, 그래도 집에는 뭐라고 하지. 동균이는 벌써 부고에서 날리고 있고, 동생 미정이는 만점으로 경여중에 합격했고, 재동이도 붙었고, 맹준이 형도 경고에 갔고. 나만 떨어졌구나. 내 옆에는 하나도 빠짐없이 공부 잘하는 애들만 있구나. 아버지는 또 아무 말씀 안 하시겠지. 엄마는 울까? 뭐니 뭐니 해도 동생 상경이한테 창피해서 어쩌지. 나를 젤 좋아하는 동생인데…….'

그러다가 다시 마음을 고쳐먹었다.

'아이구, 인생을 안다는 새끼가 이런 거 가지고 이러나. 잊으뿌자. 학교가 뭐 대순가. 내 옆에 사람들이라도 잘하는 기 얼마나 좋노. 가들이 다 내 친구고 동생인데…….'

주먹으로 눈물을 씩 훔쳤을까? 기억이 안 난다.

공갈이나 치면서

이렇게 해서 재동이와 나는 떨어지게 되었다. 고등학교에 간 재동이는 바로 미술부로 들어가 어깨를 세우고 다녔다. 재수를 하고 들어가 나이가 한 살 많은 데다가 재수 시절에 이미 독서실 골방에서 산전수전 다 겪은 놈 아닌가. 그때 벌써 고등학생들을 꿇어앉히고 대입 재수생이라 공갈치며 주먹을 쓰던 놈이었으니 샌님 같은 부고 아이들은 눈에도 들어오지 않았을 것이다.

나는 입학하는 날부터 수위 아저씨와 숨바꼭질을 하는 난리를 피우며 고등학교 생활을 시작했다. 입학식 날 공사 중인 어느 후미진 건물에서 담배를 피우다가 수위 아저씨에게 들켜 버린 것이다. 잡으러 오는 아저씨를 두고 날 잡아 보란 듯이 담배를 입에 문 채 요리조리 피해 도망을 다녔다. 아저씨는 화가 나서 씩씩거렸지만 여기저기 널려 있는 건축 자재들 때문에 날 잡지는 못했다. 그만큼 나는 학교에 애착도 없고 될 대로 되라는 식으로 설쳤다.

우리 반 아이들 가운데는 나처럼 재수하고 들어온 놈이 많았다. 나는 그놈들과 죽이 맞아서 중국집 2층 방에 앉아 담배를 꼬나물고는 술을 마셨다. 그때 마셨던 술 가운데 가장 독한 것은 애꾸눈 해적이 그려진 캡틴 큐라는 술이었는데, 이것은 몇 잔 마시지 않아도 가슴이 뻐근해지고 속이 답답해 숨을 잘 쉴 수가 없었다. 잘못하면 죽겠구나 싶을 때도 있을 만큼 그렇게 독했다. 또 있다. 다이아몬드표 매실주든가? 위스키든가? 이것은 마시고 나면 머리가 깨질 듯 아팠다.

한번은 이런 일이 있었다. 비가 추적추적 오는 토요일 오후, 친구 한 놈이 아버지가 마시던 위스키를 훔쳐 왔다며 신문지에 둘둘 말아 가지고 왔다. 모처럼 일찍 집에 와 있던 나는 잘됐다 하고 따라나섰다. 중국집에 앉아 군만두를 안주로 몇 잔 마셨다. 몰래 마시자니 물잔에 술을 나누어 따라 놓고 물 마시듯이 꿀꺽꿀꺽 마셔야 했다. 나중에는 목을 탁탁 막던 그 독기도 느끼지 못하고 마구 마셔 댔다. 일어서니 그만 온 천지가 곤두박질친다. 쓰러지고 말았다. 살아야겠다는 생각뿐이었다.

한참을 골목에 쭈그리고 앉아 있어도 세상은 끝없이 돈다. 집에 가야 할 텐데……. 겨우 비틀거리며 일어났다. 비가 추적추적 내리고 있었지만 날은 아직 밝다. 숨어야겠다. 우리 동네 천일극장으로 들어갔다. 극장 안은 사람들이 드문드문 앉아 있다. 잘되었다. 술이 깰 때까지 기다릴 참이었다. 화면만 보면 더욱 어지러워 앞 걸상에 팔을 걸친 채 고개를 꺾고 앉아 있었다. 그런데 그만 참지 못하고 먹은 것의 세 배쯤을 쏟아 놓고 말았다. 일하는 아저씨가 와서 쫓아낸다. 하는 수 없이 밖으로 나오니 빗줄기는 이미 굵어져 있고 길은 질척거린다. 빗속에 비틀거리며 집으로 돌아오는데 길은 왜 그리 먼지. 우리 집 골목까지 오니 참고 참았던 속의 것이 용솟음치듯이 다시 솟아오른다. 그러고는 쓰러졌다. 죽을 것 같다.

그쯤 되니 집에 가서 꾸중 듣는 것은 아무 겁이 안 난다. 오직 엄마 옆으로 가야 한다는 생각뿐이다. 기듯이 해서 대문 앞까지 와서는 또 쓰러졌다. 뺄투성이가 되어 대문 앞에 쓰러진 나를 보고 엄마는 마음이 어땠을까. 기억나는 거라고는 엄마가 쌀을 갈아 뜨물을 내 먹여 주던 것뿐이다. 마침 아버지가 늦게 들어오셨기에 망정이지 어쩔 뻔했으랴. 그런데 다음 날 보니 온몸이 쑤신다.

"엄마, 술이 깼는데 와 이래 몸이 쑤시노? 고개를 못 돌리겠다."

옆에 있던 동생이 받았다.

"아이구, 오빠야. 어제 엄마한테 얼마나 맞은 줄 아나. 맞아서 그런기다, 맞아서."

그날 하루 종일 목도 못 돌린 채 깨지듯 아픈 머리를 싸안고 끙끙거려야 했다.

아이들은 이렇게 술 때문에 고생을 하고서도 다음 날은 그것을 무용담처럼 이야기해 댔다. 이런 놈들이 열댓 모여서 패거리를 만들었다. 학교에 겁날 것이 없었다.

그러나 나는 사실 외로웠다. 소주를 마시고 담배를 피워도 그게 별로 즐겁지가 않다. 재동이가 보고 싶었다. 걸핏 하면 재동이가 그림 공부하는 화실로 놀러 갔다. 거기는 부고 미술부 아이들이 주로 다녔는데 아이들이 순진한 편이었다. 그렇다고 그림만 그리는 꽁생원들은 아니었다. 술과 담배는 거기도 마찬가지였다.

어느 날 화실에 놀러 가니 재동이가 없다. 다른 아이들과도 알고야 지내지만 그렇게 친하지 않아 구석에 멍하니 앉아 있는데 갑자기 소란하다. 부고 1학년 아이 하나가 경고 미술부한테 맞고 들어온 것이다. 그것도 부고 아이들이 다니는 화실 옆 골목에서. 우르르 몰려 나갔다. 나는 남의 일이라 뒤늦게 어슬렁어슬렁 따라 나갔다. 경고 다닌다는 한 녀석을 가운데 두고 서너 아이가 둘러서서 금방 칠 기세다.

"니가 인마, 여가 어데라고 와서 우리 학교 아이를 패? 죽어 볼래."

"그래, 죽어 보자. 너거가 떼거리로 오마 쫄 줄 알았더나."

경고 녀석은 강단이 대단하다. 부고 아이들은 금방 칠 기세를 하고서도 주먹을 내지르지는 못하고 겁만 주고 있다. 그러나 이 녀석이 전혀 겁을 먹지 않는다.

"그래 함 패 바라, 새끼들아. 나는 사람 없는 줄 아나."

"하이구, 이거를 그냥 콰악!"

주먹을 둘러맸다가는 또 때리지를 못한다. 그만큼 착했다. 골목 어귀에서 이것을 보고 있던 나는 천천히 담배에 불을 붙였다. 담배를 꼬나물고 녀석에게로 다가갔다.

"아재가 깡다구가 좀 있네요. 씨발 늠이, 그래 죽어 보겠다꼬……."

나는 담뱃재를 그 녀석 머리 위에다 탈탈 털었다. 다시 빨갛게 타는 불씨. 이번에는 녀석의 얼굴에 바짝 대고 연기를 뿜는다.

"니가 그래 쎄나?"

녀석은 그때서야 바짝 어는 모양이었다. 기가 팍 꺾인다. 볼때기 살을 손가락으로 집어 흔들며 아주 낮은 소리로 속삭이듯이 말했다.

"니 면상에는 칼이 안 드가나? 나는 학교가 다니기 싫어 죽겠다."

"미안……함미……다."

녀석은 바로 주저앉았다. 이 일 뒤로 나는 그 화실에서 대접을 받게 되었다. 그런 내 모습을 보고 재동이는 키들댔다.

"니 그때 글마가 진짜로 붙자고 달라들었으마 우짤라 캤더노. 글마는 진짜 깡다구도 세고 경고 무스탕인가 먼가에 있다 카더마는…….

니 공갈은 알아주야 된다."

"지가 아무리 깡이 좋아도 우리가 그래 많이 있는데 우짤 끼고."

이렇게 껍죽거리며 고등학교 1학년을 보냈다.

공갈친 이야기를 써 놓고 보니 무슨 무용담을 늘어놓은 것 같다. 이렇게 깡패로 놀다가 〈수렁에서 건진 내 딸〉처럼 개과천선한 사람으로 보일까 두렵다. 솔직히 나는 그렇게 아주 깡패로 논 것도 아니고 공부를 한 것도 아니다. 공부야 마음속으로 '해야지, 해야지.' 하고는 게으름만 부렸고, 그저 동무들하고 어울리기 좋아서 모여 다니고, 기회만 있으면 여학생 꽁무니 따라다니며 안달이나 하고 있었다.

그러면서도 좀 남다른 짓도 했다. 고입 재수 시절 서면학원에서 만난 신건후, 박재동과 함께 동인지를 낸 일이다. 국어 시간에 보니 1920~30년대 사람들은 스무 살 전후에 백조 동인, 폐허 동인 이런 것을 만들어 시도 쓰고 소설도 썼다는데 우리라고 못 할 것 뭐 있나 하고 동인지를 내기로 한 것이다. 다들 예술의 길을 가겠노라고 껍죽거리고 있었으니.

이름을 '신소 동인(信笑 同人)'이라고 붙였다. 누가 먼저 이런 이름을 제안했는지 모르지만 그럴 듯하다 싶었다. 믿음과 웃음을 가진 사람들. 그런데 지금 와서 보니 무슨 친목회 이름 같다. 문집도 냈는데 우리의 철학을 담자고 하고는 '초로(草露)'라고 이름 붙였다. 초로, 풀잎 끝에 맺힌 이슬. 우리 인생이 이런 것 아니냐고 막걸리를 마시며 소리쳤다. 인생이 허무해서 못 살겠다는 듯이. 우리는 이미 인생의 허무를 아는 어른이 된 기분이었다. 내가 서시를 썼다.

먼 來日의 追憶을 위해
이 작은 뜨락에
우리는 反抗의 言語를 채우고
싶습니다.

달이 홀로 떠 있어도
외롭지 않을
한 마리 기러기가 되고 싶습니다.

成人이 되고픈
첫 발돋움을
숨가쁜 호흡으로
지탱하고 싶습니다. (1969.4.5.)

아마 이 시도 맹초 형이 손을 많이 보아준 것일 거다. 난 그때 맹초 형에게 시를 배우고 있었으니까. 그리고 재동이는 '어느 고독한 화실에서'라고 아주 멋을 낸 글을 썼다. 우리는 무슨 소리인지 잘 모르겠지만 좋다고 했다. 뭔가 고독한 냄새가 난다면서. 그때 우리는 글은 말하듯이 쓰면 안 되는 줄 알았다. 일상생활에서는 안 쓰는 말투, 어려운 한자나 영어를 섞어 쓰는 것이 멋인 줄 알았다. 또 아는 한자 말은 모조리 한자로 쓰고 싶어 했다.

재동이가 등사 원지를 긁어 인쇄를 했다. 겨우 32쪽짜리 작은 책이었지만 우리는 그렇게 자랑스러울 수가 없었다. 나는 부끄러움도 모르고 이 책을 담임 선생님께도 드리고, 내가 좋아하는 사회 선생님께도 드렸다. 내가 보통 놈이 아니라는 것을 내세우고 싶었다. 인생을 아는 체했다.

그러나 《초로》는 한 번 내고 끝이었다. 셋 다 다른 학교에 다니고 있었으니 잘 만나지지도 않았고, 건후는 그 뒤로 무슨 일 때문인지 더 이상 가까워지지 못했다. 재동이가 말했다.

"건후는 우리 하는 꼬라지가 좀 쭈굴랑시러븐 갑더라."

그래, 건후는 아주 남자다운 강단이 있는 친구였다. 가령 싸움을 할 때는 아무 말 안 하고 주먹을 날릴 줄 알았다. 그 주먹이 우리 학원에서 가장 셌다. 건후 펀치에 안 나가떨어지는 아이가 없었다. 그러니 내가 싸움판에서 늘 공갈이나 치는 것이 가소로웠는지도 모른다. 공갈은 재동이도 거의 마찬가지였다. 말하자면 실제 싸움은 잘하지 못했다는 것이다. 이런 우리가 글을 쓴다, 그림을 그린다 하고 있으니 그런 여성스러운 감상이 건후에게는 민망했는지 모른다.

우리의 감성이 흐르던 에덴공원

재동이와 학교가 다르니 아무래도 자주 만나기는 힘들었다. 어떤 때는 한 달이 다 지나도록 만나지 못하는 적도 있었다. 내가 재동이 집에 가면 재동이가 없고, 재동이가 우리 집에 오는 날은 내가 없기 일쑤다. 그럴 때면 책꽂이에 꽂힌 일기장을 읽고 거기다 한참 이야기를 써 놓고 오곤 했다. 그리고 어쩌다 만나면 헤어질 줄 모르고 뿌리를 뽑았다. 우리가 자주 간 곳은 우리 집 뒤에 있는 철둑길, 사상 둑, 성지곡 이런 데였다. 어쨌든 이 도시를 벗어나고 싶었다. 물론 다뉴브 양과점, 할매 골방, 서면 뒷골목 라면집과 막걸리집이야 빼놓을 수 없지. 그 가운데 재동이가 가장 좋아한 곳은 낙동강 둑길을 한참 걸어가야 만나는 에덴공원이었다.

지금은 매립을 해서 아파트 단지가 즐비하게 서 있지만 우리가 고등학교 다닐 때만 해도 낙동강 하구 강변은 갈대숲이 하루 종일 서걱거렸고, 연인들이 그 풍광을 배경으로 사진을 찍곤 하던 곳이다.

'아! 우리도 저렇게 여자 데리고 한번 와 봤으면. 갈대숲 속에서 은밀한 이야기도 나누고 뽑뽀(재동이는 뽀뽀를 꼭 뽑뽀라고 썼다. 훨씬 진한 뽀뽀가 뽑뽀란다)도 해 봤으면.'

재동이와 나는 그렇게 키들거리며 갈대숲을 걸었다. 갈대숲에 이어 조그만 산등성이가 하나 있었는데 올라가는 계단이 좀 이상하게 생겼다. 계단 폭이 넓어서 올라가면 다리가 절로 절뚝거렸다. 나는 그 계단을 절뚝발이 계단이라 했고 재동이도 걸어 보더니 "니 말이 맞네." 했다. 그 꼭대기에 서 있는 청마 유치환 선생의 시비에 '깃발'이 새겨져 있었다.

우리는 시비 옆에 앉아 지는 해를 바라보고는 했다. 해가 질 무렵 갈댓잎은 황금빛으로 출렁인다. 해가 진해 쪽 산으로 지면 강물은 발개졌다가 나중에는 황금빛으로 일렁인다. 철새 한 무리가 꼭 그 시간이 되면 새빨간 해를 배경으로 줄지어 날아간다.

"상석아, 차암 좋제."

"그래 조오타. 이거를 그냥 조오타 하는 말 말고 뭐라 하겠노. 이기

시지.”

“이야아, 그림 그리고 싶다.”

해가 꼴까닥 넘어갈 때까지 우리는 하염없이 바라보고 있었다. 마음이 안온해졌다. 그 갈대숲에서 가끔 시화전이 열리기도 했는데 우리는 낭만 어린 분위기에 겨워 넋을 놓고 앉아 있었다. 시 내용이야 어떻든 시가 걸려 있는 것이 아름다웠다. 비 오는 날은 해운대가 내 쉬는 터였지만, 날 맑은 봄날 에덴공원은 재동이와 내가 술에 취하여 흥얼거리는 곳이었다. 도대체 이 좋은 곳을 두고 공부한다고 교실에, 학원에 처박혀 있는 아이들이 불쌍해 보였다.

또 조그만 카페도 하나 있었다. 갈대숲 군데군데 탁자를 놓아두고 손님을 맞았는데 언제나 서양 고전 음악이 흘러나왔다. 강변 밀크 숍, 거기 앉아 차 마시는 것이 그렇게 멋스러워 보일 수가 없었다. 투명한 유리잔에 발간 술을 따라 마시기도 하면서 우리는 낭만을 즐기는 예술가인 척했다. 아니, 재동이는 그때부터 충분히 예술가였다. 재동이 일기장에 이런 글이 있다.

1971년 4월 11일 일요일 快晴

일요일의 햇살은 내 처지로서는 너무 잔인하리 만치 포근하다.

지금 햇살은 참다 못한 웃음처럼 헤뜨러지고

나는 그 웃음에 눈살을 찌푸리며 따라 웃고 있다.

강변 밀크 숍의 개나리꽃은 너처럼 헤피 웃고 있다.

사물거리는 그 노란 웃음의 그림자 속에

사랑받는 바보 너도 한 잔

사랑하는 바보 나도 한 잔
이리 콧등이 시큰한 습지의 바람 속에 잔이 차지 않으면
네 헤픈 웃음이 없더라도 이파리 한 장 개나리를 띄워 홀짝 마시리라.

정애에게

그해 재동이는 정애란 아이한테 내내 푹 빠져서 일기장에는 하루도 빠짐없이 정애 타령이었는데, 나도 그때 잠시 경이란 아이에게 목을 매고 있었다. 그 아이는 내게 가까이 올 듯 말 듯하면서 내 속을 태웠는데 정애도 재동이에게 마찬가지였다. 우리는 만나면 서로 정애 이야기, 경이 이야기를 했다. 이상도 하지. 내가 재동이한테 했던 경이 이야기는 지금도 기억이 나는데, 재동이가 들려준 정애 이야기는 재동이 일기장을 읽고야 아아, 그런 애가 있었구나 할 정도다.

재동이는 우리 집에서 자주 잤는데, 그런 날은 서로 자기 사랑 이야기를 해 댔다. 부풀리기도 하고, 바라던 일을 마치 있었던 일마냥 이야기하다가 옆구리를 쥐어박히기도 하고, 이야기는 해도 해도 끝이 없었다.

나는 강변 밀크 숍에 앉아 경이에게 한 발이나 되도록 두루마리 연애편지를 쓰기도 했다. 그 아이는 끝내 날 한 번도 만나 주지 않았지만. 그건 재동이도 마찬가지였다. 입이 닳도록 하는 정애 만난 이야기, 더구나 뽀뽀 이야기는 다 헛물켜는 이야기인 줄 알고 있었다. 그래도 우리는 늘 사랑에 취해 있지 않으면 안 되었다.

물감 살 돈이 없다

우리 학창 시절, 그때는 어찌 그리도 가난했는지. 용돈을 얼마씩이라도 받는다는 아이들을 보면 아주 신기해 보였다. 월급처럼 꼬박꼬박 돈을 받아 쓴단 말이지? 그럴 수도 있구나. 상상이 잘 안 됐다. 필요한 것이 있어 며칠씩 벼르고 별러 말을 하면 또 며칠 기다렸다가 겨우 돈을 받아 살 수 있었다. 학교에 낼 돈은 또 얼마나 많던지. 시험지값, 보충 수업비, 학급비, 책값, 미술 준비물, 교련복, 각반, 요대, 마후라, 심지어 목총값까지 냈지 싶다. 아냐, 이건 내가 돈 떵구려고(받은 돈을 가로채는 것, 이것을 우리는 떵군다고 했다. 삥땅 친다는 말은 그때 안 썼던 것 같다) 거짓말한 것 같기도 하고…… 잘 모르겠다.

하여튼 늘 텅 빈 주머니 때문에 마음이 무거웠다. 하기야 학교만 왔다 갔다 했으면 돈 들 일이 없지. 학교에 낼 돈을 안 주지는 않았으니까. 그러나 우리는 늘 돈 들 일이 많았다. 영화도 봐야지, 동무들과 중국집 가서 만두에 소주도 마셔야지, 해운대 바닷가에서 여학생도 꼬드기고 빵집에도 가야지, 담배도 피워야지, 게다가 재동이는 그림을 그려야 한다. 붓도 사고 물감도 사고 캔버스도 사야 한다.

지금이나 그때나 예능계 공부는 돈이 많이 들었다. 재동이는 그래도 화실에서 그림 실력을 인정받아 돈을 안 내고 다녔다. 처음에야 계속 눈치를 받았지만 워낙 가난이 몸에 배어 그런 아픔쯤은 겉으로 잘 드러내지 않았다. 그렇다고 아예 돈이 없는 것은 아니었다. 어떻게 해서든지 집에서 돈을 우려냈다. 책 산다고 거짓말하고 보충 수업비를 올려 받아 나머지를 챙기는 식으로 다 살아갈 방도를 마련했다. 그런데 재동이는 부모님 고생하는 것 뻔히 보면서 그 짓은 못 하겠다고 했다. 그렇지만 결과적으로는 떵군 것이 되고 말았다. 캔버스 사려고 받은 돈으로 술부터 먹고 보자며 다 써 버리기도 했으니.

서로를 믿고 우르르 중국집에 몰려가 자장면이야 만두야 푸지게 먹고 나면 돈이 모자란다. 하는 수 없이 세형이를 쳐다본다. 시계 차고 있는 아이는 세형이뿐이었으니까. 사람 좋은 세형이는 전당포에 갔다 와야 했다. 어떤 때는 내 사전을 맡기고 나올 때도 있었고 재동이 바바리를 벗어 맡길 때도 있었다.

그러나 이 정도 가난은 우리를 괴롭히지 못했다. 그냥 재미였다. 하지만 재동이는 그림을 그려야 했다. 붓이며 물감, 캔버스 살 돈은 그야말로 속수무책이어서 재동이는 나보다 훨씬 가난에 고통스러워했다. 잘 드러내지는 않았지만.

재동이 일기장에 이런 글이 있다. 1970년이면 고등학교 2학년 때다.

1970년 1월 15일 맑다

엄마한테 아틀리에비 1,000원을 받으면, 가난하고 병든 아버지의 불쌍한 얼굴이 떠오르면, 나는 눈을 꽉 감아 버리지 않을 수 없다. 나는 아버지를 위해서 울어 버리고 싶다. 아버지는 참으로 불쌍하다.

아틀리에비라고 1,000원을 받으면 200원은 내일 우리 아틀리에 제1회 졸업식 회비로 주고, 나머지 돈으로 몬도가네 졸업생들 한잔 펴 주고, 또 붓도 사고 테라핀도 사고 또…… 했는데 엄만 돈이 없었는가 보다. 나는 아버지의 무슨 말씀에 아버지에게 큰소릴 쳤다. 이해를 하고 참던 아버지가 병적인 신경질이 터졌나 보다. 풀통이 날아왔다. 서글픈 만화책이 튀어 왔다. 우유병이 내 머릴 치고 나가 깨졌다. 나는 아버지의 팔을 잡았다. 아버지의 눈을 노리며 꽉 잡았다. 아버지는 가난하고 병든 심신에 경련을 일으켰을 것이다. 신경질적으로 문을, 만화방 문을 닫고 나와 버렸다. 내 눈엔 곧 눈물이 고였다. 통곡을 하고 싶었다.
불쌍한 아버지는 나의 아버지를 떠나 자식에게 밀쳐진 말라비틀어진 가난한 한 인간으로 승화했다.
가슴속이 쓰리고 답답해서 견딜 수가 없었다. 아버지 어머니한테 꿇어앉아 울면서 빌고 싶다. 그러나 그건 비극적이어서 싫다. 나는 즐겁게 보람된 자식의 도리를 하고 아버지 어머니 불쌍한 사람들의 만족스레 웃는 모습을 보고 싶다.
11시 20분쯤 돼서 집에 오니 날 걱정해서 불도 켜 있고…….
'아버지 이 바보를 용서하십시오.'
아버진 이렇게 생각하실지 모른다.
'미우나 고우나 내 자식이다. 돈이 원수다. 나이가 저럴 때지.'
아버지가 이렇게 마음 편하게 잡수시면 나는 참 좋다.
아버진 화가 나면 몸에 굉장히 해롭기 때문이다. 가난하고 불쌍한 아버지가 돌아가실지 모른다.
나는 세상에 겁나는 건 아무것도 없다. 다만 나에 대한 나 자신이 제일 두렵다. 그리고 추위도 두렵다.
아버지, 살고 싶습니다. 아버질 기쁘게 해 드리고 싶습니다.

1970년 3월 15일

상석이와 나는 아틀리에를 나와 불고기 냄새를 맡았다. "들어가자." 해서 들어가 1인분을 시켜 맛있게 먹었다. 이쑤시개를 물고 나왔는데 불고기 냄새에 미련이 남아서 이쑤시개가 불어 없어지도록 씹고 있었다. 불고기 1인분 250원.

나는 100원을 냈지만, 그래서 그런지 비싸 보이진 않다.

나는 항상 돈이 없어야 정상인데. 그래서 돈이 좀 있으면 내가 아닌 것 같다.

1970년 6월 28일

엄마에게 5,000원을 받아 나올 때 나는 거짓말 같기도 하고 가슴이 덜컥했다.

붓, 물감, 또 기름통……을 산다고 받은 돈이 그저 엉켜진 피 같았다. 한편으론 날 것같이 기쁘기도 하고. 하지만 그냥 기쁘게 붓을 샀으면 얼마나 좋을까. 가슴이 쓰리지 않고.

그렇지만 나는 자랑스럽게 붓 일곱 자루와 물감 한 통과 기름통 하나, 집게 네 개와 20호 캔버스 하나를 샀고 300원을 남겨서 어찌 즐거운지 상석이와 막걸리를 한 되씩 마셨다. 붓도 물감도 最高級이다.

영이야 기쁘지 않느냐? 하지만 우리 집 대들보가 꺼떡거리지 않더냐? 붓끝은 보다시피 벌써 손때가 묻었고. 내가 너무 만졌느냐? 네 년 젖통보다 나는 붓끝이 좋다.

오늘 밤 내가 잠이 올까.

밤새도록 붓끝을 쓰다듬어도 후련치 않겠다.

1970년 9월 23일

어제 적기로 野外 스케치 갈 때 거두어 놓은 아틀리에 會費로 50호 캔버스를 위시하야 1,500원이나 썼지만 도무지 메워 놓을 재주가 없었다. 신 선생은 오늘 장부를 가져오라고 하는데 어쩔꼬 하는 중에, 준홍이와 캔버스 사러 갈 때, 준홍이 머리에 전깃불이 켜졌다. 우선 미화당에서 캔버스를 산 후 감천행 버스를 탔다. 화력 발전소 뒷산에 옛 건물이 있는데 그 속에 바둑판이 여러 개 있다는 것이었다. 우리는 우선 폭격 맞고 쓰러져 가는, 낮에 봐도 무시무시한 건물을 답사한 후 3시 정도밖에 안 되어 해가 질 때까지 기다리기로 했다. 바둑판이 네 개 이상은 있는데 하나에 250원씩만 받아도 1,000원 조금 더 받는다고 하면 1,500원 정도는 맞출 수 있다 하고 중국집에서 우동 두 그릇으로 배를 채우고 담배도 한 갑 샀다. 시간을 때우기 위해 송도 가는 길로 해서 산으로 들어가 거기 송도가 내려다보이는 고아원 앞 잔디에서 한숨 잤다.

해가 붉게 한 뼘쯤 남았을 때 바다에 부시는 황금빛을 보며 현지로 내려왔다. 금방 귀신이라도 나올 듯이 음산한 寶庫 구석에서 담배를 달아 태우며 "熱心히 공부해서 훌륭한 사람이 되자가 흔하고 單純한 것 같아도 그렇게 훌륭한 眞理가 없다……." 云云하며 해가 완전히 지기를 기다렸다.

유리도 문도 없는 창 너머의 산이 희끄무레할 무렵 寶物이 있는 古屋으로 잠입했다. 풀이 무릎까지 오고 四方은 고요했다. 그래도 제법 가까이 인가가 있기에 발소리를 죽였다. 전에 준홍이가 용돈이 궁해서 몇 개 가져갈 때 문을 따 놓아서 높은 창문 한 귀퉁이로 쪼그리고 부딪치고 바지를 긁히면서 시커먼 방에 무사히 들어섰다. 조심조심 발걸음을 옮기며 성냥을 그었다. 먼지와 거미줄로 꽉 찬 다음 방으로 들어서니 야, 寶物! 예상대로 두툼한 바둑판이 예닐곱 개 어슴푸레 성냥불에 반사되고 있었다. 얇은 것은 추려 내고 두께가 손바닥만 한 것 세 개, 그리고 그것보다 약간 얇은 것 네 개를 차례로 처음 방으로 옮겨 놓았다.

집주인이 기원을 했던 모양이라 和成棋院이라고 새긴 아크릴 간판이 눈에 띄었다. 먼지에 쌓인 선반이 있는데 그 위에는 화공 약품류가 드문드문 진열되어 있었고 구석 상자에 손을 넣어 보니 바둑알이 가득 쌓여 있었다. '욕심내면 안 되지.' 해서 바둑알은 나중에 빽을 하나 가져와서 몽땅 털어 가기로 하고 조심스레 바둑판을 옮겼다.

창밖을 살펴본 후 준홍이가 먼저 창으로 빠져나가고 바둑판을 모두 건넨 다음 나도 무사히 빠져나왔다. 창문을 살짝 닫고 後에 開門의 여부를 알기 위해 조그만 나무를 받쳐 놓았다. 가슴이 뛴다. 그러나 아직은 안심하지 못한다. 바둑판이 굉장히 무거운 데다가 양옆에 꼈는데 손가락이 다다르지 않아서 운반이 더 불안했다. 풀밭을 내려오다가 미끄러지고 빠지고 헛디디고 하면서 겨우 길로 들어섰는데 사람들이 제법 다닌다.

우리는 일부러 "심부름을 더러운 걸 시켜서." "이걸 어째 가져가. 미치겠네." 등으로 들으라고 지껄이고 웃으며 泰然한 체했다. 泰然한 체보다 事實 泰然했다. 問題는 운반이었다. 그래도 악을 쓰며 큰길로 접어드는, 불이 환한 상점 커브 길을 꺾었다. 사람들은 누구 하나 눈여겨보는 이가 없었다. 그래서 블록 쌓아 놓은 곳에서 비틀어진 판을 바로잡으려고 하는데…….

"학생!"

아차차 달렸구나. 팔에 힘이 쫙 빠졌다.

"거 바둑판 아니오?"

"네 맞습니다."

"어디서 났소?"

"저기 저 친척 집에 심부름하러 가는데 그럼, 야! 준홍이 같이 가자! 허 그 자석……."

그리고 우리는 잡히고 말았다.

버스는 아무 일 없다는 듯이 우리를 태우고 송도 길로 접어들었다. 空手來空手去? 아니다. 本錢도 못 찾았다. 이름 적히고, 차비, 우동, 담배값 들고…….

아하. 아까 그곳에서 單純한 眞理 云云할 때 중요한 한 가지가 빠졌구나.

"남의 物件을 넘보지 마라."

그저 웃음밖에 나오지 않아 빈손을 들어 보고 다시 한번 웃지 않을 수 없었다.

재동이는 바둑판 훔친 일로 학교에서 무기정학을 당했다. 화실에서도 쫓겨났다. 무기정학 기간 동안 50호 캔버스를 들고 다대포로 갔다. 나도 위로차 결석을 하고 따라갔다.

"내 그림 그릴 동안 니는 반성문이나 몇 장 써 놔라."

나는 구구절절 반성문을 써 주었다. 재동이는 바다 풍경을 그렸다. 다대포 앞바다를 배경으로 햇볕에 까맣게 그을린 아이가 바다를 바라보고 있고, 마을 아주머니들은 바닷물에 몸을 담근 채 허리를 굽혀 조개를 잡고 있다. 애잔한 슬픔이 배어 있기도 하고 세상 자잘한 아픔쯤은 거뜬히 이겨 낼 것 같은 여자애가 수줍은 듯이 돌아서 있다. 지금도 그 그림은 고향 어머니 집 거처방 한 벽면을 가득 채우고 있다. 도둑질과 무기정학이 만들어 낸 대작이다.

석아, 보고 싶다

재동이와 나는 대학에서도 헤어졌다. 재동이는 서울로 가고 나는 부산에 남아 또 재수를 해야 했다. 국립 대학이 아니면 학비 감당을 할 수 없다는 아버지 말씀에 늦더라도 한 해 더 해서 국립 대학에 가야 했다. 서울 부산은 멀어도 멀어도 너무 멀었다. 재동이를 서울로 떠나보내자마자 그리움이 밀려왔다. 객지에 나가 있는 재동이는 더 했다고 한다.

없는 돈에 무리를 해서 재동이가 부산으로 내려오면, 자기 집에 가기 전에 우리 집부터 먼저 와서 한 이틀 찰싹 달라붙어 이야기를 실컷 하고서야 자기 집으로 갔다. 헤어져 있은 동안 있었던 일을 다 고해바쳤다. 서로에게 못 할 이야기는 하나도 없었다. 피 나눈 형제라도 이럴까. 양쪽 식구도, 우리 가까이 있는 동무도 이런 우리 모습을 인정했다. 사람들은 재동이를 보면 내 안부를 묻고, 나를 보면 재동이 안

부를 물었다. 재동이가 부산에 있다가 떠날 때쯤에는 옛날에 외할매 이별하고 내려오는 것만큼이나 서운했다. 어떤 때는 버스 터미널까지 나갔다가 도저히 참지 못해서 함께 서울로 가 버리는 일도 있었다.

"인자 가마 방학이나 돼서 오겠제?"

"그래. 와아, 몇 달 남았노, 이거."

"고마, 가거라. 할 수 없지."

"니 마 서울 가 뿔래? 내리올 때 차비야 우째 안 되겠나. 지금 니 얼매 있노?"

"으응, 차비야 있지."

"그라마, 가자. 내리올 때는 내가 차비 해 주께."

"그래, 가자! 니 사는 데도 봐야겠다."

이렇게 해서 서울까지 따라갔다. 입은 옷에 고무신 바람으로.

함께 차를 타고 가니 그렇게 행복할 수 없다. 노래를 흥얼거리며 손을 잡고서. 재동이는 공릉동 어디에서 자취를 하고 있었다. 거기는 아주 시골이었다.

"야, 시내 나가자. 그래도 서울 왔는데."

나야 동서남북을 모르지만 재동이도 나와 비슷하다. 아무 차나 타고 헤매다가 갈비탕도 사 먹고, 연극도 보고 그러면서 재동이 한 달 살 생활비를 다 써 버린다. 중국집에 가서 배갈을 마시다가 슬며시 간장 통을 주머니에 넣는다.

"니 그거를 머할라꼬 그라노?"

"인자 내한테 보리쌀 살 돈밖에 없거든. 밥해 가꼬 이 간장에 비비 묵을라꼬. 우리 동네가 촌 아이더나. 마늘 이런 거 뽑아다가 간장에 담가 가지고 묵으마 묵을 만하다."

"이런 새끼……. 부산 가마 우째 마련해도 돈 좀 해서 부쳐 주께."

한 사흘 지내다가 서울역으로 나오면 재동이는 기차까지 따라 들어와 차가 출발하는 순간까지 함께 있는다. 차가 출발하면 나는 난간을 붙잡고 서고 재동이는 손을 흔든다. 점점 멀어져서 차가 굽이돌면 재동이는 사라지고, 나는 눈물을 흘렸다. 재동이도 많이 울었다고 한다. 그 아픔은 며칠씩 나를 괴롭혔다.

'밥이나 잘해 묵고 있는지…….'

그때 일기와 편지가 그대로 있다.

1972년 3월 4일 맑다

봄이 가까워지니 사상의 긴 둑과 에덴공원의 화려한 개나리와 그곳에 함께 있어 줄 재동이 생각에 눈물이 고인다.

에덴공원으로 갔다. 강변 밀크 숍에는 우리의 醉中辭가 없어진 지 오래다. 한 잔 한 잔 들이킬 때마다 재동이가 너무나 보고 싶어 울어 버렸다. 놈은 날 생각할까. 신입생 환영회, 미팅, 오리엔테이션……, 바쁘고 신 나게 뛰어다닐 게다. 그러기에 여태껏 편지 한 장 없지.

아카데미 음악실에서 〈백조의 호수〉 중 '정경'을 듣고 '비야 비야'를 신청해 들으며 녀석이 옆에 앉아 있는 착각으로 눈을 감았다. 그러고 보니 난 재동이 말고는 친구가 하나도 없구나. 정말로 사랑했나 보다. 보고 싶다.

1972년 3월 5일 맑다

창근이네 집 울타리 활짝 핀 개나리와 푸른 잎사귀들이 성급히도 그리워진다. 따스한 햇볕 아래 궁전 같은 정원에서 해맞이나 실컷 했으면 오죽 좋으랴. 마루 끝에 앉아 부신 햇발에 눈을 감았다. 그래, 새소리 발랄하고 꽃들 화사한 정원에서는 이렇게 따사로운 봄을 만끽하지 못한다. 생기가 펄펄 일어 쉬 피곤해질 봄일 뿐이다. 메주 뜨는 냄새와 되새김질하는 누렁소의 권태 속에 봄은 절실히 익어 갈 것이다. 아! 바람 없는 故鄕 마루 구석이라면 더욱 좋겠다.

아직도 개나리는 피지 않았다. 역시 성급했나 보다. 내려다보이는 푸른 항구가 퍽 아름다웠다. 또 재동이 생각이 뭉클했다. 《草露》를 발간할 때도 이런 봄이었나. 즐겁고 아쉬운 추억이다. 어느 때 다시 信笑同人이 앉아 봄같이 따스한 웃음을 웃어 보노.

일기는 이렇게 써 놓고도 편지를 하면 한껏 멋을 부렸다.

春日億在東

동야의 그리믈 갈오리 업스니

飄然히 뜨디 물하리 업도다.

淸新함은 샴페인 같고

俊逸함은 인삼주로다.

부산엔 봄 하나랫 보슬비요

셔블엔 햇나죗 매연이로다.

어느제 한 樽 술로

다시 다맛하야 자세히 愛卿을 의론하려뇨.

유화에 묻어나는 대화들은 까맣게 잊은 채
어디를 말도 없이 그냥 떠났노?
암만 캐도 배신을 했제. 어찌 이토록 돌아올 답이 없을꼬?
불을 댕긴다. 라이터를 켤 때마다 불꽃같이 너 생각이 난다.
혹 어디 아프기라도 하느냐?
브텨 보내는 花信이 당상 사맛디 못 하나?
독기가 서릴 땐 서블까지 잡으러 가는 수가 있노라.
(가운데 줄임)
오늘에라도 편지가 와 준다면 오죽 좋으랴마는.
우체부의 부르는 소리가 골목만 지나오면 귀를 곤두세우지만 모두 내 편진 아니더라.
앞으로는 네가 편지를 자주 않더라도 궁금치 않게 엽서라도 자주 부치도록 해라.
건강하길 진정으로 빌어 주마.

1972. 3. 26. 낮
항시 같이 있고파 하는 상석이가

재동이는 참 편지를 안 했던 모양이다. 그런데 일기장에는 혼자 그리는 이야기가 많다.

1972년 3월 19일 일요일

석이.

그곳엔 봄바람이 불겠지. 그 철로가에도 이젠 無名의 꽃이 피고 사상의 긴 둑에도 파릇 새순이 올라왔겠구나, 까맣게 태워진 죽은 풀 사이로.

우리의 生氣로 봄의 첫 장이 걷히고 에덴공원의 의자 위로는 친구를 보낸 찻잔 속에 음악의 서러운 곡조가 한없이 맴돌겠네.

아, 석아. 그리움이 오직 나의 순수를 찾아 주고 오직 煤煙 속에서 이런 새뜻한 사랑의 淨水를 부어 주누만. 내게 노새 한 마리라도 있다면 내 눈물로 노새를 목 축여 가며 네 있는 곳으로 채찍질, 채찍질하겠네.

그립다!

그렇다. 우리에겐 꼭 봄 나비 개나리가 필요하지 않았노라. 그것은 심장 조각을 맞추는 情이었다.

봄바람이 맞고 싶다. 하냥 푸른 하늘. 한없이 퍼져 흩어진 원경, 아물대었던 강의 끝.

목 놓아 부른다.

석아.

너의 무거운 편지가 메말라 갈라진 死都에 뿌려졌다. 내 속에 파묻힌 너의 얘기는 차 연기 자옥한 거리에 자랑스러운 天然의 꽃이 되었다.

손을 맞잡고 예술의 길을 걷자고?

너무도 반가운 얘기였다. 우리가 사는 소리다.

살자. 살자.

석아 내 걱정은 秋毫도 하지 마라.
다만 담배 살 돈이 없어서 큰일이다.
어제 20원으로 백조를 사려고 아무리 찾아다녀도 "없어요." 하는 싸늘한 서울 말씨밖에 없었다. 한국 사람은 모두 너무 부자다. 지게꾼이나 품팔이하는 사람은 무슨 담배를 피우나? 나는 20원하고 또 더 있는 5원을 붙여 길거리에 던져 버렸다. 병 만드는 종기를 뜯어낸 기분이었다. 사치한 가난이다. 이제 일 푼도 없다.
석의 生氣를 빌면서 오늘은 이만 春三月의 花信에 대신하노라.

이기 밥이나 제대로 묵고 다니는지 모르겠네

1973년. 세상은 유신 정권 아래 얼어붙은 시기였다. 대학교는 걸핏하면 휴교령을 내렸다. 72년 유신 헌법이 나올 때부터 나는 박 정권의 폭압 정치에 욕을 퍼붓고 있었다. 거의 본능적으로 폭압 정치에 치를 떨었다. 아버지, 대동 아재, 학생 운동을 하고 있는 동균이, 사학과에 다니는 맹초의 이야기를 많이 들어서 그랬을 것이다. 대학에 가면 당장 데모에 나설 것이라고 생각하고 있었다. 그러나 우리 학교는 늘 조용했다. 그게 그렇게 불만스러울 수 없었다. 지방 사립 대학교의 모멸감을 느끼기도 했다.

재동이는 그 즈음 자주 부산에 내려왔다. 학교가 문을 닫았다면서. 그런데 재동이가 옛날과 많이 달라졌다. 통 말이 없다. 눈빛도 많이 다르다. 서울에서 시위에 가담해야 할 놈이 이렇게 내려오는 것도 불만이었다. 그러나 재동이는 그런 일에 도무지 관심이 없는 것 같았다. 서울 소식을 물어도 모른다고만 한다. 이야기도 옛날 같지 않다. 재동이는 예술 지상주의자가 되어 가는 것 같았다. 그림이 달라져 가고 있었다. 고등학교 때는 늘 자갈치 시장 바닥에서 일하는 아지매와 노동자들을 그렸고 풍경화를 그려도 거기에는 늘 가난하지만 건강한 사람들이 있었는데 이제는 아니다.

어떤 때는 바람처럼 사라져 버리곤 했다. 집에는 물론이고 그렇게 단짝이던 나에게마저도 연락 하나 없이. 수십 일을 나가 있다가 깡마른 얼굴로 다시 나타날 때는 눈이 더욱 무섭게 타고 있었다. 그러고는 입을 굳게 다문 채 화실 골방에서 괴기한 그림을 끝도 없이 그렸다. 아무에게도 그 그림을 보여 주려 하지 않았다. 골방 문을 따고 훔쳐본 그림은 모두 섬뜩한 것뿐이었다. 붉은 눈빛을 한 소녀가 새알을 손에 품고 있는 그림, 까마귀가 나는 기괴한 하늘에 시뻘건 구름이 떠가는 그림. 우리는 그런 재동이를 말없이 지켜보고만 있었다. 하는 수 없었다.

"천재가 겪어야 할 고뇌를 우리가 어째 알겠노."

그러면서도 빨리 사람으로 돌아오기를 기다리고 있었다. 재동이가 수십 일 종적을 감추고 있다가 자기 부모님 앞으로 편지를 보내왔는데 첫마디가 "사랑하는 나의 소년 소녀들이여……."였다. 재동이 아버지는 이런 아들의 편지를 담담하게 읽고 있었다. 아들의 고뇌를 알고 있다는 듯이. 재동이는 현세의 인습에서 해방되고 싶었던 모양이다. 전생에는 아버지 어머니가 자기 자식이었을 수 있다는 생각도 들었을 것이다. 이제 자기가 부모가 된 위치에서 아버지 어머니에게 받았던 사랑을 되갚고 싶은 절실한 심정이 들어 있는 것 같았다. 그렇지만 사실 그때 나는 재동이가 밉기도 했다. '천재값' 하는 꼴이 안타까웠다. 더러운 유신 독재 아래 사람들이 감옥으로 끌려가고 있는데 재동이는 그것이 눈에 뵈지 않는 모양이다.

2학년이 되자 내가 우리 학교 시위를 주도하지 않으면 안 되었다. 곧 쫓기는 몸이 되었다. 그때 재동이가 내게 이런 말을 했다.

"석아. 니 수첩에 있는 내 이름 지워 도. 니 잡히마 바로 내가 안 끌리가겠나. 나는…… 지금 그런 일에 휘말리고 싶지 않다. 다른 할 일이 있다."

나는 버럭 화를 냈다.

"니가 뭐 했다고 잡히가겠노. 빨건 하늘 그림 그렸다꼬? 니 같은 놈은 안 잡아간다. 걱정 마라. 이름 지우라 카마 지울 끼고."

"내가 할 일이 있다 안 하나."

"알았다 카이."

아마 이게 재동이에게 유일하게 화를 낸 일이지 싶다.

재동이는 그 즈음 인간 본연, 생명 본연, 우주…… 이런 '영원함'의 문제에 깊이 빠져들었던 것 같다. 재동이의 고뇌는 제법 길게 이어졌다. 동무 하나 잃는 것 아닌가 싶어 마음에 멍울이 생기는 것 같았다. 그러나 나는 믿고 있었다.

'재동이가 지금은 저래도 돌아온다. 기다리자…….'

대학을 갓 졸업했을 때다. 재동이가 휘문고등학교에서 교편을 잡게 되었다는 소식을 듣고 어렵게 짬을 내 서울로 갔다. 그때 휘문고등학교는 도시 복판에 있다가 새로 개발한 서울의 어느 변두리로 옮겨 갔을 때인데 주변은 택지 정리를 해 황량한 산들이 그대로 있었다. 이제 교편까지 잡게 되었으니 어느 반듯한 하숙방쯤에서 함께 잘 줄 알았는데 재동이는 학교에서 얼마 안 떨어진 야산 귀퉁이로 날 데리고 갔다.

'아직도 이 친구가 사람이 덜됐나?'

재동이는 그때까지 우리가 이해하지 못할 짓을 끝없이 하고 있었다. 세상 번뇌를 혼자서 지고 있는 듯이. 재동이는 그야말로 귀틀집 같은 조그만 움막으로 날 데리고 들어가는 것이 아닌가. 시멘트, 콜타르 같은 것이 묻어 있는 판자로 대강 사방을 가리고 지붕을 얹은 집인데, 안에는 사람 하나 누울 자리 빼고는 전부 무슨 화구에다 책들이다. 벽이고 천장이고 온통 해괴한 그림, 아니 낙서로 가득했다. 물론 밥해 먹을 자리도 없고 전깃불도 들어오지 않았다. 내 보기로는 재동이 아니고는 못 살 곳이었다.

"내가 지었다. 오늘 우리 여기서 잘래?"

아, 이 친구 아직도 멀었구나.

"밥은 우째 해 묵고 댕기노?"

나는 엉뚱하게 고생하고 있는 아우나 아들을 대하듯 목이 메어 물었다.

"저기 저 옆에 사람들 살제? 저기 사람들한테 돈 좀 주고 얻어먹기도 하고 학교 식당에서 먹기도 하고……."

재동이가 가리킨 곳에는 막노동판을 기웃거리거나 집집이 다니며 밥을 얻어먹는 거지들이 몇 집 모여 사는 움막이 있었다. 재동이 집과 비슷했다.

"꿀꿀이죽 같애도 묵어 보마 묵을 만하다……."

"니가 여서 이래 살마 딴 선생들이 뭐라 하겠노? 하숙을 하지 왜?"

"안 그래도 선생들이 라면 한 박스 갖다 주고 갔다. 내가 가난해서 이러는 줄 아는 갑더라. 하숙보다 훨씬 편하다."

생전 이발소라는 데를 가지 않으니 머리칼은 어깻죽지까지 내려왔다. 보다 못한 교장 선생님이 말했겠지.

"박 선생, 그 머리 좀 깎을 수 없소?"

다음 날 박 선생은 빡빡 깎은 머리로 나타났다.

"반항하는 거요?"

"길었으니 자르는 것이고 자를 바에야 오래도록 신경 안 쓰게 빡빡 깎은 것이 무슨 반항이고 말고 할 것이 있습니까."

"고무신 말고 구두를 좀 신고 다니시오."

"우리 집 길은 비만 오면 뻘 구덩인데 씻기 좋고 발 편한 이 고무신을 왜 벗어라 하시오."

휘문고등학교 학생들은 이 희귀한 선생한테서 미술보다는 호기심만 배우고 있을 것 같았다. 비만 오면 바짓가랑이 둥둥 걷고는 고무신에 물을 뽀득거리며 출근하는 선생님. 늘 장발로 다니다가 하루아침에 머리를 빡빡 깎고 나타나는 선생님이었으니. 그러나 아이들은 비로소 미술 준비물에서 해방되었을 것이다.

미술 시간에는 아이들을 늘 학교 옆 야산으로 데리고 갔다. 가장 예쁜 돌을 골라 보아라, 그 돌에 그림을 그리든 색칠을 하든 해 보아라, 연을 만들어 보아라. 다음 시간에는 연을 날려 보아라, 하늘 높이 연이 올랐을 때 이제 그 연줄을 끊어 보아라, 하늘 멀리로 날아가는 연을 보아라, 종이비행기를 접어 보아라, 옥상으로 올라가서 비행기를 날려 보아라. 그리고 미술 시험 문제에 종이비행기가 날아간 자취를 그리시오, 자기가 가장 귀하게 여기는 물건은 무엇이며 그것이 보물이 된 까닭을 말하시오……. 그러나 이 같은 선생을 그대로 둘 학교는 예나 지금이나 있을 것 같지 않다. 입시에 찌든 아이들에게 다른 어떤 것을 경험하게 해 주고 싶었던 교사의 마음을 알 리가 없다. 1년 만에 휘문고등학교에서 나와야 했다.

"내가 생각해도 아직 선생 하기는 좀 멀었다 싶더니 나가라 해서 오히려 반갑더라."

재동이는 아무렇지도 않게 말했다. 그럴수록 재동이 몸은 점점 더 야위어 갔다.

'이기 밥이나 제대로 묵고 다니는지 모르겠네.'

서울 하늘 보며 나는 이런 걱정만 하고 있었다.

그러나 재동이는 돌아왔다. 그 긴긴 번뇌의 시간을 어떻게 이겨 냈는지는 듣지 않았다. 나대로 짐작하고 있을 수밖에 없다. '현실과 발언' 동인으로 활동하며 거기서 나온 그림 달력을 나에게 주었을 때, 아! 나는 날 듯이 기뻤다. 재동이가 현실로 돌아온 것이었다. 그림 달력에는 전포동 달동네 피난 시절 애환이 담긴 그림이 그려져 있었다.

몇 년 뒤 〈한겨레신문〉이 창간될 때 재동이는 드디어 가장 확실한 현실의 한복판에서 사실주의의 극치를 이루는 '한겨레 그림판'을 그리게 되었다. 나는 날마다 재동이를 만날 수 있었다. 한겨레 그림판은 마치 나에게 전하는 편지 같았다. 어떤 때는 "이런 것 좀 그려 도." 하고 부탁도 했다. 재동이가 전교조 문제를 열심히 그린 것도 그 일이 역사에서 중요한 일이기도 했지만 내 생각이 나서 자꾸 그랬다고 한다.

"석이 니 생각하마, 아! 야가 다시 교단에 서야 하는데, 그래야 교육이 사는데, 이 생각밖에 안 들더라. 내가 전교조를 너무 많이 그런다 하는 사람도 있더마는 생각이 그런 거를 우짜노."

"니, 옛날에 내 수첩에 니 이름 지아 달라 캤던 말 기억하나?"

"새삼스리 그거는 머하로 물어쌌소, 히히……."

우리는 이렇게 다시 웃었다. 지금도 우리는 거의 날마다 편지를 주고받는다. 편지지 대신에 인터넷으로.

재동이가 있어서 나는 행복하다.

바바리 이야기

가을날의 목련꽃

시립 도서관 잔디밭에 가을 햇살이 남실거리고 있었다. 한여름 땡볕이 차츰 수그러들더니 햇살에 바람이 실리기 시작하고 어느덧 볕살 아래 앉아 있는 것이 마음을 따뜻하게 했다. 이렇게 햇살이 곱게 느껴질 때부터 재동이와 나는 곧잘 도서관 잔디밭에 나가 앉아 인생이 어떠니, 예술이 어떠니 하며 밑도 끝도 없는 얘기를 주고받곤 했다. 인생도 모르면서 문제집만 파고 앉아 있는 것을 무슨 수치쯤으로 여겼다. 우리가 아무리 껄렁패처럼 다녀도 공부만 쪼는 바보 같은 놈들보다는 최소한 한 수 위라고 생각하면서 잔디밭에 내려앉는 햇살을 받으며 유유히 담배 연기를 내뿜고 있었다. 어른이 다 되어 버린 듯했다.

키가 훌쩍 큰 재동이는 벌써부터 대입 재수생 행세를 했다. 재동이는 집이 좁다고 독서실에서 자며 생활했는데 독서실 아이들은 모두

대입 재수생으로 알고 있었다. 독서실 옥상에서 막걸리를 마시면서 더부룩한 머리에 벌겋게 단 얼굴로 새로 들어온 고등학교 2학년 아이들 신고를 받고는 했으니까.

그날도 우리는 학원 공부를 마치자마자 시립 도서관으로 갔다. 열람실에 가방을 던져 두고는 뒤뜰로 갔는데, 아! 우리가 늘 앉던 자리, 거기에 웬 여학생이 하나 그림처럼 앉아 있었다.

눈부시게 하얀 스웨터!

흰 털이 보풀거리는 목 긴 스웨터!

치마 아래로 드러난 하얀 종아리!

까만 운동화에 하얀 양말!

벽에 기대어 두 다리를 가지런히 뻗고 무릎 위에 책을 얹어 둔 채 앉아 있다.

"우아! 목련이다! 목련꽃이다!"

내가 나지막이 탄성을 지르자 재동이가 나를 돌아보며 묻는다.

"누고?"

이 녀석도 눈이 휘둥그렇다.

"몰라……."

나는 그 여학생에게서 눈을 떼지 못하고 중얼거렸다.

'아! 저 애도 이 가을 햇살이 얼마나 좋은지를 아는구나. 우리와 인생을 이야기할 수 있을 것 같다. 그렇지. 얼굴만 예쁘면 뭐하노. 저런 낭만을 알아야 금상첨화지. 뽀얀 얼굴에서 향기가 아련히 묻어날 것 같다. 오뚝한 콧날에 깊숙한 눈언저리, 야무지게 다문 입술. 우째 저렇게도 예쁠꼬.'

잔디밭 건너편 긴 걸상에 걸터앉아 재동이와 나는 넋을 놓고 그 여학생을 바라보고 있었다. 우리 눈길을 눈치챘는지 그 여학생은 책을 덮더니 언뜻 고개를 젖혀 하늘을 올려다본다. 햇살에 눈이 부시는지 살짝 찡그린다. 그러더니 두 다리를 외로 꼬아 오므리고 나비처럼 사뿐히 일어나서는 까만 단발머리를 찰랑거리며 모퉁이를 돌아 열람실 쪽으로 가 버린다.

"찝!"

재동이가 먼저 '찝'을 했다.

"안 된다. 나도 찝!"

나도 지지 않았다. 이 녀석만 없으면 당장 열람실 안으로 찾아 들어가 뒤져 보고 싶은데 그럴 수가 없다. 재동이도 마찬가지일 것이다.

"친구가 중하나, 가시나가 중하나. 내가 하께."

"나도 똑같다. 니가 마 양보해라."

"니는 있다 아이가."

"내가 어딨노?"

"정희."

"그 아는 끝난 지 오래됐다. 옛날 이야기한 거로 가지고 머 그래 쌌노."

"그라모…… 둘이 다 포기하자."

"그라자. 그라모…… 한강투석이다."

"한강투석이 아이고 형제투금."

"이거나 저거나."

아쉽지만 우선은 돌아설 수밖에 없다. 이 녀석이 없을 때 도서관에 와 봐야지.

다음 날 도서관에 가자마자 우리는 약속이나 한 듯 여학생 열람실을 기웃거리다가 식당, 잔디밭으로 뒤지고 다녔다. 그 여학생은 보이지 않았다. 다시 한 바퀴를 더 돌아보았지만 마찬가지였다. 재동이는 겁도 없이 여학생 열람실까지 쓰윽 들어가서는 한 바퀴 휘 돌아 나오기도 했다. 역시 없다. 그냥 한번 이 도서관에 와 본 아이였구나. 이럴 줄 알았으면 어제 다부지게 따라붙는 건데…… 후회가 되었다. 그러다가 우리는 서둘러 학원으로 돌아왔다. 그 아이가 단과반 수업을 들을지도 모른다는 계산이었다.

그럼 그렇지! 그 여학생이 좁은 학원 마당을 가로질러 걸어가고 있는 것이 눈에 확 들어왔다. 우리는 불에 덴 놈처럼 화들짝 놀랐다. 그 날은 회색 바바리 차림이었다. 우리 또래 아이들은 잘 입지 않는 바바리를 입고는 막 학원 정문을 빠져나가고 있었다. 이 일을 어쩌나, 빨리 따라가야 한다. 그러나 둘이 다 따라갈 수는 없다. 어제 서로 포기하자 약속은 했지만 그건 이미 우리 둘 다 생각에도 없었다. 마주 보았다. 어떻게 할 것인가.

"야, 장껨뽀(가위바위보) 해서 이긴 사람이 따라가자."

"좋다. 삼세번이다이."

"삼세번 할 시간이 어딨노. 함만 하자."

"그래 좋다."

내가 이겼다. 이야호!

"따라갔다 와서 다 이야기해 주기다이."

재동이는 못내 아쉬워 내 팔목을 잡는다.

"알았다, 알았어. 떨구겠다. 놔라, 이거."

마치 그 아이가 내 차지나 된 듯이 들떠서 혀를 쏙 내밀어 재동이 약을 올리고는 그 아이를 따라갔다. 그 아이는 아는지 모르는지 앞만 보고 걸어가고 있다. 적당히 거리를 두고 열심히 따라갔다. 좀 한적한 곳으로 가면 달려가 말을 붙여야지, 여기는 사람이 너무 많다. 쿵쿵 가슴이 뛴다. 서면 로터리를 지나 양정 쪽으로 올라간다. 버스를 안 타고 어디로 가는고? 일부러 말 걸라고 버스를 안 타나? 조금씩 거리를 좁혀 갔다. 그래도 아직은 말을 붙일 수가 없다. 어? 여학생은 전혀 뜻밖에 부전역 쪽으로 방향을 바꾸는 게 아닌가. 어디 여행을 갈 리도 없을 텐데……. 역 앞을 지나서 어디로 가겠지. 어, 어? 역사로 들어선다. 이러면 안 되는데. 다급해졌다.

"저…… 저…… 여…… 좀 보소."

이미 다 알고 있었다는 듯 옅은 웃음을 띤 채 돌아선다.

"지금…… 어디…… 가는데……요?"

"집에."

"집이…… 어딘데……."

"알아서 머할라꼬……. 기장이란 데를 알겠나……."

"시간 있으면…… 좀……."

"지금 기차 시간 다 돼서 안 되겠네……요."

"내일도…… 학원에 올 겁니까?"

"단과반 들을 게 있으니까……."

"그럼, 내일 학원에서 만날 수 있겠네……."

이 말이 떨어지자 쓰다 달다 말도 없이 돌아서서 개찰구로 나가 버린다. 통학권을 가지고 있는 모양이다. 나는 그만 멍청하게 개찰구 앞에서 여학생의 뒤꼭지만 보고 서 있어야 했다. 이럴 줄 알았으면 진작 말을 붙이는 건데 그렇게 오래 걸어오면서 한마디도 못 하고 있다가…… 아이구, 이런 병신아. 나는 풀이 죽어 학원으로 돌아왔다. 재동이는 기다리고 있었다. 얼굴빛을 바꾸었다.

"다 됐다. 내하고 사귀기로 했다."

"머슨 말을 했는데? 자세히 말해 바라. 내일은 장껨뽀 다시 해야 된대이."

"인자 소용없다. 내하고 다 됐는데 멀 그래 쌌노."

"말도 못 하고 그냥 왔으면서 거짓말하지 마라. 나도 다 봤다."

"보기는 멀 바. 헛소리 치아라."

"그라마 니가 머슨 말을 우째 했는지 자세히 말을 해 보라카이."

"그 아가 어데 사는 줄 아나? 기장에 산다, 기장에. 부전역에서 기차를 타는 기라. 오늘은 기차 시간 때문에 할 수 없다 하더라. 차를 타민서 우쨌는 줄 아나? 살짝 웃으며 손을 안 흔들어 주나. 많이도 아이고 요렇게……. 그게 더 미치겠데. 나도 흔들어 줬지. 이이러어케……. 이라모 다 된 거 아이가?"

나는 그 애가 정말 손을 흔들어 준 듯이 모양을 내며 둘러댔다. 내 얘기를 듣고 나더니 재동이는 됐다 됐다 내일 다시 해 보자며 더욱 기분 좋아한다. 손을 흔들어 주더라는 얘기를 강조, 강조했는데도 이 녀석은 그게 무슨 큰 뜻이 있느냐는 듯 내일 보자고만 큰소리 친다.

다음 날 바바리는 또 학원에 나타났다. 우리는 그 아이 이름을 모르니 입은 옷을 두고 바바리라고 했다(이 이름은 우리 사이에 영원한 이름으로 남아 있게 된다). 재동이는 결코 양보하지 않으려고 했다. 하는 수 없이 다시 가위바위보를 했다. 내가 졌다.

"미안……. 니, 오늘은 마 집에 가 있거라. 내 언제 올지 모른다."

재동이는 싱글거리며 나를 두고 가 버렸다.

다음 날 만난 재동이는 침을 튀기며 자랑을 한다.

"아, 야가 걸어갈 줄 알았더이 버스를 타는 기라. 나도 안 탔나. 나를 보더이 앞문으로 내려 뿌데. 나도 따라 내렸지. 니맨치로 멀리서 따라간 줄 아나? 뒤에 딱 붙었다 아이가. 내가 그래 따라붙어서 기분 나뿌마 신경질을 내야 될 거 아이가. 그런데 안 그라는 기라. 우스운지 자꾸 웃어. 나도 웃었지. 부전역에 가데. 나도 얼른 표를 안 끊었나. 야가 놀래데. 그랬지, 시간 안 내 주마 집에까지 따라갈 끼라고. 또 웃데. 좋다 가 보자. 기차를 탔지. 기차 타서도 옆에 떡 서 있었다 아이가."

내가 말허리를 잘랐다.

"이기 거짓말하고 있네. 니, 지금 지어내 갖고 말하는 거 아이가?"

"에헤이, 좀 더 들어 바라, 거짓말인지. 야가 내보고 머라 카는 줄 아나? 저거 오빠 대기 무섭다 안 카나. 맞아 죽어도 영광이라 캤지. 기장에서 내리는데, 볼 거 있나. 따라 내렸지. 기장에 딱 내리니까 야가 꼼짝을 못 하는 기라. 저거 동네라서 사람들 본다고 내일 만나 줄 꺼니까 제발 돌아가라고, 표까지 끊어 주겠다고 빌데. 나는 아무 대답도 안 하고 서 있었다 아이가. 야가 무엇을 찾는지 두리번거리는데 어디 들어갈 데를 찾는 거 같데. 발을 이렇게 동동거리민서. 빵집 겉은 거도 안 보이고 국밥, 막걸리 이런 거 파는 집뿐인 기라. 할 수 없는지

막걸리집으로 날 데꼬 가데…….”

침을 꼴깍거리고 있던 나는 소리를 질렀다.

“니 거짓말하마 죽는대이. 바른 대로 말하고 있는 기가, 지금?”

“못 믿겠으마 바바리한테 물어보라모. 그래 막걸리집에 안 갔더나. 내리가는 차 곧 온다고 제발 그냥 가라 하는데 대답도 안 하고 막걸리만 마셨지. 빚 받으로 온 사람맨치로. 여는 저거 동네고, 촌이라서 사람을 다 알기 때문에 큰일 난다고 비는 거라. 그래, 알겠다 했지. 대신에 내일 만날 약속해 주마 바주겠다 캉께 좋다 하데. ……히히, 인자 니가 포기해야 되겠제? 오늘 열두 시쯤 되마 학원 올 끼다. 김교영 선생 수학 듣고 김찬익 영어하고 또 머 하나 더 듣는다 카더라.”

내가 첫날 기장까지 따라가지 못한 것이 땅을 칠 노릇이었다. 나를 보고 웃어 주더니 그게 다 거짓이던가. 나는 아무 말도 못 하고 골방으로 가서 담배를 피웠다.

‘새끼, 처음 졌을 때 마 내한테 양보하지…….’

그런데 아무리 기다려도 바바리는 나타나지 않았다. 잘코사니!

“안 오제? 거 바라, 인마. 니가 그래 추근대 놓으이 안 오잖아. 잘됐다. 니 약속 무효다, 무효.”

나는 다시 기분이 좋아져서 재동이를 놀려 댔다. 재동이는 눈만 껌뻑거렸다.

“하, 이상하네. 꼭 온다 했는데…….”

그러고는 끝없이 교실 앞 긴 걸상에 팔짱을 끼고 앉아 기다리고 있다. 바바리는 그날 끝내 나타나지 않았다. 나도 섭섭했다. 다음 날도 바바리는 얼씬도 하지 않았다. 우리는 종합반이라 단과반 교실하고는 떨어져 있었는데 아예 수업을 빼먹고 단과반 교실 앞에 죽치고 있어도 애는 보이지 않았던 것이다.

사흘째 되던 날. 바바리는 역시 회색 바바리를 입고 아무 일도 없었다는 듯 학원에 나타났다. 이제는 놓치지 않으리라. 우리는 다시 가위바위보를 했다. 아! 또 지고 말았다. 이럴 수가. 재동이는 그날 정말로 바바리 집까지 따라간 모양이었다.

"인자는 지가 빌지도 못하지. 몸이 아파서 못 나왔다고 미안하다 하데. 얘기하자 해서 좀 얘길 했는데 오 분도 안 돼서 기차 시간 됐다 하는 기라. 어딨더노. 또 따라갔다 아이가. ……기장에 내리니까 뒤도 안 보고 막 걸어가는 기라. 나도 막 따라갔는데 저거 집은 기장 저 웃동네더라. 대문도 옛날 집 대문이데. 집에 감나무도 있고 촌집이더라. 대문 앞에 안 서 있었더나. 내가 왔다 갔다 하니까 저거 엄만지 누군지 소리가 나데. 숙아, 대문 밖에 누고? 그라니까 야가 머라 하는 줄 아나? 물 한잔 얻어묵고 가겠다 하던데 하면서 물을 떠 갖고 내한테 오는 기라. 소설 같제? 영화 같제? 물 한 사발 받아 마시고 씩 웃으니까 바바리도 웃데. 역 앞 막걸리집에 가 있으마 내려갈 테니까 가 있으라 하민서. 그래 가지고 나는 막걸리집에서 한 사발 마시민서 기다렸다 아이가. 벌겋게 되데. 간도 벙벙한 기라. 왔더라. 나오라고 밖에서 막 손짓을 하는 기라. 초등학교 담 밑으로 자꾸 가. 동네 사람들 보까 싶어서. 나는 기분 좋은 일이지. 컴컴할수록 좋다 아이가? 따라갔지. 살리 도라 하는 기라. 지는 맞아 죽는다꼬, 동네 소문 나모. 그라민서 지금은 공부를 해야 할 때라민서. 시험 치고 꼭 만나자 안 하나. 그렇게 빌어 쌌는데 내가 우짜노. 그라자고 하기는 했지, 머."

아쉽고 원통했지만 나는 침만 삼키면서 재동이의 너스레를 듣고 있어야만 했다. 이미 대세는 기운 것 같았다.

"안 그래도 니 말도 하더라. 둘이서 친한 것 같던데 친구는 어짤란고 하민서. 그 아는 마음이 넓어서 다 이해한다 했다. 맞제? 걱정하지 마라. 우리 만날 때 니도 델꼬 가께. 같이 만나마 될 거 아이가."

결국 나는 손을 들지 않을 수 없었다. 약속대로 나는 서로 잘되도록 도와주겠다고 했다.

동무의 동무

바바리는 나에게 동무의 동무가 되었다. 한 다리 건너 있는 사람으로 우리는 그렇게 만나야 했다. 재동이는 바바리와 둘이서만 만날 수도 있었지만 나는 재동이가 있어야 바바리를 볼 수 있는 신세가 된 셈이었다.

재동이는 이런 내 모습이 안돼 보였는지 둘이서 만나는 자리에 꼭 나를 데리고 갔다. 해운대에서 청사포로 넘어가는 철둑길을 우리는 자주 걸었다. 바바리는 곧잘 레일 위로 올라서서 균형을 잡으며 걷는다. 몇 발짝 가다가 균형을 잃고 팔을 휘젓다가 내 어깨를 짚을 때 나는 그것이 그렇게 좋았다.

"손 잡아 주께 걸어 바라."

우리는 양쪽에서 바바리의 손을 각각 잡고 걸으면서 즐거워했다. 해운대 백사장은 참 좋은 놀이터였다. 맑고 푸른 물결과 바람을 공짜

로 즐길 수 있는 곳이다. 비가 오면 더욱 좋다. 모래밭에 떨어지는 빗소리를 들으면 부드럽고도 간지럽다. 파도에 밀려오는 조가비를 줍는 것도 재미다. 그런데 재동이는 조가비를 줍거나 젖은 모래로 두꺼비 집 만드는 짓을 잘 하지 않는다. 그냥 먼 바다만 바라보며 뻐끔뻐끔 담배나 피워 댄다. 그런 재동이가 나보다 훨씬 멋있어 보였다. 바바리가 뭐라고 말을 붙여도 건성 대답만 할 뿐 살갑게 대해 주지도 않는다. 여러 사람 앞에서는 그렇게 얘기를 잘하더니 바바리 앞에서는 아주 무뚝뚝한 사나이가 된다. 나는 예쁜 조가비들을 주워서 바바리 손바닥에 놓아 주곤 했다.

"재동이 자는 참 재미없제, 그자?"

바바리는 웃으면서 두 손을 오므려 내밀곤 했다. 그래도 막상 자리를 잡아 앉을 때는 재동이와 바바리는 가까이 앉고 나는 좀 떨어진 곳에 앉는다. 청사포로 넘어가는 바닷가에는 바위들이 제법 멋을 부리며 울룩불룩한데 우리는 거기에 앉아 하염없이 바다를 바라보곤 했다. 태화극장 뒷골목, 도서관 뒷골목에서 빈둥거리며 노는 것보다 얼마나 행복한지 몰랐다. 재동이나 나나 사실은 그런 뒷골목 체질이 아니었나 보다. 바다가 있고 산이 있고 나무와 바람이 있는 곳으로 나오면 아질아질한 행복이 피어오르는 것 같았다.

재동이와 바바리는 저 아래쪽 바위에 앉아 무어라 속삭이고 있고, 나는 이쪽 위에서 좀은 허전한 마음으로 먼 바다를 실눈 뜨고 바라보다가 두 녀석이 노는 것을 지켜보며 싱긋이 웃기도 했다. 사실 마음 한구석에 억울한 심정이 들기는 했다. 그래도 재동이가 원망스럽다거나 미운 마음은 생기지 않았다. 그것을 재동이도 알고 있었다. 재동이는 일부러 나를 불러 말을 시킨다.

"니 전에 와 내한테 했던 첫사랑 얘기 함 더 해 바라. 바바라, 억수로 재밌대이. 한번 해 보라 캐라."

그러나 나는 바바리 앞에서는 그 얘기를 결코 하지 않았다. 재동이한테 들려주었던 첫사랑 얘기란 이랬다.

정희는 중학교 3학년 초에 내가 잠시 따라다니던 아이였는데 내가 봐도 문희를 많이 닮았다. 몇 번을 따라다녀도 눈 하나 깜짝 안 하던 아이였다. 따라다니는 머스마가 너무 많았으니 웬만큼 집적거려도 흔들리지 않는다. 날보고 하는 말이 자기는 내 형수뻘이니 형님이나 있으면 소개시키라며 사람을 깔아뭉갰다. 그래도 겨우겨우 둘이서만 만날 날을 잡았다. 나는 그날을 위해 책 산다고 거짓말을 해야 했고, 또 무슨 다른 거짓말을 했을 것이다. 제법 주머니가 두툼하도록 준비했다. 그때 나는 아주 어른 같은 데이트를 해 보고 싶었던 것이다.

어디를 돌아다녔을까. 저녁 무렵 우리 둘은 중국집으로 갔다. 중국집 방이 가장 아늑할 것 같았다. 거기서 마주 앉아 문희같이 생긴 정희 얼굴을 자세히 보고 싶었다. 나는 잡채밥을 시키고 정희는 볶음밥을 시켰다. 조용한 방에 마주 앉아 밥을 먹으니 왜 그리 쩝쩝거리는 소리가 크게 들리던지……. 그런데 밥을 먹다가 정희가 잠깐 바깥으로 나갔다. 잊고 손을 안 씻었다나 뭐라 그랬다. 밥 먹다 화장실 가기가 미안해서 둘러댔는지도 모른다.

정희가 나가자 나도 숟가락을 놓고 기다렸다. 그렇게 멍하니 앉아 있으니 문득 정희 먹던 숟가락으로 눈이 간다. 아! 정희하고 뽀뽀해 봤으면……. 이런 생각을 하고 있던 참인데 숟가락이 보인다. 저기에 정희 입술이 닿고 침도 묻었을 건데……. 머뭇거리다가 얼른 숟가락을 집어 들어서 쪽 빨았다가 얼른 제자리에 두었다. 돌아온 정희는 아무것도 모르고 그 숟가락으로 밥을 떠서 쪼옥 빨아 먹는다. 아찔하였다.

이것이 내가 재동이에게 해 준 정희 얘기의 전부였다. 그 뒤로는 정희를 다시 만날 수도 없었고 그냥 그냥 잊혀져 가던 아이였는데 내 첫사랑이라고 하기는 너무 억울하다. 그런 얘기를 바바리가 앞에 있는데 내가 왜 할까 보냐.

그런데 재동이는 얼마 가지 않아 초량에 있는 어느 레코드집 아이를 뒤쫓기 시작했다. 얘가 윤정희를 빼다 꾸았다는 거였다. 그 애가 우리 학원에 온 지 사나흘도 안 되어 재동이는 벌써 그 애한테 마음을 빼앗겨 버렸다. 나는 앞이마가 짱구같이 톡 튀어나온 아이는 왠지 싫었다. 머리를 뒤로 넘겨서 묶으면 톡 튀어나온 이마가 반짝거리는데 재동이는 그것이 좋아 죽겠단다, 그게 윤정희 스타일이라며. 내 보기에는 완전 짱구인데도 그렇게 좋나? 별 희한한 놈도 다 있다 싶었다.

지조도 없는 놈이라고 내가 윽박지르면 재동이는 사대부란 본래 갓을 두 방에 걸 정도는 돼야 한다고 능청을 떨었다. 나쁜 놈. 재동이 주머니에는 삐꾸(기타 치는 도구)가 수북이 쌓였다. 그 애를 보려고 하루가 멀다 하고 레코드 가게로 가서는 그때마다 가게 보는 아가씨에게 할 말이 없어 삐꾸 사러 왔다고 둘러댄 탓이란다.

반면에 나는 온통 바바리 생각뿐이었다. 부치지도 못할 편지를 일기장에다 쓰고 또 썼다. 재동이가 레코드집 아이에게 정신을 팔수록 바바리를 향한 내 연정은 깊어 갔다.

어느덧 시험 날이 다가오고 있었다. 바바리 말이 아니더라도 우리는 발등에 떨어진 불부터 꺼야 했다. 재동이는 자기 어머니에게 끌려가 버렸다. 독서실에서 공부한답시고 처박혀서는 담배와 술로 세월을 보내다가 어머니에게 들켜 버린 것이다. 우리는 집에 틀어박혀 뒤늦게 책을 펴 들고 허둥거렸다. 자연히 바바리는 멀어져 갔다. 한동안 그렇게 공부를 했다. 우리는 나란히 부산고등학교에 응시했는데 재동이는 합격하고 나는 떨어지고 말았다. 재동이는 살판났다. 바바리가 시험 치고 만나자고 한 약속대로 합격자 발표 날 찾아온 것이다. 우리는 다시 어울렸다. 나는 1차는 떨어졌지만 2차도 뭐 어때 하면서 마음을 다독였다. 억울하고 말고 할 수도 없었다. 공부를 안 했으니까.

2차 필기 고사는 그런 대로 본 것 같았다. 그리고 이틀 뒤. 체육 시험을 보는 날이었다. 나는 오후 시간에 배당되어 있었는데 그날 재동이와 바바리가 함께 찾아왔다. 나를 격려한다고. 그러고는 고사장까지 따라와 주었다. 그런데 나를 시험장으로 들여보내고 난 뒤 둘은 해운대로 놀러 간다는 것이었다. 그렇게 둘을 보내자니 나는 스스로가 비참하게 느껴지기도 하고 한없이 아쉽기도 했다. 마음속에서 이상한 만용이 솟아올랐다.

'이까짓 체육 점수 안 나온다고 내가 떨어지겠나. 필기시험 점수 매겨 보니 넉넉하게 합격하겠던데……. 그냥 나도 같이 놀러 가 버릴까……. 15점 정도야 안 받아도 충분할 건데 뭘.'

망설이던 끝에 나는 도로 시험장을 나와 버렸다.

"재동아, 같이 가자. 이까짓 체육 점수 안 받아도 내 합격한다. 내가 수석 할 것도 아니고. 같이 가자. 너거하고 같이 있는 기 더 좋겠다."

"그래도…… 괜찮겠나? 에이, 그래, 같이 가자. 커트라인이 높아 봐야 필기 점수만 해도 안 되겠나."

시험을 팽개치고 따라나서는 나를 보고 바바리는 감격하는 것 같았다.

"니 참 대단하다야……."

사실, 나는 그때 재동이와 고등학교가 갈리게 되었으니 바바리도 만나기 어려울 것이라는 생각이 들었고 고등학교 입학 전에 한 번이라도 더 만나 두어야 할 것 같았다. 지금 생각하면 참으로 어처구니없도록 철없는 짓이었지만 그때는 왜 그렇게 절실했는지…….

우리는 해운대 백사장에 가 앉았다. 두 사람을 옆에서 지켜보는 것만으로도 나는 행복했다. 내가 가장 사랑하는 동무가 내가 가장 사랑하는 여학생과 함께 있고, 나는 그것을 바라본다는 사실이 흐뭇했다. 내가 마치 두 사람을 아우르고 있는 기분이었다. 다른 사람은 내 마음을 이해하지 못할지도 모른다. 삼각관계에서 그게 가능하기나 한 일이냐고. 하지만 나는 왠지 그런 마음이 들지 않았다. 그만큼 재동이를 사랑했다. 바바리도 물론 우리 셋이 있는 것을 전혀 싫어하지 않았다. 재동이가 워낙 무뚝뚝하게 구니까 내가 옆에 있어 주는 게 마음이 편하다고도 했다. 나도 재동이처럼 사나이 폼을 잡고 싶었지만 그럴 상대도 없고 성격 또한 그렇지 못했다. 부러워만 할 뿐이었다.

바바리는 재동이가 심드렁해할수록 누나처럼 더 자상하게 굴었다. 바바리가 팔짱을 끼고 걸으려고 하면 재동이는 슬그머니 팔을 늘어뜨려 팔짱을 풀어 버린다. 그러면 아예 두 팔로 재동이 팔뚝을 싸안고 걷는다. 그렇게 좋은 모양이다. 가끔 내 팔에도 팔짱을 낄 때가 있었는데 나는 그때마다 황홀하였건마는.

"내 그때는 바바리 그래 쌌는 기 와 그래 쪽팔리겠노. 사람들이 보는 데서도 그 아는 꼭 붙어서 걸을라 하데. 팔꿈치에 말랑말랑한 촉감이 오는 기 삼삼하기는 하더라마는……."

어른이 되어서 재동이는 이렇게 되뇌며 허허 웃었다.

그날 한편으로는 체육 시험 안 친 게 큰일이 되어 돌아오지는 않을까 마음을 졸이기도 했지만 붉게 노을 지는 해운대 하늘을 바라보며 우리는 즐거웠다.

그러나 기어이 문제는 터지고야 말았다. 친척 형이 미리 내 합격 여부를 확인해 보다가 커트라인에 내가 딱 걸려 있는 걸 알았던 것이다.

"그런데 석이 너 체육 점수가 없더노? 시험장에만 나가도 기본 10점은 줄 낀데……."

나는 그만 간이 짝 올라붙는 것 같았다. 큰일 났구나. 형을 불러내 손이 발이 되도록 빌었다. 제발 집에는 말하지 마라고. 맞아 죽게 생겼다고. 그때 형이 나를 바라보던 눈빛.

'이렇게 철없이 망나니로 노는 놈이 있나. 어째 입학시험을 빼먹노. 앞날이 캄캄한 놈이로구나.'

경멸하는 듯한 그 눈빛이 지금도 선연하다. 남의 사랑놀이에 너무 큰 값을 치른 셈이었다. 나는 말을 잊은 채 이불을 뒤집어쓰고 며칠을 끙끙 앓았다. 어째 3차 학교를 갈 것인가. 생각할수록 기가 찰 노릇이었다. 창피하고 죄스럽고 억울하고 원통했다. 소리 죽여 울기도 했다. 이런 내 심정을 바바리가 알아나 줄까.

나는 결국 교모도 쓸 수 없고 배지도 달기 부끄러운 3차 학교로 가야 했다. 이 학교는 시험을 치지도 않았다. 2차 학교 시험 성적을 보고 그 학교에서 연락이 온 것이다. 우리 학교에 오면 장학금을 주고, 원하면 기숙사도 제공하는 특별 학급에 넣어서 공부시켜 주겠다고.

고등학교에 가서도 재동이하고는 기회만 있으면 만났다. 미술부에 들어간 재동이는 중앙동 신창호 선생 화실에 다녔는데 나는 그림도 안 그리면서 사흘들이 화실로 갔다. 우리 학교 아이들보다 그 화실에 다니는 부고 미술부 아이들과 더 가깝게 지낼 정도였다.

그 즈음 재동이는 레코드집 아이를 포기하고 옛날 중학교 때부터 짝사랑했다는 경남여고 미술부 아이, 정애에게 빠져 가고 있었다. 정애란 아이는 경남여중 미술부에 있을 때부터 재동이를 몸살 나게 만들었던 아이였는데 재동이가 재수를 하자 멀어진 모양이었다. 재수생과 경남여고생은 어울리지 않았으니까. 그러데 이제는 재동이도 어엿한 부산고 미술반이 되었으니 재동이 성질에 그냥 두고 볼 수는 없는 노릇이기도 했겠지. 자나 깨나 정애 얘기만 늘어놓는다. 바바리는 누나같이 엄마같이 덤덤하게 만났다가 헤어진다는 것이다.

"니, 바바리한테 좀 잘해 줘라. 너무한 거 아이가, 요새."

"바바리가 착하고, 내 잘 챙겨 주고 좋기는 좋은데…… 너무 잘해 주니까 영 튕기는 맛이 없어. 여자는 톡 쏘는 맛이 있어야 되는데……."

"호강에 받치서 요강에 똥 싸는구나. 니가 정 이래 나오마 나도 생각이 있다이."

왜 그렇게 착하고 예쁜 아이 속을 썩히는지 도무지 이해가 되지 않았다. 내가 바바리를 만나서 아픈 마음을 달래 주고 싶었다. 체육 시험 빼먹고 해운대로 놀러 갔던 날, 조개를 줍느라 손이 젖었을 때 바바리가 자기의 하얀 손수건을 건네 주었는데, 나는 그 손수건을 돌려주지 않고 있었다. 잊은 듯이 슬며시 주머니에 넣어 버렸던 것이다. 그날 뒤로 늘 내 호주머니에 그 손수건이 들어 있었다.

1969. 3. 30.
바바린 그때 왜 나에게 손수건을 달라고 말 못 했을까. 하얀 손수건에 온기마저 서리고, 난 이제 그것을 지니고 다니는 습성이 생겼다.

이렇게 나는 정성으로 바바리를 생각하고 있었건마는…….

각서

어느 날 바바리한테서 기별이 왔다. 전화가 귀했던 그때는 연락할 길은 인편이 아니면 편지뿐이었다. 그런데 바바리는 내게 전보를 쳤다. 재동이와 함께 나오라는 말이 없었으니 나 혼자 나갔다. 바바리는 아주 병이 단단히 든 모양이었다. 편도선이 부어 말도 제대로 못 하고, 눈병이 나서 눈가가 벌겋게 물러 있다. 이게 모두 재동이가 속을 썩인 때문이다 싶으니 가슴이 아파 나도 눈물이 나려고 한다. 다른 여학생 사귀는 것은 상관하지 않겠으니 재동이가 자기를 만나만 주었으면 좋겠다고 한다. 나는 재동이의 속마음을 전할 수가 없다. 아니 속마음이 어떤지 알 수도 없다. 다만 정애란 애한테 빠져 있다는 것만 알 뿐이다.

"니가 너무 잘해 주니까 재동이가 짓을 내서 더한다. 니도 마, 딱 잊으뿐 듯이 연락 끊어 봐라. 그래야 지가 안달이 나서……."

"안달할 아가 따로 있지, 처음부터 그랬다 아이가."

"그래도 바바리 니가 착하고 좋은 아인 줄은 알고 있다."

"……."

부전역으로 바바리를 바래다주며 나는 아무 말도 해 줄 수가 없었다. 플랫폼을 빠져나가는 기차를 바라보고 있자니 마치 오래 사귀어 온 연인을 떠나보내는 것처럼 아릿한 아픔이 밀려온다.

'재동이 때문에 나도 이젠 바바리 보기가 힘들겠구나…….'

역 건너 쪽 아카시아 숲에는 아카시아 이파리가 왁자하게 피어나고 있었다. 바바리를 보내고 철길을 되돌아 걷고 있자니 재동이는 참 복도 많은 놈이다 싶었다.

'학교도 잘 갔지, 예쁜 여학생도 많이 따르지, 그림도 잘 그리지, 말도 잘하지, 싸나이 폼도 잘 잡지, 바바리를 저렇게 안달 나게도 하지…….'

그날 집으로 돌아와 다시 바바리에게 편지를 썼다. 못 견디는 그리움에 앉으면 그냥 편지글이 줄줄 쏟아졌다. 바바리에 대한 열병에 아주 불이 붙어 버렸다. 그런데 일기에 쓰는 편지와, 보내는 편지는 내용이 좀 달랐던 듯하다. 옛날 일기장을 보니 한용운의 시를 흉내 내어 쓴 글도 많고, 누군가가 글을 손봐 준 흔적이 있는 편지도 있다. 그 가운데 이런 편지도 있다.

그때 일찍은 진달래의 붉음이 드문드문 묻어 있었습니다.
물소리도 새소리도 들리지 않는 人生에게 世上은 얼마나 고독한 병실입니까만, 생각나는 가지가지의 외로움을 나는 해운대 해변에서 당신에게 보내는 편지글로 챙겨 보기로 했습니다.
철썩거리며 박살당하는 파도에 늦은 아침 기지개를 켜고 한동안 어린 애처럼 조약돌을 퐁당거리며 당신의 향수에 몸을 풀었습니다.

나는 좀 더 물소리가 조요로운 발치로 걸었습니다.
사운사운 뒤따라오는 그대 발자국 소리.
나는 발자국 소리를 어린 소년처럼 헤아리며 멈추었다간 다시 걷고, 걷다간 다시 멈추며 당신의 발자국 소리를 몰래 들으려고 하였습니다.
그러나 당신.
당신은 내게서 너무나 멀리 떨어져 있습니다.
몸이야 지척이란들 마음은 거리를 헤아릴 수 없는 이름 모를 어느 外郭에서 당신은 혼자 괴로워하십니다.
그리고 나도 저만치서 외로워합니다.
사람이 사람의 일을 두고 외로워하고 안타까워한 적은 이번이 처음입니다.
어느 날 바닷가에서 뜻 없이 구르는 이 돌, 저 돌을 가리며 아까운 것은 손에 지닌 채 걷던 심정과 같이 보배로운 생각들만 가져서 찬찬히 걸었답니다.

그런데 당신.

당신도, 또한 나의 존재도 흐르는 세월의 물살에 바래고 보면 돌 하나에도 못 미치는 부질없는 人命의 문을 닫게 된다는 생각을 한 적이 있습니까?
불과 몇 시간의 영광을 위해 忍冬하였던 꽃잎과 같이 드디어는 生命의 반짝임조차도 마멸하여 떨어지고 말 인생의 落花.

봄이면 물오른 가지마다 손짓하는 푸른 나무처럼 그러나, 나는 설레이며 해변을 거닐었습니다. 소스라치게 가슴 놀래게 뒤에서 나의 눈을 가리며 다가설 듯한 당신 생각에 그저 가슴이 달아오르는 것이었습니다.

마음이 그리움에 헤매일 때는 언제든지 이 해변으로 오십시오. 해변에는 언제든지 내가 지켜 섰습니다. 나 같은 바위들이 늘어서 있습니다. 이제 나는 해변을 떠나려 합니다. 가만히 당신 이름을 부르며 오늘 하루를 넘기는 것입니다.
당신.
이 철없는 男子에게 마지막 기도를 하게 해 주십시오.

—END—

아무리 생각해도 안 되겠다 싶었다.
'재동이하고 담판을 지어야겠다. 바바리를 혼자 아프게 두느니 내가 바바리를 데려와야지. 뭐 처음부터 같이 좋아했는데 이제 재동이

가 싫다고 하니 나와 사귀는 게 어때서. 재동이도 좋다고 할 거야.'

일요일, 재동이를 데리고 다짜고짜 황령산 중턱으로 올라갔다. 아무도 없는 조용한 곳으로 가야 한다. 아카시아 숲이 울창한 곳이 있다. 달큰한 향기가 가슴에까지 차오르는 듯하다. 이만한 곳이면 됐다. 앉자. 하얀 꽃이 바람결에 후드득후드득 떨어져 내린다. 한참을 말없이 앉아 있었다. 재동이도 무슨 눈치를 챘는지 말없이 앉아 떨어진 꽃잎을 주워 들고 후후 불고 있다.

"재동이 니, 바바리를 우째 생각하노."

"……."

느닷없는 물음에 재동이는 멀뚱히 나를 건너다본다.

"니 그래 바바리 애나 믹일라 카마, 바바리 내한테 양도해라."

"애야 지가 묵지 내가 믹이나……."

"그래도 바바리가 니한테 있는 것보다 내하고 같이 있는 기 더 낫지 싶으다. 아가 여엉 말이 아이더라. 다 니 때문이다."

"……바바리가 좀 안됐기는 안됐제……."

"그라이 내한테 양도하라 안 카나."

"니라꼬 머 잘해 줄 끼 있나."

"있고 말고. 나는 바바리만 좋아할 끼다. 니맨치로 다른 가시나들한테 정신 안 팔 끼다."

"……그란다꼬…… 우째……."

"시끄럽다, 마. 만내 주지도 못 하민서 와 그래 쌌노. 내, 여 각서 써 왔다. 지장 찍어라."

나는 주머니에서 꼬깃꼬깃 접어 넣어 둔 종이를 꺼내 펼쳤다.

각 서

박재동㊞
이상석㊞

위 박재동은 1969년 5월 17일부로
김기숙을 위 이상석에게 양도하겠음을 각서로써 약속합니다.

1969년 5월 17일
박재동㊞
이상석㊞

재동이는 각서를 받아 들고는 멀뚱히 내려다보고 있다. 나는 무슨 결의에 찬 장군처럼 버티고 서서 짐짓 외면한 채 돌을 주워 아카시아 나무둥치를 겨누어 던지고 있었다. 한참 말없이 앉았던 재동이가 느릿느릿한 말투로 입을 연다.

"싸인하마 되나?"

"아이다. 내, 여 도장밥 들고 왔다. 지장 찍어라."

나는 집에서 조금 덜어서 담아 온 도장밥을 쑥 내밀었다. 재동이 손도장, 내 손도장이 네 군데나 찍혀 벌겋게 물든 각서를 조심스레 접어서 주머니에 넣었다.

"인자 딴 말 하지 마라."

오금을 박았다.

"니나 잘해 주라. 바바리 그거 좋은 아 아이가."

재동이도 설핏 웃었다. 드디어 바바리는 내 것이 되었다. 그리고 며칠 뒤 바바리를 만났다.

"내, 얼마 전에 재동이 만냈다. 그래 가꼬 담판을 지었다."

한참 뜸을 들이다가 바바리 앞에 각서를 터억 펴 놓았다. 바바리는 피식 웃는다.

"내가 무슨 물건이가. 무슨 이런 장난을 치고 있노."

"장난 아이다. 나는 앞으로 당당하게 바바리 니하고 만날 끼다."

"……친구처럼, 좋은 친구처럼 지내면 되지……. 나는 상석이 니를 예전부터 참 좋은 친구라고 생각했다……."

우리는 금세 친해졌다. 아니 내가 보냈던 편지로 치면 재동이보다 훨씬 진하고 깊은 사이였으니까 더 친해지고 말고 할 것도 없었다. 그리고 '재동이의 바바리'에서 '나의 바바리'가 되었다고 해서 겉으로는 별 달라질 것도 없었다. 내가 편지를 쓸 때 굳이 재동이에게 미안해할 것이 없어진 것, 가끔 부전역에 시간 맞춰 나가서 바바리에게 악수를 해 줄 수 있게 되었다는 것, 친구들에게 "내 꺼."라고 말할 수 있게 되었다는 것 정도가 달라진 것이다. 그래도 나는 흠뻑 바바리에게 취할 수 있었다. 행복했다.

평일에는 편지를 써 두었다가 토요일에 그것을 전해 주었다. 재동이 대신 우리 학교 친구인 경화를 데리고 가서 자랑삼아 만났다. 오스카 양과점이나 다뉴브 양과점에서 밀크 한잔 마시고, 형편이 되면 빵도 곁들이고. 그리고 부전역까지 바래다주고. 가끔 단둘이 만날 때도 있었다. 그때는 내가 기장으로 갔다. 마을에서 멀리 떨어진 들녘을 걷다가 나지막한 동산 솔숲에 앉아 온갖 얘기를 주절거리곤 했다. 재동이가 빠진 자리가 때로는 허전하기도 했지만, 사실은 훨씬 감미로웠다. 되도록 재동이 얘기는 꺼내지 않았다.

생각난다. 그때 바바리는 햇살이 따갑다고 언니 것인지 엄마 것인지 파라솔을 들고 나왔다. 나는 파라솔을 쓰고 걷는 바바리가 좀 촌스러워 보였다. 아주머니들이나 쓰는 파라솔을 왜 들고 나왔을까. 저만치 앞서 걷는 바바리에게 이 들판에서 파라솔이 어울리느냐고 놀려대곤 했다. 그래도 바바리는 끝내 파라솔로 얼굴에 그늘을 지우고 걸었다. 피부가 약해서 안 된다면서. 정말 바바리는 얼굴빛이 뽀얀 순백이었다. 어떻게 저렇게 보드랍고 하얄 수 있을까. 하는 짓이 아지매 같지만 않으면 나무랄 데 없겠다 싶었다.

그래도 의리가 있지. 내가 늘 바바리를 독차지하고 있을 수는 없었다. 버찌가 한창 익을 무렵이었다. 재동이와 함께 바바리 사는 동네 옆 저수지 있는 데로 놀러 가기로 했다. 그곳은 이미 바바리와 내가 두어 번 가 본 곳이었는데 유원지가 아니라 낚시꾼 두세 명이 있을 뿐 조용한 곳이었다. 둘레에는 벚나무가 깊은 그늘을 늘이고 있었고 둑에는 새파란 잔디가 푸근한 자리를 만들어 주었다. 우리 셋은 옛날처럼 그렇게 만났다.

바바리는 재동이를 보자 조금 상기된 얼굴로 악수를 한다.

"재동아, 니 너무 오랜만이다야."

재동이는 예나 마찬가지로 손을 잡힌 채 씩 웃더니 오빠나 된 듯한 투로 뜸적하게(내키지 않는 듯이 천천히) 되받는다.

"상석이가 잘해 주더나?"

나는 옛날 기분이 되살아나서 들떴다.

"역시 우리는 셋이서 이래 있어야 어울린다, 그자."

재동이는 말이 없었다. 뭔가 좀 이상하다. 재동이가 마음 상할까 싫어 나는 여기 앉아 보자, 저기 앉아 보자 하면서 분위기를 돋우느라 바빴다. 바바리가 싸 온 점심을 펼쳐 놓아도 재동이는 무릎을 세워 깍지 낀 손으로 싸안고는 말없이 저수지 물결만 바라보고 앉아 있다.

"어이, 재동아, 묵자. 맛있네."

재동이는 말없이 김밥 하나를 집어 꾸역꾸역 씹는다. 나는 마치 남의 아내를 데리고 살다가 전남편을 맞닥뜨린 사람처럼 눈치도 보이고 불안하기도 하여 어쩔 줄을 몰라 했다.

"너거 둘이 여 있그래이. 저기 가서 버찌 따 오꾸마. 맛있다, 버찌."

이러고 일어나 벚나무 숲 쪽으로 갔다. 한 주먹 주워서 둘이 있는 쪽으로 돌아오니 그사이 재동이 언성이 높아져 있다.

"가시나 이기…… 마…… 확…… 지앗아 뿔라."

무슨 영문인지 바바리를 향해 팔을 둘러매고 있다. 나는 아무 말도 할 수가 없었다. 전 남편이니까.

"고마 참아라. 와 그래 쌌노……."

버찌를 신문지 위에 놓고는 나도 팔로 무릎을 싸안았다. 서먹하게 앉아 있다가 우리는 둑을 내려왔다.

'재동이를 데려오면 안 되겠구나.'

바바리는 바바리대로 분위기를 바꾸어 보려고 재잘거렸다.

"이게 무슨 나문 줄 아나? 개암나무다. 개암 알제? 이거는 보리수, 저거는 밤나무……."

그러자 조금 마음이 풀린 재동이가 무슨 얘기를 했는데 우리는 그렇게 우습지도 않은데 막 소리 질러 가며 웃어 댔다.

그 뒤로 우리 셋이 만나는 일은 거의 없었다. 그렇다고 재동이와 서

먹해지지도 않았다. 바바리와 헤어져 둘이서 기차를 타고 내려오며 나는 또 주절거렸다. 역시 바바리는 촌스러운 데가 많더라. 정말로 톡 쏘는 맛이 없고 아지매 같더라. 이렇더라, 저렇더라. 한참 듣고 있던 재동이 녀석이 툭 뱉는 말.

"본남편한테 마누라 욕하마 기분 좋나. 니라도 잘해 주야지."

그리고 재동이는 정애 이야기, 레코드집 아이 얘기에 열을 내기 시작했다.

"그래 가꼬 안 있더나. 하! 고년이……."

이렇게 우리는 바바리를 두고 고등학교 1학년의 사랑에 빠져 있었다. 온 일기장에 바바리 얘기로 가득했다.

2학년으로 올라가자 바바리는 더욱 아지매 티를 냈다. 자기 집에서 제사를 지냈다면서 음식을 그릇그릇 싸 와서는 먹이려 드는 것이었다. 소풍날도 아닌데 큰 찬합을 보자기에 싸 들고 약속 장소로 들어서는 바바리를 두고 나는 참 창피했다. 중국집 방으로 자리를 옮겨서 음식을 펼쳐 놓고 집에서 담갔다는 포도주까지 꺼내 놓으며 술을 따를 때는 고맙기도 했지만 왠지 세련되지 못한 일 같아서 떨떠름하게 잔을 받았다. 함께 왔던 경화만 신이 나서 홍얼거리며 잔을 받아 넙죽넙죽 마셔 댔다. 나를 극진하게 생각하는 아이가 있다는 것은 학교에서 자랑거리가 되었지만, 나는 그런 지극 정성이 촌 아지매나 하는 주접 같아 보였다. 도시풍으로 세련되게 깔끔한 음식을 돈 주고 사 먹어야 멋있어 보였다.

버찌가 한창 익을 무렵이었다. 한 아이가 우리 교실로 와서 기숙이가 갖다 주라고 했다며 자그마한 보퉁이를 내밀었다.

"니가 기숙이를 우째 아노?"

기숙이. 이름이 촌스러워 생전 이렇게 부르지 않았는데 그날 처음 기숙이라고 소리를 내어 봤다.

"우리 동네 애 아이가. 나는 니가 기숙이하고 사귀는 거 옛날부터 알고 있었다."

"그렇다고 이걸 니한테 이래 전하더나?"

참 기숙이다운 행동이었다. 보자기를 푸니 왕골로 짠 수예 통이 나왔다. 쪽지가 곱게 놓여 있다.

석아. 버찌 기억나나. 작년 이맘때 재동이와 우리 동네 왔다가 버찌도 못 따 먹고 마음만 상했제. 나는 늘 우리 동네 버찌를 너에게 맛보이고 싶었어. 우리 동네 자랑이거든. 수예 통은 갖다 준 아이에게 전해 주면 돼.

상석이의 바바리가

반 아이들은 우르르 몰려들어 상석이가 마누라 하나는 잘 얻었다면서 소리소리 지르며 먹자고 달려든다. 제사 음식이 아니라 다행이다. 그런데 얘는 어째 이리 청승스럽노. 점심시간에 부슬비가 가늘게 내리는 학교 동산으로 올라가서 아이들과 나눠 먹었다. 나는 사실 몇 알 먹지도 않았다. 맛이 별로 없었다. 그냥 '이런 대접을 받고 산다.'는 겉멋만 잡고 있었다.

한번은 친구 동균이가 바바리 얘기를 듣고는 탄복을 하며 한번 만나게 해 달라고 조르는 것이었다. 그 촌티 나는 아지매 같은 행실이 동균이에게는 너무나 좋아 보였던 모양이다.

"야이, 빙신아. 내 겉으마 그런 애하고 결혼도 하겠다. 요새 그런 애가 어딨노. 가시나들이 몽땅 발랑 까져 있더라 아이가. 촌시럽다꼬? 니가 눈에 헛거물이 끼었구나. 아이고 아깝아라. 내가 먼저 만나야 하는 건데……."

"내가 또 니한테 양도하까?"

"미쳤나, 이기. 정신 차리고 잘 붙들어 놔라이. 니 꼬라지에 바바리 겉으마, 복이 터져도 대복이 터진 기다. 조상이 제비 다리를 몇 개나 고쳐 주었던공……. 하이고…… 빙신아."

욕을 먹어도 싫지 않았다. 바바리를 아는 아이들은 모두 이렇게 칭찬이 늘어졌다.

어느 일요일. 동균이를 데리고 바바리를 만나러 갔다. 포도밭으로 가기로 했다. 바바리도 친구 한 명을 데리고 나왔다. 동균이는 바바리를 만나자마자 늘 하던 그대로 속사포처럼 얘기를 쏟아 놓는다. "재동이 그놈이나 상석이 이놈이 다 바발 씨의 착하고 너른 마음을 모르는 놈."이라고 대놓고 욕을 해 댄다. 물론 장난기로 하는 말이지만 얘가 왜 이러나 싶기도 했다. 동균이는 아예 바바리 친구에게는 관심도 두지 않았다. 우리 셋은 포도 넝쿨 그늘에 앉아 동균이 입담에 넋을 놓고 웃기만 했다.

동균이는 세상 돌아가는 이야기부터 시작해서 우리나라 경제가 어쩌고저쩌고, 미국의 간섭이 어쩌고저쩌고, 모르는 게 없었다. 나는 슬며시 주눅이 들었다. 이런 동균이와 나를 견주게 되면 바바리가 동균이를 좋아하게 되지나 않을까 불안한 마음도 들었다. 한참 너스레를 떨다가 "포도 다 식겠다, 먹자." 하고는 몇 알 까 넣는 익살도 잊지 않았다. 나와 바바리 친구는 완전히 방구석 보릿자루 신세다.

'이 녀석을 괜히 데려왔구나.'

그렇게 떠들던 녀석이 이제는 나와 바바리더러 산책이나 하고 오란다. 자기는 바바리 친구와 할 얘기가 있다면서. 우리는 마치 허락을 받고 외출하는 몸짓으로 일어나서 포도 넝쿨이 우거진 밭 안쪽으로 걸어 들어갔다.

"동균이 말 참 잘하제?"

"부산고등학교 수석 학생이라 하더니 다르긴 다르네."

"그래, 동균이 절마는 부중 다닐 때, 아니 초등학교 때부터 늘 수석으로만 놀았다."

"나는 저렇게 똑똑한 사람은 싫더라. 오늘도 지 혼자서 찧고 까불고 다 하데. ……나는 니가 젤 좋다."

"……찌랄하지 마라. 삼류 학교 다니는 내가 머시 좋아."

"나는 촌에서 자란 사람이 좋거든. 낭만도 있고. 학교가 머시 문제고."

이렇게 말해 주는 바바리에게 새삼 불 같은 사랑이 일었다. 넝쿨 언저리 조그만 바위에 자리를 잡고 앉았다. 바바리는 내 등 뒤쪽에 서서 서성이다가 내 옆으로 와서 내 팔짱을 끼며 앉는다.

"너거 친구 볼라."

"저쪽에 있는데 머 어때서……."

포도 넝쿨 사이로 새파란 하늘이 조각조각 떠 있다. 우리는 말없이 그렇게 앉아 있었다, 한참을. 알알하다.

"가자. 찾을라."

내가 일어서자 바바리도 따라 일어서더니 느닷없이 와락 내 품으로 안겨 온다. 머릿결 냄새가 숨결을 따라 훅 들어온다.

"아이이, 좋아 죽겠다."

바바리는 내 허리를 볼끈 안는다. 아주 잠깐 동안. 그러고는 획 돌아서 아무 일 없었던 듯이 친구 이름을 부르며 앞서 걷는다. 그런 바바리를 앞에 두고 내가 확 끌어안아 뽀뽀를 해 버리지 못한 게 후회가 된다. 뒤따라 저벅저벅 걸어가며 나는 어깨에 힘이 들어갔다.

'동균이 니가 암만 주께 봐야 바바리는 내 꺼니까…….'

동균이는 내 옆구리를 쿡 찌르며 눈을 반짝거린다.

"너거 아까 머 했더노?"

"머 하기는? 미쳤나, 머 하구로. 너거가 눈 뿔시고 있을 낀데."

"그래서 내가 자리 피해 주더라 아이가. 친구 가시나 그기 맹추라. 저쪽 원두막 쪽으로 가자 하이 그냥 그 자리 있자 안 카나. ……니가 뽀뽀를 해야 되는 긴데……."

"시끄럽다, 마. 니 없을 때 많이 했다."

그러나 그 안달 나던 사랑도 식어 가는 것인지 날이 갈수록 만나는 일이 줄어들었다. 학교 공부는 하지 않으면서도 만날 여유 또한 없었다. 마음도 조금씩 멀어져 갔다. 일기를 보니 68년 말부터 69년은 온통 바바리 얘기거나 바바리를 두고 쓴 편지투성이더니 70년에 들어서는 아주 가끔씩 짤막하게 나오고 만다. 그렇게 조금씩 멀어져 간 모

양이다. 정식으로 헤어진 것도 아닌 채 그냥 잉걸불이 사위어 가듯 그렇게 멀어지면서 나도 재동이처럼 '참 착하고 좋은데…… 톡 쏘는 맛이 없어…….' 하고 있었는지도 모르겠다.

이 글을 쓰며 언제 어떻게 헤어져 소식이 끊겼는지 기억을 더듬어도 잘 떠오르지 않는다. 일기에도 없다. 시 쓴다고 끼적거린 종이 뭉치 속에 시험지에 초를 잡은 편지 한 장이 들어 있다.

공부 時間에 筆을 든다.
가슴이 저미는 찬 기운에 마음이 산란하다.
겨울이 온다는 사실은 나에게 있어 죽음과도 같다.
엄청난 사실이 나의 두 팔을 잔인하게 잘라 버릴 것 같다.
무서운 일이다. 강의하시는 선생님까지 무섭다.

공부는 잘하고 있는지?
교장이 책을 많이 기증했다는 소식인데 몇 권이나 읽었나.
나를 거울에 비추면 변함없는 자식이라 생각되는데 숙인 상상 외로 변했을 것 같은 심정이 군다.
이제 며칠 남지도 않았다.
그렁저렁 고등학교 생활도 끝나 간다.
슬프고, 우스운 일이다.
울고불고 뒹굴던 일이 어제 같다.
입시를 치르고 셋이서 달맞이 재를 지나 송정까지 걸은 일이 있다. 그게 벌써 3년 전 일이 되어 간다.

인연이란 게 참 우습다. 진지한 것 같기도 하다.

산란한 마음이라 글을 씀에도 갈팡질팡한다.

솔직히 이 편질 끝내지도 못할 것 같은 기분이다.

이럴 땐 초침이 너무나 빠르다.

정신없는 이 즈음에 널 보고 싶어 한다는 건 거짓말 같지만, 정신을 없애고 파묻히지 못해 더욱 보고 싶은 게 진정이다.

바쁜 時間이겠지만 1時間 정도 아무 소리 없이 마주 앉아 있고프다.

허락해 주길 바란다. 더욱 산란시키지 마라 주기 바란다.

10월 31일(일요일) 오전 11시 다뉴브에 앉아 보자.

71. 10. 27. 5교시, 상석.

그렇다면 10월 31일 바바리를 만났던가? 그 기록은 없다. 그럼 언제인가? 그 즈음의 일 하나가 떠오른다.

고등학교 3학년 가을이었다. 그날도 내가 기장으로 갔다. 해거름에 역 앞에 있는 막걸리집에서 바바리를 앞에 두고 나는 대폿잔을 들이켜고 있었다.

"인제 시험 치고 만나자. 공부를 해야 될 때제……."

"그래, 니도 열심히 해라. 나는…… 취직을 할지 모르겠다. 대학을 가고는 싶은데…… 사범 대학을 가고 싶은데……."

헤어지면서 바바리는 청자 담배 한 갑과 기차표를 사 주었다. 덜컹거리는 난간에 서서 묘한 해방감을 맛보았던 기억이 난다. 내 스스로 이게 마지막이구나 하고 생각했다. 그렇게 하여 잊혀져 갔는지 모르겠다. 그 곱고 하얗던 바바리를.

다시 만난 바바리

대학 시험을 치고 난 뒤 만나자 하고는 헤어져 줄곧 만나지 못했다. 나는 또 대학 시험마저 떨어져 재수를 하며 소식을 끊었고, 바바리한테서도 연락이 오지 않았다. 이듬해 대학에 입학한 뒤에도 연락이 없었다. 아이 때 사귄 인연은 이렇게 아무렇지도 않게 잊혀지는 것인가. 아닐 것이다. 다 마음이 멀어지고 가까워지고 하는 때문이겠지. 사실은 나도 바바리에게 시들해진 모양이었다. 헤어져 있어도 아무렇지 않으면 만나도 마음이 설레지 않는다. 그렇게 세월이 흘러갔다.

대학 2학년을 마치고 나는 군대를 갔다. 논산에서 훈련을 마치고 부산 송도에 있는 해안 초소로 배치를 받았다. 그런데 얼마 안 가 하필이면 기장으로 부대를 옮긴다는 것이었다. 바로 기장역 건너편 산언저리에 부대 막사가 있었다. 거기는 옛날에 바바리와 거닐다가 앉아서 쉬던 바로 그 자리였다. 언제 이런 부대 막사를 지었는지도 모를 지경이었다.

바바리 생각이 났다. 바바리 집이 어디쯤인가 가늠하기도 어려울 정도로 시골 풍경은 간 데 없고 부산의 외곽 도시로 자리를 잡은 기장이 낯설었다. 가끔씩 읍내로 목욕을 하러 가곤 했는데 그때마다 혹시나 하는 마음으로 거리를 두리번거려 보았다.

그런데 내가 기장으로 온 지 대여섯 달이 되었을까. 면회를 왔다는 소리를 듣고 정문 초소로 뛰어나갔는데, 아! 거기에 바바리가 누나 같은 모습을 하고 우뚝 서 있지 않는가. 고등학교 때 헤어지고는 처음 만나는 것이다. 바바리는 다 큰 처녀가 되어 있었다.

"바바리 아이가! 우짠 일이고……. 내 여기 있는 줄 우째 알았노? 니 요새 어딨노. 기장 오니까 만나네. 나도 생각나더라……."

반가움에 가슴을 떨며 나는 마구 허둥거렸다. 부대 막사 아래쪽에 가정집을 조금 바꾸어 식당을 차린 곳이 하나 있었는데 그곳이 면회소처럼 쓰이고 있었다. 막걸리도 팔고, 라면이랑 국수도 팔고, 군것질거리도 있었다. 우리는 그 집 방으로 가 앉았다. 여자가 찾아왔다고 안채에 있는 방을 빌려 주었다. 막걸리에 파전을 먹었던가, 소주에 라면을 먹었던가. 우리는 방에 앉아 4년 만에 재회를 하고 있었다. 바바리는 시집갈 때가 다 된 처녀였다. 나는 군대 신병을 겨우 뗀 어린애 같은데. 마주 앉아 고개를 숙이고 있는 바바리를 보니 두렷한 젖가슴이 넘실거리고 있었다.

'가시나, 젖은 언제 저래 컸노.'

바바리가 어렵게 이야기를 꺼냈다.

"나는 이렇게 만나게 될 날을 기다렸거든……. 우리도 이제 결혼할 때가 됐다, 그자. 나는 고등학교 졸업하고 바로 회사에 다녔거든. 결혼 살림도 차근차근 마련해 두었고…… 니만 좋다면…… 결혼하고 싶다."

나는 그만 가슴이 철렁 내려앉았다. 결혼이라고는 한 번도 생각해 보지 않고 있었는데 몇 년 만에 찾아와서 결혼이라니. 두렷한 젖무덤이 오히려 부담스럽다. 끊듯이 말했다.

"나는 결혼 같은 거 아직 생각도 안 해 봤다. 제대하고 졸업하고 취직하고 할라면 아직 깡깡 멀었다 아이가……. 알맞은 사람을 찾아보는 기 좋을 끼다."

그러고도 술을 더 마셨는지 모르겠다. 아니다. 마셨다. 일어서면서 바바리를 끌어안았다. 한참 그러고 있었다. 서로 말없이 헤어지기로 약속이나 하는 듯이. 그러고는 영영 만나지 못했다.

나도 재동이도 동균이도 결혼을 하고 아이를 낳고 중년 고개를 바라보게 되면서 바바리 이야기는 가끔 재미난 추억으로 술안주가 되고는 했다. 그런데 사람 사는 일이 영화나 소설 같을 때가 있다. 바바리하고 인연이 꼭 그렇다.

우리가 마흔두셋 되던 때였다. 서울에 터를 잡고 살고 있는 동균이와 재동이한테서 바바리를 만났다는 연락이 왔다. 재동이가 그림 패들과 인사동에 있는 어느 음식점에 저녁을 먹으러 갔는데 거기에서 바바리가 일을 하고 있더라는 것이다. 이 소식을 들은 동균이가 더욱 흥분해 내게 연락을 해 주었다. 그러고 보니 동균이가 오히려 바바리 같이 귀한 아이를 멀리해 버린 우리를 두고 안타까워했나 보다.

"석아, 방학하거든 바로 올라온나. 바바리 있는 데 우리 한번 가 보자. 인마, 니는 궁금하지도 않더나? 그렇게 소식을 모르고 있었노. 재동이 글마도 그냥 빙긋이 웃고 말았단다. 바바리가 우째서 그 식당에 있는지, 언제부터 서울 와 사는지 궁금하지도 않던가……. 무심하고 빙신 겉은 새끼들. 니는 우째 내 말 듣고도 반응이 없노, 무심한 새끼들아."

얼마 뒤 우리 셋은 서울 사는 동생과 어울려 그 음식점을 찾아갔다. 과연 바바리가 거기에 있었다. 좀 나이 든 모습이기는 하여도 옛날 그대로다. 오뚝한 콧날, 큰 눈에 긴 속눈썹, 하얀 피부, 억지로 오므린 듯이 닫힌 입술. 그러나 이제는 아주 부끄럼도 없는 아주머니가 된 듯이, 아니면 친정 아우들을 만난 누나가 된 듯이 스스럼없이 반가이 맞는다. 아니지. 많이 허둥거리고 있었어. 그걸 감추려고 짐짓 반가이 목소리를 높였을 거야.

"우째 이래 다 모여 가지고 오노. 오늘이 무슨 날이가? 내가 오늘은 술 한잔 내께 앉아라. 아이고, 여기는 동생분인 모양이네. 상석이 니하고 꼭 닮았다."

나는 얼떨떨한 기분으로 자리에 앉았다. 별 다른 감정도 없는 것 같고, 또 한편에는 옛날의 사랑이 와락 솟구치는 것 같기도 하고. 바바리가 술잔을 돌리며 얘기를 한다.

"내가 이런 식당에 있으니 이상하제? 집에 있기도 심심하고. 또 사정도 좀 있어서……. 친척 언니하고 동업하기로 하고, 나는 돈이 별로 없어 조금밖에 못 냈지만……. 여기서 일도 돕고 카운터도 보고 하면서 살고 있다 아이가."

종업원이 아니라 언니와 동업한다는 얘기에 적이 마음이 놓였다.

'그래, 신세 어렵게 되어 식당 종업원으로 살아간다면 얼마나 안타까웠겠나.'

술이 몇 순배 돌았다. 취기가 밀려왔다. 방학을 하자마자 옛 애인을 만나러 부리나케 올라온 내가 아닌가. 바바리도 어쩌면 가슴 떨리는 반가움을 짐짓 숨기고 아무렇지도 않은 듯 과장된 행동을 하고 있는지도 모른다. 자세히 보니 사실 그렇다. 언니라고 하는 사람도 우리 자리에 와서 인사를 하고 갔지만 동업은 아닌지도 모른다. 그 사람 차림은 귀부인 모습으로 완전히 주인 표가 나는데, 바바리는 허드렛일을 하고 있는 차림이지 않나.

"여 이래 있으마 술손님이 치근덕거리지는 않나……. 이래 나와 있으면 남편은 우짜고, 애들은?"

바바리는 긴 한숨으로 고개를 돌렸다가 목소리를 고쳐 말한다.

"인사동이란 데가 우리나라 최고 예술가들 모이는 데 아이가. 우리 집은 주로 화가들이 온다. 재동이도 접때 화가들하고 안 왔나. 참 재동이도 화가제……. 손님들이 다 점잖아서 괜찮다."

그래도 내 가슴에는 슬픔이 스멀스멀 괴어오르고 있었다. 그 곱고 예쁘던 바바리도 목주름이 잡혔구나. 틀림없이 집안에 무슨 문제가 있는 거겠지……. 술이 서너 잔 더 들어가자 나는 느닷없이 터져 나오는 눈물을 멈출 수가 없었다.

"와 우노……. 옛날 애인 만나 반가운 기 이제사 감이 오나. 참말로 내가 상석이 니하고 재동이를 얼마나 사랑했는지…… 꿈 같다."

바바리의 이 말에 나는 더욱더 서럽게 훌쩍거렸다. 동생이 옆에 앉아 있는데 체면도 없이. 아우가 내 손을 잡아 주었다.

"나는 그런데 와 이래 눈물이 안 나노. 아무래도 상석이 니가 바바리를 더 사랑한 모양이다. 사실은 내가 본처…… 아니 본남편인데……."

재동이가 느적느적한 말투로 분위기를 바꿀 때까지 눈물을 닦아내야 했다.

다음 날 낮에 바바리와 나는 찻집에 마주 앉았다. 분주한 식당에서 여럿이 둘러앉아 한 재회는 성에 차지 않았던 것이다. 그날 바바리가 들려준 얘기는 참으로 기가 찰 노릇이었다.

여자가 나이 차면 못쓴다고 어른들이 결혼을 재촉할 때, 바바리는 내가 기장에 있는 군부대에 있다는 것을 알고 찾아왔다고 한다. 내가 결혼 약속만 해 주었다면 어른들께 인사를 시키고 몇 년이고 기다릴 수도 있었다고 한다. 그러나 나는 펄쩍 뛰며 결혼은 생각지도 않았다고 했고, 바바리는 그길로 선을 봐서 결혼을 했다. 토목 공사 일을 하는 남자였는데 아이 하나 낳을 때까지는 자상한 사랑받으며 평범하게 잘살았단다. 남편이 술이 지나친 것이 걱정이었지만.

그런데 그 사람이 결핵이 심각하다는 진단을 받고부터는 끝없이 술을 마시고 행패를 부리기 시작했다. 몸도 잘 가누지 못하면서 술을 마셔 대고 병은 심해지고. 온갖 수발을 다 들며 병을 잡아 놓기는 했는데, 허약한 몸은 돌아오지 않고 술은 중독이 되어 버렸고, 날마다 사람을 때리고 살림을 부수고 도저히 살 수가 없었다.

매질을 견디지 못해 한번은 친정으로 도망가 있는데 남편이 찾아왔다. 식구들이 사람을 숨긴 채 여기 오지 않았으니 제발 정신이나 좀 차리라고 사정을 하자 어느 날은 공사판에서 쓰는 다이너마이트를 들고 왔다. 심지에 불을 붙여 들고는 모두 죽자고 으름장을 놓았다. 놀라고 무서워서 바바리가 달려 나와 살살 빌고서야 남편은 심지를 뽑아 던졌다. 울면서 다시 집으로 돌아갔지만 남편은 주정으로 세월을 보내니 직장도 떨어지고, 하는 수 없이 친척 언니 집에 와서 일을 하게 되었다고 한다.

"이혼을 할라고 해도 아이 생각하면 되지도 않고, 또 아픈 사람 놓아두고 떠날 수도 없고……. 세상 사는 기 그렇다. 너거하고 있었을 때가 가장 행복한 시절이던 갑다. 시집오고 서울 살면서 나는 상석이니하고 눈 덮인 고궁에 팔짱 끼고 딱 한 번이라도 걸어 봤으면 싶더라. 인제는 그래도 못 하겠제. 니도 가정 가진 사람이고……. 참 인생이 허무하다, 그자……."

이 가련한 운명은 어디서 시작되었을까. 재동이와 내가 도서관 잔디밭에서 처음으로 이 사람을 발견했을 때, 그때부터 운명은 이렇게 짜여진 것이었을까. 찻집을 나서며 아무 기약도 할 수가 없었다.

"그래도 힘내서 잘 살아라."

몇 달 뒤 동균이에게서 다시 연락이 왔다. 그 집에 바바리가 안 나온단다. 어디로 갔느냐, 집은 어디냐고 물어도 친척 언니라는 사람은 모른다고 한단다.

바바리는 지금쯤 이 세상 어느 굽이에서 어떻게 살고 있는지…….

나는 아무것도 아니었다

1970년 10월 31일

재동아, 나그네의 서글픈 情을 넌 알지? 배고프고 추울 때 내가 비로소 '지금 내가 집을 나와 있구나.' 라고 느낀다. 그래도 나에겐 서글픈 情이 있고, 체념이 있고, 너의 일기장이 있다.

동아, 나에게 고마운 사람은 많되 나를 理解하려는 사람은 없다. 現在로썬 이해받을 수 없는 모양이지……. 헤어 보니 오늘로 아흐레째 밖에 나와 있었구나.

차차 내 思想이 바뀌어 감도 一面 느낀다.

하나 큰 소득은 '攝理' 란 걸 생각하게 되었다는 것이다.

緣이란 것. 運命이라기보다 이 연이 作用하지 않는가 생각해 본다.

그리고 이렇게 나와 있는 데서 意味를 찾고 싶지 않다. 그저 아무 생각 없이 병신같이 生活에 충실해야 하는지 몰라.

이때는 어째 이리 한자 섞어 쓰기를 좋아했는지. 몇 자 익히면 꼭 이렇게 티를 내고 싶었던 모양이다. 그리고 군데군데 이런 얘기가 나온다.

배가 쓰리도록 고프다. 논두렁에 앉아 있다. 엊저녁은 그래도 끼니를 때웠는데 사흘 만에 들어간 밥이라 그랬는지 들어가자마자 피로 된 氣分이고 지금은 이렇게 나락을 까먹고 있다. 엊저녁은 어떻게나 떨었던지, 지금 비치는 따사로운 볕이 꼭 외할매 품 같다. 들국화가 퍽 서글프다. 멀리 보이는 古家는 더욱 서글프다. 이 좋은 곳, 나 혼자 앉아 있기란 너무 섭섭하구나.

지금쯤 엄마 아버진 어떠실까. 난 그들에게 自意識으로(일부러 의식적으로란 말을 이렇게 쓴 것 같다) 失望을 주고 싶다. 완전히 나를 제쳐두면 좋겠다. 나는 그제야 자유로울 수 있으니까.
내 친구들—나에겐 그 자식들이 아무 쓸모없고, 얘기하기도 싫은데 그들은 눈에 불을 켜고 날 찾으며, 나를 바른 놈 되게 패 준단다. 우습다. 아니 그들에게 맞는다는 건 억울하다. 나하고는 無關한 새끼들이 왜? 하기야 여태껏 나에게 對한 情의 보상으로 맞아 주는 것도 괜찮지. 빚은 갚아야 하니까.
先生께도, 父母께도 그렇다.

아직은 집이 그립지 않다. 아니 食口가 그립지 않다.
그러나 오늘 아침 국민학교 교정에서 아이들의 소리 들을 때 동생 상

경이 안경 너머 눈물이 반짝이더라…….

在東아, 으하하 이것 봐라. 이것 보란 말이다. 내 살(肉)이 탄다. 연기가 모락모락 내 살이 탄다. 진짜다. 담뱃불 아래 내 팔뚝 살점이 타고 있다. 내가 이러는 것 이유가 없다. 아픈 걸 느끼고 싶어서도 아니다. 그저 이렇게 發狂하고 싶은 것도 아니다.
그럼 뭐냐? 그건, 으이그 뜨거라, 나도 몰라요. 눈물이 핑 돈다. 살 것 같은 기분이다. 재와 범벅이 된 가죽. 그렇지 이건 品質을 保증하는 人皮. 뚝 떼어 내었다.
허연, 허연 내 살 좀 봐라. 아구가 아프도록 이를 악물었다. 한 번 더 하까. 좋다. 함만 더 해 볼란다. 히히.

나는 마, 요런 맛을 보다가 죽어 뿌까.
現實이란 것, 죽음이란 것, 내다보지 않은 채 요대로 조용히 안온한 서글픔 속에서 편히 죽어 주었으면…….
하지만 내가 계속 이렇게 누워 있지 못할 것이다.
밤이 되면 또 좀 편한 곳으로 잠자릴 옮기려 할 것이다. 아니 내가 죽을 때까지, 햇볕이 따사로워도 난 기어이 밥을 찾아 내려갈 것이다.
병신…….

이렇게 몇 구절 옮겨 놓고 보니 글이 그럴 듯하다. 가출을 해서도 깊은 생각에 빠져 있는 모습 같다. 그러나 아니다. 아흐레째 된 이날 부산에서 멀지 않은 기장 들녘에서 하루 종일 가을볕을 쪼이며 시골의 포근한 분위기에 젖어 있었던 것뿐이다. 그전에는 노다지 술을 마시고 여인숙에서 자고, 반 아이 집에서 아버지 위스키 훔쳐 먹고 자고, 또 혼자서 시계 맡기고 여인숙에 자기도 하고, 갖은 짓을 다 하다가 어디 갈 곳이 없자 부산을 떠났던 거다. 그리고 시골 들녘에 앉아 있었으니 마음이 촉촉해졌던 모양이다.

부산을 떠날 때는 그랬다. 한 살 위인 친척 형 맹초는 나와 죽이 맞아 곧잘 술도 마시고 짓궂은 짓도 하며 돌아다녔는데, 하루는 형이 학교로 나를 찾아왔다. 마지막이 될지도 모르겠다며. 주머니에서 꾸역꾸역 뭘 꺼내는데, 세코날이 실히 한 움큼은 되었다. 그 정도면 조용히 죽을 수 있는 양이었다.

"석아, 내 이제 떠날란다. 지금부터 이쪽으로 주욱 걸어 올라갈 끼거덩."

형은 지리부도에서 찢어 낸 지도를 꺼내 들고 손가락으로 훑고 있었다. 이미 빨간 색연필로 부산에서 동해안을 따라 속초 위쪽까지 그어 놓았다.

"가다가 생각해 보고 정말로 이 인생이 허무하다 싶으면 이 세코날 다 털어 넣어 뿔란다. 마지막 식사를 니하고 할라꼬 왔다. 라면 한 그릇 사 묵자."

이렇게 하고는 떠났던 형이었는데 사흘인가 나흘 만에 돌아와서는 자기 아버지께 죽도록 맞았다. 그래도 동해안 경치는 참 좋았다고 했다. 나도 형 흉내를 내고 싶었다. 실컷 놀았으니 철학적인 가출을 해 보고 싶었던 것이다. 속마음엔 집에 들어가기가 겁이 나서 더욱 도망치고 싶은 것도 있었지만. 그래서 나도 동해안으로 떠나자 마음먹고는 겨우 기장에 가서 들녘에 죽치고 앉아 햇볕을 쪼이며 글 장난을 하고 있었던 거다.

기장에 죽친 까닭은 또 있다. 그 마을에 내가 그때 사귀던 여학생, 바바리가 있었기 때문이다. 얘에게는 내 가출이 아주 멋있게 보여야 한다. 공책에 뭘 끼적거리고 있어야 멋있지 않나. 나는 걔가 기차에서 내려 자기 집으로 가는 길목 언저리 들녘에 그렇게 앉아 있었다. 그날 저녁에 바바리에게 국밥을 얻어먹은 기억은 나는데 일기를 보여 줬는지는 잘 모르겠다. 아니, 당연히 보여 주었을 거다. 한자를 섞어 써 가며 내 딴에 잔뜩 멋을 부린 글이었으니까.

왜 그렇게 집을 나와서 헤매고 있었을까. 솔직히 말하면 공부가 겁이 나서 그랬다. '공부를 해야 할 텐데.' 하는 생각은 2학년에 올라오자 더욱 무섭게 나를 덮치고 있었다. 대학에 가는 것 말고는 도무지 내 인생에 대한 계획이 없었다. 대학 졸업하고 뭘 할 것인가 하는 목표도 있을 리 없었다. 맞물려 돌아가는 톱니바퀴에 끼어 있는 몸이 되어 다른 생각은 할 필요도 없고 할 수도 없었던 거다. 한번씩 대학 시험 칠 날을 상상해 보면 똥구멍이 쩌릿쩌릿하였다.

'아무것도 모르는 시험지 받아 들고 그때 나는 우찌할꼬. 이 시험이 마지막인데. 이것 조져 버리면 내 인생도 조지는데……. 그때는 우짜꼬…….'

그러다가 가슴 어디에선가 이렇게 바들거리는 내 자신에게 울화가 솟기도 했다.

'시험 못 쳤다고 죽나, 인마.'

"호랑이 가죽은 탐이 나고 호랑이 이빨은 무섭제? 호랑이를 잡을라카마 호랑이 굴로 들어가야 되는 거다. 죽기 살기로 해 보마 길이 보이는 법이다. 해 봐."

선생님이 아주 마음먹고 하는 훈계가 공부 이야기밖에 없었다. 그래도 우리는 학교 수업을 마치면 할 일이 많았다. 우선 빵집에 가서 담배를 두세 대 피워야 한다. 점심시간에 학교 동산에서 피우고 난 뒤 5, 6, 7, 8, 9교시까지 담배를 굶었던 터다. 베란다에서 돌려 가며 한 모금씩 하는 꼬바리가 한에 차는가 어디. 그러고는 슬슬 얘기를 풀다 보면 재미난 일이 생기게 마련이었다.

"경철이 니 오늘 수옥이 만날 끼가?"

"……으. 좀 있으마 이리로 올 거다."

"어데로 갈 건데?"

"몰라. 저거 친구 집 나간 애들 찾으러 간다던데. 거기 따라가야 되는 거 아인지 모르겠다."

"머? 그라마 우리가 같이 가야지."

이렇게 해서 계획에도 없는 일을 벌여서는 바쁘게 설쳐 대다가 밤이 늦으면 서둘러 집으로 돌아가곤 했다. 집으로 꺾어 드는 골목길에 이르면 또 어김없이 후회가 가슴을 쳤다. '공부를 해야 될 낀데. 이래 살아서는 안 되는데…….'

물론 집에서는 내가 공부하고 늦게 오는 줄 알고 있었다. 아니, 지금 생각해 보면 어머니 아버지는 내가 공부는 안 하고 어디를 싸다니다가 오는 줄 벌써 알고 있었던 것 같다. 동생들도 힐끔 내 눈치를 살폈는데 그것도 아마 '오빠야, 니 어데 놀다가 왔제.' 하는 눈치였던 것 같다.

늦은 밤 책상머리에 앉아서도 공부를 안 하기는 마찬가지였다. 참고서와 문제집을 펴 놓고는 그 위에 일기장을 편다. 누가 보면 슬며시 일기장을 덮으며 문제집으로 연필을 옮긴다. 마치 공책을 참고해 가며 문제를 풀고 있는 것처럼. 그래 놓고는 줄창 일기나 편지를 써 댄다.

2학년 여름 방학이 되었다. 이제 1년 반만 지나면 대학 시험이다. 어디 피할 데도 없는 철교 위에 서 있는 내게로 시커먼 기차가 모습을 드러내고 "치익 치익 푸욱 푹." 시커먼 연기를 뿜으며 다가오고 있었다. 저 기차를 막아 내지 못하면 나는 죽는다. 도망갈 곳은 시퍼런 강물로 떨어져 내리는 것뿐이다. 이래도 저래도 죽는다. 그사이에 벌써 이렇게 세월이 흘러 버렸구나. 나는 일기도 쓰지 않고, 편지도 쓰지 않고, 말도 많이 하지 않고, 동무들하고 놀러 다니는 것도 아예 끊고 공부를 해야겠다고 마음먹었다. 다음 날 나는 일기장에다 굵은 펜글씨로 또박또박 눌러 가며 결심을 썼다.

1. 친구들과 어울리지 않는다.
1. 영화는 절대 보지 않는다.
1. 술은 절대 마시지 않는다.
1. 필요한 편지 외에는 절대 하지 않는다.
1. 일기를 결코 오래 잡고 있지 않는다.
1. 학교 일에 아무것도 가담하지 않는다.
1. 자정 전에 자지 않는다.
1. 말을 많이 하지 않는다.

뿌듯했다. 내가 이런 결심을 하다니. 그리고 사 놓고는 두어 번이나 펴 보았을까 싶은 참고서, 문제집을 펴 들었다. 며칠은 그렇게 공부를 했다. 국어 공부는 재미가 났다. 그러나 국어만 하고 있을 수 없다. 수학, 영어도 해야 하는데 수학은 아무리 들여다보아도 조각조각은 좀 알 것 같은데 연습 문제를 풀어 보려고 덤벼들면 턱턱 막혀 버렸다. 환장할 노릇이었다. 변소로 달려가 담배를 피운다. 쪼그리고 앉아서 빨갛게 타들어 가는 담배를 보며 용을 써 본다. 풀이를 통째로 외워 버려? 그러나 한 고개를 넘었다 싶으면 또 모르겠다. 으악! 수학 없는 나라에 살고 싶다. 수학은 안 해도 되는 대학교는 없나. 아, 나는 국문과 갈 건데 왜 어려운 수학이 필요하단 말이야. 말도 안 된다. 그러다가 화학, 물리 이런 책을 펴 들면 더욱 환장한다.

사나흘 책상머리에서 끙끙거렸을까. 물론 그 시간도 온통 끙끙거리는 데 쓴 것 같지도 않다. 중간 중간 딴 생각하다가는 서랍을 정리하고, 책꽂이를 정리하고, 그러다가 또 서랍 정리. 두꺼운 책은 서너 장도 못 넘기고 덮고 말았다.

나흘째 되던 날 서면에 있는 골방으로 가 보았다. 어김없이 애들이 너댓 모여 앉아 담배 연기로 도넛을 만들고 있었다. 거기 앉으니 비로소 살 것 같았다. 오랜만에 셀렘 담배를 한 개피 피우니 목구멍부터 가슴까지 속이 다 시원하다. 일기장에 써 둔 결심은 찢어 버리면 그만이다 싶었다.

'결국 이렇게 되는구나. 대학에까지 떨어지면 정말 볼장 다 보는데……. 또 이렇게 놀게 되는구나. 저절로 이렇게 되는 것 같애. 아! 난 왜 이런지 몰라.'

다시 똥구멍이 찌릿해 온다. 굴러떨어지는 내 모습이 보인다. 그러면서 그걸 잊기라도 하려는 듯 담배 연기만 깊게 빨아들였다.

"야, 효창이 니 얼마 있노? 야끼만두에 빼갈 어떻노. 한고뿌(한잔) 하자."

"이 더븐데 빼갈은 와 묵노. 히야시(냉장) 막걸리가 좋지."

술이 들어가기만 하면 그만 벙벙해져서 아무 걱정도 없어져 버렸다. 걱정하는 일들이 가소롭다.

"인생도 모르는 새끼들이 공부 공부 찌랄하고 있제. 언제 죽을지도 모르면서……."

이렇게 히히덕거리다 집으로 돌아왔다. 내일부터는 시립 도서관에 가서 공부한다고 해야겠다. 집을 나와야 살지. 그러고는 골방에 처박혀 담배나 빨아 댔다. 싸움이 났다 하면 우르르 몰려 나가 패거리 힘으로 겁줘서는 화해 술이나 한잔하자면서 막걸리를 얻어 마시고, 또 어떨 때는 진짜 싸움이 붙어서 터지기도 하고. 2학년 여름 방학은 금방 그렇게 가 버렸다.

개학을 하자 다시 막막해졌다. 아무 해 놓은 것 없이 텅텅 빈 머리로 학교에 가니 다른 아이들은 모두 열심히 한 것 같다. 슬며시 주눅이 들기도 했다.

내가 밉다. 일기장에 그렇게 맹세를 하고, 밤마다 후회하는 말을 하면서도 정작 실천해 보지 못하는 내가 밉다. 마음만 먹으면 무엇하나. 실제로 하려고 들면 앞이 콱 막히는데. 이렇게 돼먹은 학교도 싫다. 나는 왜 이런 고통 속에 살아야 하노. 하고 싶은 것이 술, 담배 말고도 무엇인가 있을 것 같은데. 그래 우리 반 문집 만들고 소설 읽고 얘기하는 것. 그런 것은 재미나고 하고 싶은데 그걸 누가 하게 내버려 두나. 아니야. 나부터도 걱정이 되어 그런 일만 하고 있지는 못했을걸.

학교 공부가 끝나면 '공부를 해야겠다.'는 마음만큼 공부에서 도망가고 싶다는 마음이 꾸역꾸역 목구멍에 차올랐다. 나는 늘 우선 쉬운 일을 택했다. 그러고는 불안한 마음을 잊기 위해서 더 진하게 놀아야 했다. 그렇게 허덕이고 있을 즈음 국어 시간에 '페이터의 산문'을 배웠다. 읽을수록 내 마음이 쿵쿵 울렸다. 내가 이렇게 허덕이며 살아가는 삶이 얼마나 부질없는 짓인가 하는 생각이 마음 한구석에서 맴돌면서도 말로는 정리되지 않았는데, 아! 이 글을 읽으니 거기에 내 어수선한 생각들이 조목조목 정리되어 그대로 또박또박 글로 박혀 있는 게 아닌가.

그래, 그래, 내 생각도 이런 것들이었어. 순식간에 불안한 마음이 싹 걷히며 인생의 길이 훤히 내 눈앞에 드러나는 것 같았다. 비로소 숨통이 틔었다. 멀고 먼 어느 시대, 저 먼 서양의 어느 나라 철학자도 내 생각하고 똑같은 생각을 하고 있었구나. 이런 걸 두고 왜 나는 그렇게 불안해했지? 세상살이가 얼마나 하잘것없는 것인지 눈물이 날 지경이었다. 나는 일기에 대고 끊임없이 휘갈겼다. '페이터의 산문'을 베끼다시피 인용해 가면서.

1970년 9월 20일 일요일 맑음
"幸福한 生活이란 많은 물건에 의존하는 것이 아니다.
幸福을 단념하고 오로지 마음의 평정만을 구하는 마음, 이게 곧 행복을 구현하는 唯一의 길이다."

마음만 느긋할 수 있는 능력을 가진 거지라면 세상의 누구보다 행복할 것이다.
아울러 욕심을 버리는 것—"모든 것을 捨離하라. 그리고 물러가 네 자신 가운데 침잠하라." 이것이야말로 행복 아닌가. 욕심 없이 모든 것을 對한다는 것.

"죽음에 부수되는 외관과 관념을 사리하고 죽음 자체를 直視한다면 죽음이란 自然의 한 理法이다."
"사멸하는 것도 자연의 질서에서 아주 벗어 나가는 것은 아니다. 그 안에 남아 역시 變化를 계속하고 自然을 구성하고, 또 너를 구성하는 요소로 다시 配分되는 것이다."
가을이 되면 나뭇잎은 떨어진다. 그리고 봄에 필 새잎의 양분이 된다. 이것이 곧 우리의 죽음이 아니겠는가.
그런데 특이한 일은 죽음을 앞에 두고 사람들은 종교로서 神이란 하나의 가상 人物을 만들어 두고 죽음을 죽음으로 받아들이지 않으려는 어리석은 짓을 한다. 정말 우스운 일이다.
과연 神이 存在할까? 내세가 있을까?
이것을 믿는 자는 남의 칭찬을 받고자 하는 이만큼 어리석은 이가 아닐까. 神은 사람들이 조작한 관념의 형상화라고 생각한다.
인간의 힘으로 되지 않는 일을 인간들은 神이란 가상의 존재를 두고 믿어 의지하려 한다. 다행을 당하면 믿음의 덕택이라 믿고, 그렇지 못하면 믿음이 약했다고 하면서 더욱 믿는다. 이것이 발달하여 체계화된 것이 종교요, 그렇지 못한 것은 미신이나 사교로 흘러간 것이다.

나는 추앙받는 예수나 석가의 그 人間像은 봐줄 수 있으되 '내세' 니 하는 따위는 믿거나 생각하고 싶지 않다.

人生 자체가 연극 같아 보인다. 아니 바로 연극이다. 사람은 모두 나름의 연극을 한다. 無에서 왔다가 無로 돌아가는 사이 극히 짧은 시간을 有로 있으며 연극을 하는 것이다. 시작과 끝이 無限한 無인데도 이 짧은 有에서 연극 아니고 무엇을 할 수 있단 말인가. 연극의 감독은 '운명'이다. 우리도 운명이 시키는 대로 움직이는 것이다. 연극은 3막짜리도 있고 5막짜리도 있고, 또 단막극도 있다. 이것은 우리가 알 바 아닌 감독의 의사이다. 우리는 잠시 감독의 뜻대로 연극을 하다가 본래의 모습대로 無로 돌아가는 것이다.
허허! 이 일기도 왜 썼지. 그냥 가만히 있을걸.

그때 우리 집에는 부엌 위에 조그만 다락방이 있었는데 계단을 기어 올라가면 그대로 엎드려야 할 만큼 천장이 낮았다. 온갖 잡동사니를 비스듬한 천장을 따라 쌓아 두고 있었는데 사람 하나 누울 만한 자리가 있었다. 나는 이곳을 무척 좋아했다. 벽에는 공책 두 권 펼친 것만 한 창문이 있었고 비가 오는 날이면 나는 이 창 앞에 엎드려 하염없이 비를 바라보며 담배를 피우곤 했다. 다락방에서 하루 종일 엎드렸다가 누웠다가 하면서 일기를 쓴 기억이 난다. 위에 쓴 것은 군데군데 추려 내고 따온 것이지만 본래는 이것보다 훨씬 길다. 지금 보면 우습기 짝이 없는 것들이지만 나는 그때 이 글을 쓰고 나서 세상을 다 알아 버린 듯했다.

'이제는 놀아도 아무 걱정이 없다.'

이때부터 나는 세상에 겁나는 게 아무것도 없었다. 그때 마음을 그대로 옮기자면 '눈까리에 뵈는 게 없었던' 것이다. 집에 안 들어가는 일쯤은 아무것도 아니었다. 술을 먹고 뻗으면 그 자리 그대로 뻗어 있어도 아무 걱정이 없었다. 짜릿짜릿하게 느끼던 해방감이 지금도 생생하다.

이틀 사흘 아들이 온다 간다 말도 없이 나타나지 않으니 아버지 어머니는 얼마나 애간장이 타셨을까. 지금 내 아들이 이런 짓을 하고 돌아다닌다면 난 아마 미친 듯이 날뛸 것이다(이러고도 내가 선생이랍시고 아이들 앞에 서 있다. 애비랍시고 아들 녀석이 조금이라도 늦으면 잠을 못 자고 안달을 한다. 이게 무슨 꼴인지 모르겠다).

기어이 어머니가 학교로 찾아오셨다. 나는 참 용하게도 학교에는 갔던 모양이다. 하기야 놀아 줄 동무들이 다 학교에 있으니 갈밖에. 어머니는 며칠 새 얼굴에 핏기를 싹 걷고 계셨다. 입술이 하얗게 타 있었고, 머리도 옷매무새도 엄전하던 우리 엄마 모습이 아니다. 복도 창가에서 엄마를 만났다. 눈물이 왈칵 쏟아지려 했다. 엄마가 불쌍해 죽겠다. 그러나 흔들리는 마음을 바삐 다잡았다.

'흔들리면 안 돼. 엄마를 불쌍하게 생각할 것 없어. 이게 다 엄마 운명인 거야. 겨우 세워 놓은 내 인생관이 흔들려서는 안 돼.'

울음을 배 속 깊이 꾹 눌러두고 퉁명스럽게 내뱉었다.

"집에 가 있으이소. 집에 들어가마 될 꺼 아이가. 내가 머 어데 가서 죽을까이 그래 쌌나……. 울지 마라."

"야야, 석아…… 니가 와 이카노. 내가 멀 잘못했노……."

"아이라 안 캅니꺼. 잘못하기는 엄마가 머 잘못했다꼬……. 씰데없이 그런 소리는 와 하노. 내 집에 간다 안 카나. 가이소, 마."

홱 돌아서서 교실을 거쳐 베란다로 나갔다. 동무 한 녀석에게 우리 엄마 버스 타는 데까지 좀 모시고 가라고 이르고 나는 베란다 울에 턱을 괴고 먼 하늘을 바라보았다. 눈물이 나려고 했다. 도리질을 쳤다.

"야, 김영민. 오늘 내 너거 집에 좀 자도 되나?"

"으? 응. 우리 집이야 머, 누가 와도 모르니까."

며칠 새 확 변해 버린 나에게 아이들은 비위를 거스르려고 하지 않았다. 도시락이 없어도 굶을 일이 없었고, 집이 없어도 길바닥에서 잘 일도 없었고, 차비고 담배고 술이고 손만 내밀면 다 해결되었다. 다 그렇게 대접해 주었다. 무슨 큰 고민에 빠져 있는 듯한 인상을 쓰고 있으니 그랬던 모양이다.

어머니가 학교에 다녀간 그날은 집에 들어갔는지 지금은 기억이 잘 나지 않는다. 아마 안 들어갔을 것이다. 들어갔다면 아버지께 된통 당했던 기억이 있을 텐데 기억이 없는 걸 보니. 그때 하루가 멀다 하고 찾아가던 해운대 백사장이 생각난다. 바닷가에 앉아서 까만 밤바다를 바라보고 있으면 숨통이 화악 틔었다. 철썩이는 파도 소리, 멀리 빤하게 불을 켠 고기잡이배, 천천히 모래밭을 서성거리는 사람들.

그런데 주위가 캄캄해질 무렵 꼭 나타나는 사람이 하나 있었다. 밤바다의 악사였다. 사람들도 거의 집으로 돌아간 시간에 그 사람이 부는 트럼펫의 맑고 높은 소리가 백사장을 쓸고 지나 저 바다 멀리까지 퍼져 나가서 밤하늘 가득 울려퍼지면 나는 그만 맥이 탁 풀렸다. 느닷없이 식구들이 보고 싶기도 하고 혼자라는 외로움에 살이 떨리기도

했다. 그 사람은 바닷바람에 검은색 바바리 자락을 휘날리며 밤바다를 향해 그렇게 트럼펫을 불었다.

70년 전후 해운대 밤바다에 간 적이 있는 사람은 기억할 것이다. 그 사람은 그렇게 해운대 밤의 명물이었다. 누구인지 얼굴도 나이도 모르는 그 사람의 트럼펫 연주를 생각하면 지금도 가슴 한쪽에서 쓸쓸한 기운이 밀려오는 듯하다.

김영민네 집은 해운대에서 조그만 여관을 하고 있었는데 밤늦게 슬쩍 들어가 자고 나오기는 안성맞춤이었다. 새벽에 일어나 뜨거운 온천물에 목욕을 할 수 있는 것도 덤으로 얻는 즐거움이었다. 그렇게 빈둥거리며 마음대로 놀아나기를 며칠이나 했을까. 동무들도 이제는 집으로 들어가라며 피곤한 기색을 띤다. 빈대 붙기도 하루 이틀이지 그러고 살 수도 없는 노릇이긴 했다. 그렇다고 집으로 들어가기는 또 못 할 노릇이었다.

'여행을 떠나야겠다. 내 인생관대로라면 학교도 소용없고 집도 소용없다. 정말 나는 이 모든 것을 떠나서 살 수 있을까. 아니지, 죽을 수 있을까. 시험을 해 보자. ……아니야. 죽지는 못할 거야. 지치면 돌아오지 뭐. 지금 이대로 집에 들어가는 것보다는 훨씬 나을 거야. 동해안 쪽으로 걸어 올라가 보자. 걷다가 걷다가 지쳐 쓰러지면 그때 내 생각이 어떻게 바뀌는지 보자. 그 순간까지도 인생이 허무하다는 생각이 들면 약을 먹어 버릴 수 있을지도 모르지. ……그렇지만 죽지는 못할 거야. 겁이 나. 생각만 해 보는 것도 괜찮지 뭐.'

종잡을 수 없는 생각을 굴리다가 점심시간에 슬며시 학교를 빠져나왔다.

'학교야, 안녕. 친구들도 안녕. 난 다시 안 올지도 몰라.'

사뭇 비장한 마음으로 학교를 돌아다보았다. 몇 군데 약국을 들러 세코날을 샀다. 맹초 형이 샀던 것보다 많지는 않았지만 이 정도면 되었다 싶었다. 그리고 재동이네 집으로 갔다. 녀석의 다락방으로 올라가 일기장 세 권을 뽑아 챙겼다. 우리는 서로의 일기장을 바꿔 보면서 거기다 글을 써 주고는 했는데 그것이라도 있어야 외로움이 덜할 것 같았다.

동이. 나는 떠나네.
바람 부는 대로 떠나기로 했네.
돌아오지 않을지도 모르지. 하하하!
그림 많이 그리고 공부도 많이 하게.
자네는 서울대학 가서 우리나라에서 가장 훌륭한
화가가 되어야지.
난 허무한 이 세상을…….
아니, 아니 모르겠어. 그냥 가네.
일기장은 내가 가지고 가니 안심하길.

상석

시내를 빠져나오니 마음이 개운해졌다. 훌훌 벗어던지고 떠나는 도사 같았다. 바바리와 재동이와 자주 걸던 동해 남부선 철둑길을 따라 걸으며 그때 앉아 놀았던 자리에서 가물가물한 수평선을 바라보기도 하고 흥얼거리며 노래도 불렀다. 노을이 질 무렵 송정 바닷가에 이르렀다. 모랫벌에 벌렁 누우니 세상에 거리낄 것이 없었다. 오늘은 송정에서 자기로 하자. 날이 좀 쌀쌀했으나 참을 만했다. 나중에 역 대합실에 가서 바람을 피하면 될 듯싶었다. 학교에서는 나를 찾아 난리겠지. 집에서도 이제 정말 떠나 버렸다고 안달복달하고 있을 거야. 하하! 마음이 좀 아리지만 그게 뭐 대수인가.

그날 밤 송정역 대합실은 추위가 보통이 아니었다. 점심 저녁을 굶어 속은 다 비어 버렸는데 추위는 빈 배 속에 들어차서 몸을 덜덜덜 흔들고 있었다. 길을 떠나며 굶기로 결심한 것이 후회가 되었다. 철학자 흉내를 내 볼 거라고 라면 두어 그릇 되는 돈을 아주 용기 있게 던져 버렸던 것이다.

'아이고, 새끼야. 니 발등 니가 찍었제. 따시한 국물 같은 거 한 모금이라도 마셨으면…….'

아무리 떨지 않으려고 해도 도대체가 속수무책이었다. 밤이 깊을 무렵 흘끔거리던 역무원이 나를 불렀다. 조그만 간이역이라 두 사람이 밤을 새우는 모양이었다.

"너 집 나왔지? 인마 이거, 얘는 반듯하구마는……."

그리고 옆에 끼고 있는 일기장을 빼앗아 들었다.

"어? 니 부산고등 학생이가? 공부도 잘하는 놈 아이가. 햐, 이 그림 봐라. 인마 이거, 그림도 잘 그리네."

두 아저씨는 일기장을 들고는 재동이의 그림과 글씨에 감탄을 하고 있었다. 태도가 확 달라졌다.

"너거만 할 때 그래 보는 기다. 오늘은 여어 숙직실에서 자고 낼은

집에 들어가래이."

나는 졸지에 그림 잘 그리는 부산고등학교 학생이 되어 아저씨들이 끓여 준 라면도 얻어먹고(두 끼 굶고는 단식 결심이 금방 깨졌다) 소주도 한잔 얻어 마시고 잘 잤다.

다음 날 다시 길을 떠났다. 벌써 땟국이 흐르기 시작했다. 시커멓게 해서 다니는 거지도 며칠 안 되어서 그렇게 되는구나 싶었다. 산길 들길을 헤매며 걷다가 점심때가 지났을 무렵 어느 초등학교 운동장으로 들어섰다. 자그마한 학교가 그렇게 정겨울 수 없었다. 교실 쪽으로 다가가 창문을 들여다보았다. 조무래기들이 오글오글 모여 앉아 선생님께 막 인사를 하려는 참인데 그 모습을 훔쳐보고 있으니 눈물이 핑 돈다. 나도 저런 시절이 있었지. 행복했던 시절이. "차려어. 열중시어. 차려어. 경네." 인사도 했지. 반장도 했는데. 손톱 밑에 새까맣게 낀 때를 보니 먼먼 시간을 건너온 것 같다.

아이들은 옥수수떡 하나씩 받아 든 채 교실 문을 열고 우르르 몰려나갔다. 노란 옥수수떡 한 조각만 얻어먹고 싶었다. 비칠비칠 운동장을 돌아 나오니 처량하여 눈물이 났다. 집으로 가 버릴까. 그러다가 바바리 생각을 하고는 갔던 길을 되돌려 기장 쪽으로 방향을 잡았다. 바바리를 만나면 처량하지 않을 것 같았다. 그렇게 해서 이날은 바바리네 집 길목 들녘에서 시간을 죽이다가 학교 갔다 오는 바바리를 만나 국밥도 얻어먹고 돈을 얻어 편한 잠도 잘 수가 있었다.

다음 날이 되자 벌써 지쳐 떨어지는 몸을 가누기도 싫었다. 아침에 살짝 여인숙에 들른 바바리는 집에 들어가라며 눈물을 지었다. 밥 사 먹고 차비 하라고 또 돈을 줬다. 알았다고 그러고는 늘어지게 다시 잠을 잤다. 느지막이 일어나 다시 길을 떠나지 않을 수 없었다. 점점 일이 꼬여 간다 싶기도 했다. 집에 들어가기가 더 어려워지고 있기 때문이었다. 이미 허무고 무의미고 죽음이고 하는 것들은 생각도 나지 않았다. 벌여 놓은 일이니 억지로 떠나 보는 수밖에 없다. 걸으면서도 자꾸 집에서 멀어진다 싶으니 불안하기도 했다. 괜한 짓을 벌였다 싶은 후회도 밀려왔고…….

그래도 가을 들녘은 아름다웠다. 개울가에 핀 갈대는 벌써 흰머리를 풀고 바람에 너울거리고 앙증맞게 핀 구절초도 바람에 흔들리고 있었다. 손을 씻다가 눈 들어 하늘을 보니 새파란 허공이 금방 나를 쑥 빨아들일 것도 같았다.

'니 진짜로 죽을 수 있겠나…….'

불현듯 겁이 왈칵 났다.

'죽을 수 없어. 안 죽을 거야.'

허겁지겁 주머니에 넣어 둔 알약을 개울물에 던져 버렸다.

'에잇 씨, 저것 때문에……. 안 죽고 허무하면 어때. 억지로 죽는 것도 무위(無爲)가 아니야.'

비로소 안정이 되는 것 같았다.

'자, 이러면 이제 집에 가야 되는데 어쩌지……. 철판 딱 깔고 들어가? 누가 좀 데리러 오면 좋을 텐데…….'

언제나 내 가슴 한쪽에 오두마니 앉아 있는 우리 외할매. 사실, 집을 나올 때부터 할매는 내 뒤꼭지에 대고 손짓을 하고 계셨다.

'내 강생이가 와 이카노. 석아, 내 강생이야. 옥골선풍 내 새끼야.'

외할매는 문득문득 내 가슴을 치고 있었다. 그것을 떨쳐 버리기라도 하려는 듯 재우쳐 머리를 흔들어 버리곤 했지만 혼자서 헤매는 시간이 길어질수록 할매 생각은 사무치게 가슴을 적시는 게 아닌가.

'지금쯤 내 소식을 듣고 얼마나 애를 태우고 있을랑공. 내가 어른 되면 할매 모시고 잘살 거라 그랬는데 이게 무슨 꼴이고. 할매는 평생을 혼자 살지 않았나. 우리 할매 가슴에 못 박으며 내가 꼭 이런 지랄을 하고 있어서 되겠나. 할매도 외롭고 어렵게 한평생을 살았는데 내가 뭐 잘났다고 이런 지랄을 하고 있노. 할매야, 미안하대이. 내가 죽일 놈이제…….'

그날 저녁 나는 쫓기듯이 부산 가는 열차를 탔다. 타고 보니 또 불안하여 도로 내리고 싶었다. 그러나 내리지 않았다. 눈 딱 감고 집으로 가자. 죽어도 집에 가서 죽자. 집으로 꺾어드는 골목에 이르자 다리가 후들거린다. 밤이 깊은 것이 그나마 다행이다. 대문 앞에 서자 벨을 누를 수가 없었다. 우짜꼬. 쪽문을 슬쩍 밀어 보았다. 왈칵 열린다. 열어 두었구나. 눈물이 핑 돈다. 엄마가 용수철처럼 뛰어나온다. 동생들도 우르르 뛰어나온다.

"오빠야…… 어데 갔더노."

동생 미정이가 소리를 지른다. 아버지는 말없이 담배만 피우고 계신다. 안방이고 건넌방이고 아직 이불도 펴 놓지 않았다. 이렇게 속만 태우며 앉아 계셨던가. 아버지는 끝내 아무 말씀도 않으시다가 한마디만 하셨다.

"늦었다. 자거라."

나는 되레 화가 난 놈 모양으로 대강 씻고는 굳이 다락방으로 올라갔다.

"형아, 여어 자지."

상경이는 펴 놓은 이불만 물끄러미 바라보다가 손등으로 눈물을 쓱 훔친다.

"할매 아나?"

"모른다. 형아 집 나간 거 아무도 모른다."

그렇게 보고 싶던 아우에게 나는 한마디도 못 한 채 다락방으로 올라갔다. 목젖이 아프게 내려앉았다. 그때사 꺼이꺼이 눈물이 북받쳤다. 입을 틀어막으며 울었다.

나는 아무것도 아니었다.

다시는 돌아가고 싶지 않은 시절, 고3

고등학생 주제에 나는 어찌 그리도 봄만 되면 몸살이 났을까. 어른이 된 지금도 그 몸살은 여전하지만 그때 난 좀 유별났다고 해도 지나친 말이 아니다. 학생이라고 봄을 느낄 자유마저 없으란 법은 없지만 나는 유난히도 봄 타령이 심했다. 그리고 그게 단순히 공부가 싫어서만은 아니었던 것은 분명하다. 지금 와서 생각이지만 나처럼 계절에 예민한 학생도 자기의 감수성을 발휘하고 북돋울 수 있도록 하는 게 교육이지, 모든 것을 무시한 채 오로지 입시를 위해서 '한목숨 바쳐야' 한다는 것은 아무래도 비정상이다. 학생 신분에 딴에는 봄에 취하여 그 풍경 속으로 찾아들고 싶어도 그게 마음처럼 쉽게 즐겨지기나 하던가. 부모님 눈치, 공부 눈치, 선생님 눈치 그리고 무엇보다 스스로에 대한 자책 때문에 마음은 더욱 불편할 따름이었다.

내가 별쭝맞았던 것은 보통의 경우 같았으면 한두 번 그러다 말았을 것을 나는 끊임없이 탈출을 시도했고, 그 시도는 늘 더 큰 후회를 불러왔고 급기야는 그것에 다시 울화가 치밀어 술을 마셔 댔다는 점이다. 술을 마시고 나면 그깟 꾸중이나 눈치쯤은 이겨 낼 수 있으니까. 내가 잘했다는 얘기가 아니라 그만큼 나에게는 절박한 문제였다는 거다. 낙동강 둑, 에덴공원, 해운대, 송정, 하다못해 우리 학교 뒷산이나 부잣집 친구 창근이네 화사한 뜰에서라도 나는 봄을 느껴야 직성이 풀렸다. 그런 가운데서도 오로지 내가 진정으로 마음 아파한 것이 있었다면 '외할매의 저 외로움을 어떻게 하나.' 하는 것이었다. 바람이 불거나 비가 오면 그만 외할매 걱정에 목이 메었다.

'이 칠흑 같은 밤에 할매는 혼자 우째 지내는지…….'

3학년이 되기 직전, 봄 방학 때 잠깐 짬을 내 외갓집에 가니 외할매가 돼지를 두 마리나 키우고 계셨다. 닭이야 제 알아서 먹이를 주워먹고 다녔지만 돼지는 꼭 밥을 챙겨 주어야 한다. 그 일이 늙은 할매한테 버거워 보여서 내가 투덜거렸다.

"할매, 인자는 돼지 키우지 마이소. 할매만 귀찮더라 아입디꺼. 무슨 이득이 있나, 딩기(등겨)값도 못 빼는 돼지를 머하로 키웁니꺼."

"내가 이득이 있어 돼지 키울라 카는 기 아이다. 집에 들어오마 빈 집에, 저기라도 있으이. 꿀꿀아 배고푸제, 내 퍼뜩 밥 주꾸마이. 그라마 저기 꿀꿀꿀 하고 대답을 안 하나. 그기 낙 아이가."

그 말이 지금도 생생하게 내 머리에 박혀 있다. 멀리 있는 손자 놈은 돼지만도 못 하다는 생각을 했다. 외로움이 얼마나 절절했으면 돼지가 꿀꿀거리는 것에 외로움을 덜었을까. 그것이 괴로워서 늘 외할매 생각을 했다. 내가 엉덩이에 뿔 난 송아지마냥 내 마음대로 행동을 하다가도 외할매 생각이 나면 그만 멈칫해졌다.

또 하나 걱정이 있었다면 '아우들이 이 형, 오빠를 어떻게 생각할까.' 하는 것이었다. 나는 아우들이 그렇게 좋았다. 더욱이 늘 한방을 쓰면서 자란 상경이는 마음에 품고 살았는데 술을 마시고 들어가는 날 상경이가 자지 않고 기다리다가 나를 오두마니 쳐다볼 때면 그 눈빛을 바로 볼 수가 없었다. 진정으로 나를 걱정해서 바라보는 눈빛이다. "미안, 미안." 하고 경이를 끌어안으면 아무 말도 안 하고 제 몸을 내게 맡기던 동생이다.

미정이는 제가 공부를 잘해도 자랑 한번 못 하고 지냈다. 오빠가 성적이 별로 좋지 않다는 것을 모를 리 없었으니 내가 마음 아플까 봐 1등 상장도 대수롭잖게 서랍에 쑤셔 넣어 버렸다. 이런 동생들 앞에 좀 자랑스러운 형, 오빠가 되고 싶은데 그게 잘되지 않았다. 싸움질하는 데 갔다가 집에 온 날, 뻘투성이가 된 내 신발을 말없이 몰래 씻어 말리던 미정이에게 나는 늘 미안했다. 주눅이 들기도 했다.

한번은 이런 일도 있었다. 무슨 특별한 일이 있었던 것도 아닌 어느 토요일 오후, 같은 반 성욱이가 자기 집에 어른들 없다고 가서 놀자고 했다. '불감청(不敢請)이언정 고소원(固所願)'이었다.

"너거 집에 술 있나? 너거 아부지는 양주만 묵는다매."

"종류별로 쪼꼼씩 따라 묵으마 모를 기다. 안 되마 새 거 한 병 까도 되고."

우리는 양주를 홀짝거리며 알딸딸한 기분으로 계집애들 이야기, 선생들 이야기에 밤늦은 줄 몰랐다.

"으, 늦다. 늦었다. 클 났네, 이거."

"마, 자고 가라. 니 지금 가다가 통금에 걸리마 우짤 끼고."

"아이다. 갈 수 있을 기다. ……가야지."

"낼 아침 일찍 가는 기 더 안 좋겠나. 전화하고."

이쯤 되면 눌러앉기 십상이다.

"우리 집에 전화가 어데 있노……. 그래, 에에라 모르겠다 자자. 지금 가 바야 술 냄새 나고 더 안 좋겠다. 술이나 더 묵자. 새로 한 병 까라, 인마."

다음 날 아침 일어나니 걱정이 된다. 일요일이라 집에 식구들이 다 있을 텐데, 이 일을 어쩌나. 좀은 쑤시면서도 정작 들어가려니 걱정이 앞서 선뜻 자리를 뜨지 못하고 뭉그적거렸다. 그러다가 성욱이가 영화 보러 가자는 말에 마치 걱정을 떨치는 일이 영화 보는 일인 것처럼 그래그래, 그것 좋지 하고는 또 영화를 보았다.

"햐, 이거 큰일 났네. 내 인자 집에 들어가마 초상이다, 초상. 고마 집 나와 뿌까."

이러면서 다시 골방으로 가서 동무들과 어울린다. 마음이 초조할수록 집에 들어가기가 어려워진다. 미룰 대로 미룬 시간이 되어서야 하는 수 없이 무거운 발걸음으로 집으로 돌아간다.

'에이, 어제 늦게라도 집에 뛰어갔으면 통금에 안 걸렸을 건데. 잤어도 통금 때문에 그랬다 하고 일찍 들어갔으면 그래도 괜찮았을 텐데. 영화라도 안 보고 들어갔으면. 늦게 일어나는 바람에 아침에 일찍 오지 못했다 하면 용서해 줬을 건데. 하, 이거 내가 해도 너무했제. 지난주에도 밤 12시 다 되어 들어가서 아버지가 다음부터 그러지 마라고 좋은 말로 해 주셨는데. 오늘은 이거 뭐라고 하지…….'

그때야 온갖 반성을 다 한다. 다시는 이러지 말아야지. 놀아도 11시까지만 놀아야지.

대문을 살며시 밀친다. 열린다. 됐다. 마루로 올라서려는데 그만 아버지 고함이 터진다.

"이느무 손, 뭐 한다고 집에도 안 들어오고 처자빠졌더노! 뭐 했다가 이제사 들어오노!"

나는 그만 입을 다물고 무슨 화가 난 놈처럼 우두커니 서 있다.

"그래 공부하기 싫으마 치아 뿌라, 이늠아! 가방 당장 불 싸질러라!"

나는 그만 후회하던 마음이 없어지면서 슬며시 부아가 끓어오른다.

"그래, 이때까지 머 했더노, 이늠아."

그래도 나는 묵묵부답. 고개를 외로 꼬고 서 있다.

'잔소리야 얼른 끝나라.'

이 생각만 하고 있다.

"아부지 머라 안 카시나. 잘못했습니더 카고 얼른 씻고 밥 묵어라."

"나, 밥 안 묵는다."

대뜸 엄마한테 버럭 고함을 지른다.

"그래, 이늠아, 밥 묵지 마라. 내, 이늠을 당장!" 하시더니 무거운 유리 재떨이를 들고 방바닥을 내리치신다.

"아부지예!"

옆에 섰던 동생들이 자지러지는 소리를 낸다.

'방바닥 친 걸 가지고 왜 저래?'

그러고 보니 금방 아버지 손가락에서 피가 솟구친다. 재떨이로 자기 손을 내리치셨구나. 다시 내리치실 자세다. 주춤하다가 달려들어 손을 잡았다.

"아부지, 잘못했습니더. 이라지 마이소. 아부지예, 잘못했습니더."

그때야 눈물이 솟구치며 아버지를 부여잡았다.

엄마는 러닝을 찢어 손을 싸 감으며 어찌할 줄을 모른다.

"됐다. 뼈는 안 다쳤으잉께."

그날 밤, 참 많이 울었다. 상경이가 말없이 수건을 갖다 주었다.

다음 날 아버지는 병원에 가셔서 손가락을 몇 바늘 깁고, 깁스도 했다. 그러나 그날 그 죄스러운 마음도 얼마 되지 않아 잊히고 말았다. 나는 내 생활에 대한 변명거리를 찾고 있었다. '인생은 어차피 연극 아닌가!' 이런 생각이 들자 내가 아주 큰 깨달음을 얻은 듯했다. 날마다 일기장에다 인생이 왜 연극인가를 써 댔다. 마음이 한결 가벼워졌다. 그리고 죽음을 생각했다.

1971년 2월 27일 토요일 晴

죽는다는 것은 아름답다.

꽃은 쉬 지기 때문에 아름답고, 사람은 쉬 죽기 때문에 情이 있다. '영원'이란 것은 결코 좋은 것이 아니다.

소멸의 아름다움.

만약 꽃이 사시사철 만발하여 영원하다면 아름다울 수가 없다. 내 외할머니가 영원히 생존하신다면 난 나의 정을 다 주지 못할 것이다. 쳐다봐도 쳐다봐도 무한의 시간이 있다면? 아! 그것은 차라리 징그럽겠다. 사람은 죽으므로 매력이 있다. 그리고 만물은 죽기 직전이 가장 아름답다. 사람은 임종 때 가장 순수해질 것이고, 꽃은 꺾일 때가 가장 아름답다. 결코 죽는 것을 슬퍼할 까닭이 없다.

놀기도 심심하면 책을 읽었다. 이상(李箱)의 글은 뜻도 모른 채 좋아했다. '날개'를 읽으면 내가 마치 박제가 되어 버린 천재 같았다. 그 퀴퀴한 골방에서 아내가 몸 팔아 벌어다 주는 돈으로 벌레처럼 살고 있는 천재가 되고 싶었다. 쇼펜하우어는 늘 내 마음에 딱 맞는 말만 하고 있었다.

"23세의 젊은 쇼펜하우어가 늙은 시인 빌란드에게 말한다. '삶이란 더러운 것이다.'"

"삶의 고통에서 벗어나는 길은 생존 의지를 기각(棄却)하는 것이다. 의지에 매여 있을 때 인간은 '욕구의 육체화요 그 덩어리에 불과'하기 때문이다."

그 즈음 참고서 말고 처음 산 책, 이어령 전집을 엿 바꿔 먹고 싶었다. 아주 잘난 체하는 얄팍한 지식으로 사람을 놀리고 있구나 싶었다.

"미운 사람도 사랑하는 사람도 가지지 마라. 미운 사람은 만나서 괴롭고 사랑하는 사람은 못 만나서 괴롭다."

놀고 자빠졌네. 인생의 아픔을 하나도 모르니 이런 소리나 하고 자빠졌지.

그러나 나도 어찌할 수 없는 고3, 시시각각 다가오는 시험 앞에서 마냥 배짱만 부릴 수는 없었나 보다.

1971년 3월 12일

이제 다시 피할 수 없는 투쟁을 치러야 한다. 내가 이 싸움을 피할 수 없는 것은 아직은 나에게 세속을 초월할 힘이 없기 때문이다. 내 무의미의 사상을 현실 도피의 무기로 사용해서는 안 된다.

1971년 3월 25일 화요일 晴
어른이 되고 싶다.
이제 나도 내 발로 걸어 다니는 어른이 되어야겠다. 모두 하루가 무섭게 변하고 있구나. 항상 나를 부축해 주시는 부모님 곁을 떠나야겠다. 다치고 깨어져도 울지만 말고 또 하나 나의 범주를 지키는, 나도 어른이 되어야겠다.

하지만 이것도 얼마 가지 않았다. 하루 11시간 수업을 하기 시작하는데 나는 수학 시간만 되면 아무것도 할 수 없었다. 알아듣지 못하는데 무엇을 하나. 배가 불룩한 선생님은 우리가 듣든지 말든지 칠판 한 가득 문제를 풀고 있다. 반듯반듯한 글씨로 똑같은 음색으로 쉬지 않고 문제를 풀어 나갔다. 칠판이 차면 지우고 계속한다. 기가 찬다. 공통수학은 좀 알아들었는데 수1이 시작된 2학년 때부터 알아듣지 못한 수학은 아주 깜깜했다. 답답했다. 다시 시작할 수도 없고 모르고 앉았으니 답답하고 2학년으로 도로 내려가고도 싶었다. 그러다가 생각한다.

'내가 왜 저 미적분을 해야 하지? 저게 내 삶에 무슨 도움을 주지? 저것 모른다고 내가 글을 못 쓰겠나, 생각을 못 하겠나. 아! 수학 없는 나라에 살고 싶다. 그러려면 대학을 가야 한다. 수학 같은 것 안 하고 내 하고 싶은 국어만 하는 국문과로 가야 한다. 그렇다면 수학 시험은 어쩌지? 나는 수학을 포기했다. 재수 좋아서 객관식 몇 문제 맞히면 다행이고 아니면 빵점이다. 다른 과목만 하자.'

수학 시간에는 아예 선생님 설명 듣는 것을 포기했다. 짝지와 쪽지를 주고받다가 나중에는 아예 놀이 하나를 생각해 냈다. 독서 토론회나 백일장에서 상깨나 타던 놈들끼리 '글쓰기 화투'를 시작했다. 독서 카드로 쓰던 두꺼운 종이에 정해 둔 주인공 서넛이 벌이는 이야기를 자기 마음대로 쓴다. 한 바닥이 차면 모아 쥐고 화투 패 섞듯이 섞어서 읽어 본다. 그러면 아주 초현실주의 작가들 글처럼 뭔지는 모르지만 그럴 듯한 재미가 난다. 우리는 키들거리며 초현실주의 소설을 썼다. 수학을 포기하고 나니 또 포기할 것이 생긴다. 물리, 화학, 독어, 상업…….

그리고 기껏 공부한다고 해 봐야 국어책만 들고 앉았다. 영어는 하는 수 없어 하고. 첫 모의고사를 쳤다.

1971년 4월 16일 금요일 흐리고 가끔 실비

게시판에 '국어 실력이 확립된 자' '영어 실력이 확립된 자' 하고는 굵은 사인펜으로 써 붙였다. 내 이름이 겨우 거기 매달려 있다. '나 아닌 딴 사람까지 속이고 있구나.' 하는 생각에 맘이 더욱 무거워 온다.

난 아무래도 대학엘 가야 하는데…….

사실 자신이 없다는 게지.

그럼 자포자기라도 해 버리든지…….

'하면 된다.'는 가능성은 따르지 못하는 육신을 아프게 할퀴고 있다.

그래서 가볍지 못한 육신이 절여진 배추마냥 축 늘어졌다.

가없는 둑 위에서 허허 치며 웃은 웃음들은 우리의 슬픈 위안과 위장이었던가.

두 번째 모의고사 때는 과목 우수자 명단에도 끼지 못했다.

1971년 5월 22일
대학이 추상화되어 가고, 입시장에선 심한 긴장으로 시험도 치르지 못할 것 아닌가 하는 생각이 스친다.
펑펑 울어 버렸으면 좋겠다.
대학 가서 윤 선생님 모시고 한잔해야지. 淸流 같은 대화로 밤을 새워야지.
아! 그러나 공부가 너무 어렵다. 하기도 싫다. 그저 올 밤은 한없이 울었으면 좋겠다.

여름 방학이 가까워 오자 발등에 불이 떨어졌다. 포기하지 않은 과목은 거의 만점을 받아야 한다. 공부하자. 일요일도 나가서 공부했다. 빈 복도에 책상을 내놓고 앉아 공부했다. 내가 보아도 신기하다. 아주 그럴 듯한 학생이 된 기분이다. 국어는 자신 있다. 고문(古文)은 저절로 이해가 됐다. 관동별곡, 사미인곡을 줄줄 외웠다. 시조나 현대시들도 패러디 해 보면 재미가 난다.

성적표 갈해 받아 보내노라 아버님께
자시는 베개맡에 놓아두고 보소서

보다가 '수'가 없으면 내 것인 줄 아소서

사회는 일지사에서 나온 문제집을 하고, 역사는 이기백 교수가 쓴 《한국사 신론》을 들고 공부했다. 사학과에 다니는 맹초 형이 대학 교재로 쓰던 책을 주면서 문제집을 외울 것이 아니라 역사적 사건과 제도에 대한 원인과 결과를 밝혀 알아야 한다고 했기 때문이다. 다 재미가 났다. 진도가 안 나가는 영어는 맨 나중에 책을 든다. 한 낱말 건너면 모르는 단어, 또 한 단어 건너면 모르는 단어. 죽을 지경이었다. 그래도 조금씩 더듬더듬 잡아 나갔다.

'그래, 이렇게만 해 나가면 될 거야.'

아! 그러나 이것도 오래가지 못했다. 그날은 방학을 시작하는 날이었다. 일기장을 찾아보니 술이 취해서 뭔지도 모를 낙서만 휘갈겨 놓았다. 그날 나는 동무 몇과 남아서 공부할 거라고 빈 교실에 채비를 차리고 앉았다. 조금 지나자 소나기가 쏟아진다. 책을 보다 말고 하염없이 비를 바라보고 있는데 동우라는 놈이 슬며시 내 자리로 온다.

"상석아, 이런 날 니는 해운대 가야 안 되나?"

"참자이, 내 맘 잡은 거 모르나."

"해운대는 멀고……, 니 전포동 가면 끝내주는 데 있는 거 모르제?"

"어데?"

"가시나들 얼매나 이쁜 줄 아나, 니. 내 매칠 전에 형빨 군대 간다고 술 묵는 데 안 따라갔더나."

또 다른 아이들이 슬슬 거든다.

"머 우짜던데?"

"너거는 모른다, 인마. 상석이 니는 아나?"

"알지 그라모. 와 그거를 모루꼬."

"드가 바야 아는 거지, 머. 지나댕기매 본 거 말고."

"그런 데가 돈이 얼만데, 혹또 빵구도 모르는 기 치아라 마."

"내 돈 있다."

"그런 집이 라면집인 줄 아나. 치아라 안 카나."

"공납금 있다 카이. 오늘 방학했겠다, 돈 안 내도 머라 칼 끼가. 돈은 방학 지나서 내마 되고. 우리 갈라 내마 얼매 하겠노?"

"니 오늘 공납금 안 냈더나?"

"바라, 이거."

그만 우리는 책을 주섬주섬 주워 담았다.

"그래도, 그런 데는 안 되고 막걸리나 몇 되 마시자."

나올 때 나는 분명히 이렇게 못을 박았다. 하지만 취기가 돌자 자석에 끌리듯이 우리는 전포동 그 집으로 발걸음을 옮겼다. 발간 등을 단 집으로 들어섰다. 목젖이 아리도록 마른침이 꿀떡꿀떡 넘어간다. 거기서 우리는 정신을 차릴 수 없을 정도로 마셨다. 여자의 아릿한 향내를 맡으며.

한번 허물어지고 나니 여름 방학은 그만 내놓은 꼴이 되었다. 학교에서 공부하고 오겠다면서 집을 나서서는 공부는 한 30분 하고 줄곧 몰려다녔다. 그리고 집에 돌아와서는 불안을 떨치지 못해 일기를 썼다. 참으로 대책 없는 놈이었다. 잠이 들면 늘 전쟁하는 꿈, 피를 뿜고 쓰러지는 꿈, 내가 총을 쏘는 꿈, 그리고 죽고 죽이는 꿈이었다. 헐떡거리며 일어나서는 세상이 폭발해 버리면 좋겠다고 생각했다.

1971년 7월 30일 흐림

난 커서 뭐가 될까?

지금처럼 아리따운 사랑은 지니고 있을까?

시간은 이렇게 흘러 허허로운 추억만 남긴 채 멀어져 가고

나는 그렁그렁 눈물 삼키며 커 가고 있는데…….

10년 후 나는 무얼 하고 있을까?

길어져 버린 머리칼, 벗어 버린 교복…….

어디서 뭘 하며 앉아 있을까?

세상이야 어찌 되어도 좋고, 나야 어디에 틀어박히더라도

서글픈 낭만과 맑은 사연 간직한 채 살아 줄 수만 있다면…….

1971년 8월 5일

죽거라, 죽어 없어지거라. 부모를 등친 간악한 자식새끼야.

물욕에 핏발 세우며 파들거리던 이 더러운 놈아. 엄마의 몸에 배인 병명이나 알고 있느냐.

아버지의 그 큰 기대와 엄마의 정성과 동생들의 작은 소망을 한 번이라도 생각했으며, 네 가진 일말의 양심은 또 어디다 숨기고 너는 태연한 척 주둥일 놀리고 있었느냐.

타거라. 속속들이 삭아져서 연기로도 피어오르지 마라. 먼지로도 날지 말고, 무로도 존재하지 마라. 죽거라, 죽어 없어지거라. 부모를 모르는 너는 존재할 이유도, 자격도 없느니라.

1971년 8월 28일 맑음

개학이 다 되었다. 세월은 또 더욱 빨리 흐르리라. 택시 지나듯, 휙휙 형체도 분간도 없이 지나고는 따르지 못한 나를 멀리서 보고 히히득거리며 조소하리라.

뭣이 좀 형상화되어야 할 것인데 잡을 수 없는 안개 같은 존재로 허허로이 떠돌다가 아침이 오면 바싹 말라비틀어질 것인가. 혼자라도 영웅이고 싶은데 처지가 이러니 불쌍하고 가련하도다.

대학 자체가 아주 무력한 것 같다. 그렇다고 위력을 지닌 어떤 것도 이 세상에는 없을 것 같다. 장때이는 역시 내 속에 있긴 한데, 내 눈을 내 눈으로 보지 못하듯 '땡' 자를 잡을 수가 없다. 무형을 형상화하는 데 무엇이 필요한지 모르겠다. 미궁으로 빠져들면 내가 뭔지조차 애매하여 거울을 보다가 울어 버리지만, 佛法이나 道學이나 哲學이나 그 어떤 심오한 진리로도 어떤 형상을 찾기엔 석연치가 않다.

내가 무엇인지, 사는 게 무엇인지 도대체 아무것도 모르겠다.

1971년 9월 4일 흐림

독어 사전을 팔았다. 300원인가 400원인가 받았다. 술 마셨다. 비참한 독일어를 위하여.

고등학교 때 일기는 여름 방학을 끝으로 더 남아 있지 않다. 그렇다고 공부에 몰두했기 때문은 아닌 듯하다. 그렇게 몰두한 기억이 도대체 없으니……. 더 큰 허무에 빠졌거나 일기에 뇌까리는 이야기도 늘 비슷한 소리만 되풀이되니 그만 진절머리가 났는지도 모른다.

훌쩍 뛰어넘은 어느 날 일기에 이렇게 쓰여 있다.

1972년 1월 21일 밤 11시 35분

축! 내 동생 미정이 경남여고 수석 합격.

나는 대학에 떨어졌다.

그해 봄날

대학을 떨어지고 또다시 재수하기로 작정하면서 어떤 생각을 했는지는 잘 기억나지 않는다. 뭐, 반성하고 다짐하고 결심하고 했겠지. 이제 그런 것도 지겨워졌는지 시들했다. 그렇다고 한순간에 개과천선하여 전혀 딴사람이 되는 기적 같은 일도 물론 일어나지 않았다.

나는 우선 집을 벗어나고 싶었다. 다시 얻은 한 해를 처음부터 학원 같은 데 매달리고 싶지 않았다. 더욱이 돈도 없는 집에 학원비를 얘기하는 것도 낯 두꺼운 일이다. 나는 시골의 큰집 사랑방을 떠올렸다. 대책 없이 어울리던 친구들도 없고 도시의 뒷골목에서 뿜어져 나오던 거역하기 힘든 꼬드김도 없고 내 지치고 주눅 든 마음을 감싸 안아 줄 자연이 있는 곳, 시골로 가자! 잘 허락해 주실 것 같지 않던 아버지도 의외로 선선히 그리하라고 하셨다.

다음 날 나는 꿈에도 그리던 고향으로 갔다. 늘 방학 때만 감질나게 다녀오던 큰집에 이번에는 마음 놓고 있으면서 공부 한번 해 보자. 누나와 동생 훈이는 내가 큰집으로 들어서자 맨발로 뛰어나와 반긴다. 마침 형도 군에 가고 없으니 사랑방은 내 독차지가 되었다. 이날부터 나는 내 평생 가장 행복했던 시간을 가지게 되었다.

마당 우물가에는 매화가 막 피어나고 있었다. 사랑방에 자리를 잡고 짐을 부리고 있는 나에게 누나는 매화를 꺾어다가 병에 꽂아 준다. 새는 창 앞에 와서 운다. 봄기운이 온몸으로 스며든다. 학교 걱정도 사라지고 집 걱정도 사라지고 나는 이미 봄에 녹아들고 있었다. 들로 나갔다. 밭에서 소를 부리고 있는 큰아버지께 인사를 드리고 곰배로 흙덩이 부수는 일을 거들었다.

'아! 이렇게 살면 되는데 공부는 뭐할라고 해야 하노.'

이런 내 마음을 아시기나 한 듯 큰아버지가 농을 거신다.

"석이, 여 와서 큰애비 농사나 거들고 살래? 내가 새경은 주꾸마."

"그거 좋지예."

"데끼 놈, 너거 큰애비 바라. 평생 이래 밭에 엎디리 사는 기 머시 좋아. 나는 너거가 공부 많이 해서 자가용 터억 몰고 와서 큰애비 티아 가지고 저 어데 구경 가입시더 할 날만 기다리고 있다. 우리 바깥마당에 자가용이 처억 대이 있으마 동네 사람들이 아이구, 창락 어른 조카가 자가용 몰고 왔네, 칼 꺼 아이가……. 너거는 그래 돼야지."

옆에 있던 큰엄마가 거든다.

"내사 이래 살아도 좋다. 영감 할마이 이래 밭에서 같이 일하고, 노고지리 소리도 듣고. 저 바라. 뱁차꽃(배추꽃) 노란 기 얼매나 이뿌노."

"맞심더. 큰어매가 최고다. 나도 이래 살았으마 좋겠습니더."

"어이구, 아한테 잘 갈친다. 그라고 석이 니는 여 왔으마 공부를 해

야 되는 기다. 훈이 그늠 공부도 좀 바주고."

"예……."

산은 파릇파릇 풀빛이 돌기 시작했고, 하늘에는 노고지리가 울고, 들에는 우리 큰아버지 큰어머니가 밭을 갈고 있고…… 내 가슴에는 벅찬 행복감이 차오르고 있었다. 천지 사방이 온통 봄, 봄이었다.

누나는 나를 위해 해 줄 수 있는 것은 다 해 주려고 했다. 누나라 해도 몇 달 차이밖에 안 났으니 우리는 아주 좋은 동무였다. 그때 누나는 집안에서 살림을 살고 있었는데 늘 나를 정지방으로 불러서 맛난 것을 해 주곤 했다. 할머니 드리려고 모아 둔 달걀을 삶아 주기도 했고 역시 할머니 몫으로 남겨 둔 자반도 뚝 잘라 내 늦은 아침상에 올려 주기도 했다. 누나는 내가 파지짐을 좋아한다고 걸핏 하면 남새밭에서 파를 뽑아다가 지짐을 해 주었다. 나는 가끔 작은 소쿠리에 파지짐을 담아서는 들로 산으로 소풍을 나가곤 했다. 큰아버지가 입으시던 홑바지 하나 꿰입고 헐레헐레 산길을 걷는다.

아무도 없는 봄 산에는 새소리가 나른하게 들리기도 했지. 작은 풀꽃 앞에 쪼그리고 앉아 꽃을 들여다보면 나도 모를 슬픔이 고여 오기도 했다. 그러다가 진달래라도 한 그루 만나면 좋아서 노래도 불렀다. 할아버지 산소가 있는 뒷산으로 해서 고개를 넘어 들길을 헤매다가 배가 고프면 파지짐을 죽죽 찢어서 먹었지. 그럴 때면 도시 학교에서 찌들어 살았던 내 청춘이 억울하기도 했다. 이 행복을 모르고 살았단 말이가. 아! 걸음을 옮길 때마다 홑바지에 휘휘 감기는 이 봄을.

우리 선산이 끝나는 즈음에 재실이 있고 그 뒤에는 중시조라는 금헌

(琴軒) 할아버지 산소가 있었는데 그 산소에 가서 절하는 것이 아주 영광스러웠다. 큰 비석을 등에 진 거북상과 망주석, 커다란 상석 그리고 둥두렷한 봉분 앞에 서면 내가 무슨 벼슬이나 한 듯 어깨가 우쭐해지는 것이었다. 어떤 날은 못가에 하염없이 앉아 있기도 했다. 못의 물보다 제방 위에 핀 민들레와 보드레한 잔디가 그렇게 좋을 수 없었다.

이때 쓴 일기를 보니 공부 때문에 고민한 흔적은 사라지고 없다. 그저 봄에 취한 이야기뿐이다.

1972년 4월 1일 토 맑으나 춥다

교교한 달빛은

房 가득 비친다.

달은 참 孤高하다.

이쁜 王后의 호령 같다.

1972년 4월 4일 화 흐린 뒤 맑다, 봄기운 회복

몽롱한 꿈속처럼 달이 나뭇가지에 걸려 적막하고 조는 호롱불 심지가 가늘게 적막을 헤집고 하늘댄다.

온 동네는 그대로 밤.

달빛이 조용히 포슬포슬한 햇솜처럼 포근한 잠을 재우고 있다. 기름때 묻지 않은 달빛은 그저 엄마 품같이 따사롭구나.

(가운데 줄임)

첫닭이 여기저기서 운다. 아! 다시 감회가 새롭다. 첫닭 울음소리. 저 소리는 왠지 마음에 눈물을 뿌린다. 향수에 젖어 울던 밤, 저 소리를 얼마나 그리워했던고. 새벽 닭소리는 시집살이 색시의 슬픈 울음일지 모른다. 참으로 구슬픈 울음이다.

1972년 4월 6일 목 흐린 뒤 맑음

새소리에 둔감해 버릴까 두렵다.

지금도 새소리가 창밖에서 담 너머에서 쉬지 않고 들린다.

너무나 많은 서정을 얻으니 잃는 게 많을까 자꾸 애가 탄다.

지금(정오를 조금 지남) 하늘에 해가 보이지 않아도 눈은 부신다.

새소리가 어찌 저리도 고울꼬.

낮닭 우는 소리. 가끔 황소 울음. 송국댁, 밤실댁 이야기 소리.

소리로 들리는 것은 모두가 내 귀에 살아 팔락댄다.

옆집 전축 소리, 기차 소리, 차 소리, TV의 밉도록 얄팍한 눈가림.

내가 그런 곳에서도 살았던가.

그렇지. 그건 내 귀에 살아서 들리는 소리가 아니었다.

故鄕의 봄. 故鄕만으로도 한 아름 복인데, 또 더구나 봄 아닌가.

여기서 生活하면서 문득문득 가슴에 배어 오는 짜릿한 春興 속에 나는 온 마음이 바르르 떨리도록 행복을 맛본다.

1972년 4월 16일

어둠은 마을을 삼키고, 개구리 울음은 어둠을 삼켰다(누구 시구를 인용한 것이지 싶다).

별빛이 하나 둘 여럿.

"푸른 하늘 은하수 하얀 쪽배엔 계수나무 한 나무 토끼 한 마리……."

슬프고 고운 노랠 부르자.

노오랗게 조으는 호롱불 타는 내음.

純하게 살자.

마음에 어둔 빛 없게 하고, 잔잔한 호롱불처럼 조용히 살자.

서글프게 내 한 치 설 자리 비추며, 바람 없는 조용한 방 안에서 한 번도 일렁이지 않고,

잔잔하게 잔잔하게 이러구 살자.

내가 무슨 현란한 샹들리에가 될 것이며, 부시게 밝은 100W짜리 백열등이 되겠노.

내 밑은 어두워도 그뿐. 한 뼘 되는 책상 밝힌 채 그 속에 모여 앉을 사람, 올라면 오게 하고 노오랗게 졸고 있는 이 호롱불처럼 살자.

1972년 4월 20일 수요일 비 뒤 갬

어제 오랜만에 용헌이 태춘이 이포 진록이와 합리 주막에 가서 한잔 했다. 부산의 인조 주막처럼 도자기도 없고 붓과 벼루 싸릿대 이런 것이 없어도 여기가 진정한 주막이다. 재동이가 있다면 둘이서 밤새도록 마시고 달 뜨면 밖에 나가 달구경 하면 좋겠다. 마시다가 큰 대 자로 뻗어 버렸다. 태춘이가 주막집 리어카를 빌려서 태운다. 정신을 완전히 잃은 것은 아니었지만 취한 척하면 리어카로 태워 주니까 그게 재미나서 뻗어서는 일부러 일어나지 않았다. 리어카 타서는 실눈을 뜨고 밤하늘에 떠가는 구름을 보았다.

4월 한 달 내내 이런 일기가 이어지고 있다. 그렇게 봄에 취해서 살

고 있는데 그것도 모자라 잊지 못할 추억 한 가지가 더 생기게 되었다. 재 너머에 사는 먼 친척 아지매가 결혼을 하는데 그때 어찌 된 노릇인지 내가 신랑 대반 노릇을 하게 된 것이었다. 갓 결혼한 신랑이 처가에 머무는 사흘 동안 말하기 곤란한 것을 대신 전해 주고 말벗도 되어 주며 신랑 옆에 있어 주는 게 대반이 하는 일이다. 아지매 집 마당에서 혼례식을 하는데 따뜻한 봄날 옥빛이 도는 두루마기를 입은 신랑이 그렇게 부러울 수가 없었다. 그 집에는 나보다 두세 살 위인 작은아지매도 있었다. 어릴 때 가끔 보았다는데 나는 도무지 기억할 수가 없었고 그날 작은아지매를 처음 보는 것 같았다.

보는 순간 흠칫 놀랄 만치 예쁘다. 볼그레한 볼에 보조개가 상큼한 얼굴. 나는 그만 넋을 놓고 말았다. 작은아지매는 마산에서 자취하며 은행에서 일한다고 했다. 나는 신랑은 팽개쳐 놓고 아리따운 아지매와 집 앞 냇가 둑에 앉아 온갖 얘기를 다 했다. 제법 넓은 내가 흘렀는데 조약돌이 환하게 들여다보이는 냇물에 눈이 어른거렸다. 둑에는 코딱지만 한 노란 꽃이 자잘하게 피어 있고 민들레 제비꽃 같은 봄꽃도 드문드문 피어 있다. 그러고는 온통 잔디다. 강변 너머 수양버들은 연둣빛 머리채를 휘영청 드리우고, 저 멀리 밭가에는 매화꽃이 만발하여 아련하고, 햇살은 내 온몸을 간질인다. 봄볕이 쏟아지는 둑에 앉는 것만 해도 행복한데 예쁜 아지매와 나란히 앉아 이야기를 나눌 수 있다니. 나를 스스럼없이 대해 주는 아지매가 얼마나 고맙고 정겨운지 모르겠다. 나는 아는 상식을 모두 다 끌어다 대며 아지매에게 내 사색의 깊이에 대해 말하려고 했던 기억이 난다.

"너 재수한다면서 참 여유가 있네. 나는 공부만 하는 꽁생원은 싫더라. 나는 늘 시골에서 살아서 그런지 몰라도 너만큼 봄을 그렇게 느끼진 못했는데……. 너는 감수성이 아주 예민한 모양이다야."

아리따운 젊은 아지매는 내 기분을 알아주려고 애를 써 주는구나. 아지매의 하얀 손가락 끝에 적당히 기른 매니큐어 바른 손톱과 앙증맞은 실반지가 지금도 눈에 선하다. 신랑이 머무는 사흘 동안 그 집에 있었는데 그 사흘이 내 평생 잊을 수 없는 행복한 시간이었다. 지금도 냇가 둑에는 새파란 봄풀이 폭신하게 자라오르고 있을까.

내 재수 시절의 봄은 이렇게 화사하게 익어 가고 있었다.

나는 지금도 대학에 떨어진 것을 그리 아쉬워하지 않는다. 내 나이 가장 물오르던 봄날, 고향에서 봄기운에 송두리째 빠질 수 있었던 것은 재수를 하지 않았으면 가지지 못할 행복이 아니고 무엇이겠는가. 내가 만약 그 시절 대학에 바로 입학했더라면 평생 내 고향의 봄을 느끼지 못하고 살았을지도 모르고 봄을 이렇게 사랑하지도 못했을 것이다.

몇 번을 다시 생각해도 내 생애에서 가장 행복한 4월이 아니었나 싶다.

천하의 고문관

고깃배, 고깃배 응답하라

나는 고등학교 때 교련 시간을 아주 지긋지긋하게 싫어했다. 우리가 학교 다닐 때는 유신 독재 서슬이 시퍼렜다. 군사 정권은 해마다 교련 사열을 했는데 그때 고등학교는 거의 군대와 비슷했다. 인사할 때 구호도 '충성'이었다. 아이들을 아무 생각 못 하도록 철저히 잡아매고 있었던 거겠지. 고등학생들이 유신 반대 시위에라도 나서면 그것은 예삿일이 아닐 테니까 미리 겁먹었을 것임에 틀림없다. 교련 수업도 수업이지만 교련 검열이 더 지겹다. 검열 날이 가까워지면 공부는 아예 하지 않고 하루 종일 사열과 총검술만 한다. 이런 날이 한 주일씩 이어질 때는 죽을 노릇이었다. 아무리 지겨워도 공부가 낫지.

나는 왜 우리가 걸음걸이 연습을 해야 하는지 도무지 이해가 되지 않았다. 꼭 그렇게 가로세로를 맞추어 걸어야 하는 까닭이 무언가. 키 큰 사람 작은 사람, 걸음이 느린 사람 빠른 사람 다 제각각인데 왜 이렇게 하나로 만들려고 안달일까. 전쟁 때 누가 줄 맞춰 싸우러 가나. 다른 선생님들과는 다 친해도 군복을 입고 예비역 소령이라고 으스대는 교관하고는 아주 원수처럼 지냈다. 그러니 내가 도망갔다 하면 바로 들켜서 딱딱한 지휘봉으로 엉덩이고 허벅지고 수도 없이 맞았다. 오금이 저리도록 겁도 나고 아팠지만 오기로 그 매를 다 받아 내었다.

'씨발 늠아, 다음 시간에 나는 또 토낀다. 니가 아무리 때려 봐라.'

이렇게 고등학교 교련 시간을 보냈다. 대학에 가서는 교련 반대, 유신 철폐 데모에 앞장섰다. 그러다가 무기정학을 당했다. 그때가 대학 1학년, 1973년 말이었다. 무기정학이 언제 풀릴지도 모르겠고 해서 군에나 갔다 오자 하고 전투 경찰대에 지원했다. 그때 전경대는 요즈음처럼 시위 진압을 하는 곳이 아니고 해안 경비를 맡는 부대였다. 군대 냄새도 덜 날 것 같고, 아무도 없는 바닷가 언덕에서 먼 바다를 보며 군대 생활을 하는 것이 아주 낭만이 있을 것 같다. 내가 동해의 검푸른 바다를 얼마나 좋아했나, 이러고서 서둘러 군대로 갔다.

이런 내가 군대 생활을 잘할 리가 없지. 천하의 고문관이 되어 3년을 보냈다. 자, 이제 내 청춘의 끝자락인 군대 생활 이야기 한번 풀어보자.

훈련을 마치고 배치 받은 곳이, 부산 송도와 장림 사이에 반도처럼 툭 튀어나와 있는 산 끝자락 절벽 위에 있는 초소였다. 중대 본부는 산 들머리에 있고 산을 하나 넘어서 가야 했다. 거기에 다섯 사람이 근무하고 있었다. 첫날 밤이었다. 초저녁에는 고참들이 보초 선다고 자라고 하는데 아, 초저녁에 잠이 오나. 게다가 처음 배치 받아 온 놈이 어떻게 잘 수 있나. 아닙니다, 여기 있겠습니다 하니 나중에 9시에 깨울 테니 자꾸 자란다. 초소 안 막사에서 엉거주춤 앉아 있다가 9시에 교대를 했지. 하는 일은 탐조등 돌리고 무전 받는 일. 초소에는 대형 기관총인 'CAR50'인지 뭔지 있었는데 우리는 그걸 캐르바 오공이라 했다. 그게 총알이 줄줄이 장전된 채로 떡 버티고 있었다. 보기만 해도 무서웠지만 그러면서도 한번 쏘아 봤으면 싶기도 했다. 왜, 총을 보면 누구나 한번 쏘아 보고 싶은 마음이 들듯이. 총알이 내 손가락 세 개 합친 것만 한데 그때 처음 봤다. 탐조등은 어찌나 밝던지 그걸 캄캄하게 펼쳐진 시커먼 바다에 비추면 저 멀리 작은 배도 다 보였다. 어릴 때 손전등 가지고 이쪽저쪽 어둠을 비추면서 재미있게 놀던 생각이 났다.

'이건 내가 좋아하던 장난감들이구만. 이것 가지고 놀면 두세 시간 근무야 아무것도 아니겠는데.'

고참들은 아무것도 모르는 나만 남겨 두고 다 자러 들어가 버렸다. 모처럼 혼자 있게 되자 탐조등을 이리저리 돌리며 밤바다를 구경했다. 앞에 있는 작은 섬에다가 오래오래 비추며 혹시 짐승이라도 있나 살피고 있는데 무전기에서 소리가 나는 것이었다.

"고깁배, 고깁배, 응답하라. 쇄아아…… 여기는 쇄쇄쇄사삐이이이 고깁배, 쇄아아아……."

처음에는 고깃배들끼리 무전을 교환하는 것으로 알고 그냥 두었다. 그런데 좀 있다가 또 그랬다.

"고깁배, 고깁배, 응답하라. 쇄아아…… 삐이이쇄아……."

응, 고깃배라. 어디 보자. 바다를 탐조등으로 훑어 나갔다. 아무리 찾아도 고깃배는 안 보이고 무전기에서는 연신 고깃배를 불러 대고 있고. 한참 찾다 보니 아! 정말 작은 배 한 척이 바로 앞에 있는 섬을 감돌아 가고 있는 게 보였다. 통통거리는 소리가 잘하면 들릴 정도로 가까운 거리였다. 아, 저 고깃배가 수상한 배구나. 나는 탐조등으로 그 배를 비추며 좇았다. 그래도 배는 아무런 응답도 없이 그저 유유히 통통거리며 가고……, 나는 그만 마음이 급해졌다.

"고깁배, 삐이이…… 고깁배, 응답하라. 솨아아……."

무전기는 솨솨거리는 잡음 속에서 연방 숨 가쁜 소리를 토해 내고 있었다. 아, 안 되겠다. 나도 무전기를 들었다. 송화기를 들고 왼쪽 단추를 누른 채 고함을 쳤다.

"고깃배, 고깃배, 응답하라. 우리는 너를 추적하고 있다. 고깃배, 고깃배!"

그래도 배는 자꾸 바다 복판을 향해 그리 속력도 내지 않고 그대로 통통거리며 가다가 이제는 해안을 따라 비스듬히 가고 있었다. 한 손으로는 탐조등으로 배를 따라가면서 계속 고함을 쳤다.

"고깃배, 게 섰거라. 고깃배, 게 서지 못할까. 고깃배, 게 섰거라."

무전기를 잡고 외쳐도 배는 듣는 둥 마는 둥 점점 멀어져만 갔다.

"에잇, 안 되겠다. 고깃배, 고깃배, 쏜다, 쏜다. 우리는 캐르바 오공을 발사할 수 있다. 고깃배, 고깃배."

이렇게 실랑이하다가 정말 캐르바 오공을 잡았다. 그런데 어떻게 쏘는지 알아야 뭘 해 보지. 총신을 배 쪽으로 대 보았지만 그 다음에는 뭘 어떻게 할지 몰랐다. 그저 이리저리 살피고 있는데 아, 바로 그때 중대 본부에 있던 고참 둘이 새파랗게 되어 가지고는 초소로 뛰어 들었다. 나는 배를 쫓느라 정신이 없는 판인데 고참은 캐르바 오공을 잡고 있는 나를 밀쳐 내며 냅다 귀퉁이를 때리는 게 아닌가.

"야, 이 쌔끼야! 무전도 하나 못 받는 새끼가……, 뭐 이런 놈이 다 있어! 인마, 고깃배는 무슨 얼어 죽을 고깃배야? 어디다 총을 쏴? 미쳤어, 이 쌔끼가."

발길질을 몇 번 더 하더니 식식거리며 말했다.

"이 쌔끼야, 넌 공이파가 고깃배로 들려? 이 빙신."

알고 보니 그 배는 그냥 밤바다 나가서 고기 잡는 배일 뿐이고 그 무전은 중대 본부하고 우리 초소하고 이어져 있는 무전이었다. 그리고 우리 초소 암호가 '공이파'라는 것이다.

"공이파, 공이파, 응답하라."

이것을 나는 "고깃배, 고깃배, 응답하라."로 들었지 뭔가. 그런데 고깃배가 딱 보이고. 나는 무전기에 대고 말하면 배에는 당연히 무전기가 있을 테니 다 들리는 줄 알았지. 무전이란 것이 서로 주파수를 맞춘 무전기끼리 통하는 물건인 줄 내가 알기나 했나. 게다가 초소 암호가 공이파인지 고깃배인지는 더더욱 알 턱도 없고.

"우아, 이 새끼, 진짜 캐르바 오공 땡기는 줄 알고! 이 빙신 새끼, 꼬라박아!"

아, 정말 그때 배를 향해 기관총을 쏘았으면 어찌 될 뻔했나. 난 그 날 밤새도록 기합을 받았다. 중대 본부에서 무전을 하던 사람들은 얼마나 황당했을까. 무전 하나도 받을 줄 모르는 신병이 들어와서 아무 일 없이 가는 배 하나 조지게 생겼으니……. 그러니 새파랗게 돼 가지고 부리나케 산길을 지프로 달려왔겠지. 또 만일 총을 쏘았다면 고깃배는 그런 날벼락이 있었을까. 하기야 쏠 줄도 몰랐고, 쏜들 맞지도 않았을 거지만. 그때 받은 기합은 아무리 받아도 억울하지 않았다. 죽여 주십사 하고 앞으로 구르고 뒤로 구르고 얼차려에 좌로 구르고 우로 구르고……. 아픈 줄도 몰랐다.

다음 날 아침 중대 본부로 내려가서 중대장 앞에 섰다.

"야, 이놈아. 니가 고을 사또야? 게 섰거라? 서지 못할까? 미친 놈, 너 학교 어디 나왔어? 중학교나 나왔어? 이놈 이거 중대에서 훈련시켜 초소로 올려 보내! 너 인마, 영창감이야. 조심해!"

다음부터 내 별명은 고을 사또가 되었다. 고문관, 천하에 고문관이 된 것이다. 고참들은 내가 지나가기만 하면 "어이, 고문관!" 아니면 "야, 사또, 게 섰거라!" 하며 놀렸다. 그래도 나는 그럴 때마다 또 꼿꼿이 서서 "옙! 이경 이상석." 하고 복창을 해야 했다.

어떻게 훈련을 받았기에 그렇게 고문관이 되었냐고? 이거 군대 얘기가 길어지게 생겼다.

1974년 봄이었다. 훈련소로 들어가기 전에 대기하는 곳이 있었는데 거기서는 우리를 장정이라고 했다. 세상에서 가장 초라한 모습이 입소를 기다리는 장정일 거다. 군복도 입지 못하고 집에서 입고 온 후줄근한 차림새에 꾀죄죄한 청년들을 두고 이름도 거창한 장정이라니. 다음 날인가 누구누구 번호인지, 이름인지를 부르더니 막사에 모이게 했다. 갔다. 들어서자마자 몇 놈을 후려치기 시작하는데 우물쭈물하던 장정들은 금방 기계처럼 줄을 착착 맞추어 섰다.

"지금부터 너희는 이 땅의 짜아랑쓰런 군인이 된다. 관물을 지급한다. 사회의 때를 완전히 벗고 신속히 옷을 갈아입는다. 씨일씨!"

그러고는 옷을 마구 던졌다. 우리는 그걸 하나씩 주워 입어야 했다. 막사 안은 옷을 줍지 못하면 곧 죽을 것처럼 난리 북새통이 되어 버렸다. 팬티, 러닝, 바지……. 크고 작은 것도 가릴 것 없고 줍는 대로 하나씩 챙겨야 될 판. 나는 그 북새통에 팬티를 줍지 못했다. 아무리 둘러보아도 없다. 다들 제 옷 입기에 바쁜데 어디 물어볼 수도 없다.

"5초 안에 다 입고 침상 끝에 정렬한다. 씨일씨!"

'에이, 팬티는 지금 입고 있는 내 것이 더 낫겠다. 저 푸르죽죽하고 뻣뻣한 국방색보다 이게 부드럽고 낫지.'

나는 하는 수 없이 바지만 갈아입고 침상 끝에 발가락을 맞추어 섰다.

"자앙정, 다 갈아입었나?"

"이옛!"

"팬티 안 입은 놈은 없나?"

"이옛!"

'이거 심상찮은데. 뭐, 그래도 난 팬티는 입고 있으니까…….'

"다시 한번 말한다. 팬티 안 입은 놈 으읍나?"

"이옛!"

'이것 봐라? 아니야, 난 팬티를 입고는 있잖아. 하지만 그래도 손을 들까, 말까?'

"찌금 즉시 바지를 내린다. 씨일씨!"

아! 나는 훈련소 들어가기도 전에 신 나게 맞아야 했다. 몽탕한 곡

괭이 자루로 사정없이 허벅지를 후려친다.

"아직도 정신을 못 차리는 놈이 있다. 사제 옷을 입고 있어, 이 새끼가. 넌 바로 귀향 조처다. 알았나? 이 쌔낀 열외시켜."

그러고는 나만 빼고 모두 열을 지어 대기소를 빠져나가 버렸다. 난 뭐야. 닭 쫓던 개도 아니고. 훈련소를 향해 가는 대열이 부럽기도 하구나. 여기까지 와서 다시 집으로 가야 한다면? 팬티 하나 때문에 군을 면제시켜 줄 것도 아니고……. 이게 무슨 곡절일꼬. 이만저만 걱정이 아니었다. 그렇게 하룻밤 더 자고 나니 이름을 불렀다. 팬티를 갈아입혀 나를 훈련소로 데리고 가는 사람은 마음씨 좋은 동네 아저씨 같았다. 자전거를 타고 왔는데 상사인지 중사인지 그랬다. 모습이 이웃집 아저씨하고 어디 놀러 가는 것 같았다. 자전거는 내가 끌고 아저씨는 뒷짐 지고 슬슬 거닐 듯이. 무슨 사무 착오로 사람 수가 맞지 않아 우선 뺐던 모양이었다. 어떻게 뺄까 하다가 팬티 하나를 모자라게 가지고 왔겠지. 거기 내가 걸려든 모양이었다. 덕분에 나는 아저씨와 사제 아이스크림도 사 먹어 가며 자전거 끌고 헐렁헐렁 걸어갔다. 사제 걸음걸이로. 나보다 하루 앞날 간 아이들은 그날 가면서부터 밤새도록 기합을 받았다고 했다. 오리걸음으로 훈련소까지 가서는 내무반에 들어가서도 갖가지 기합을 다 받은 모양. 팬티가 날 살린 셈이었다.

그래도 국방부 시계는 돌아간다

훈련소에서야 다 똑같은 처지니까 시간만 가면 된다. 날마다 받는 훈련이라도 재미도 있고 견딜 만했다. 정신 교육 시간, 총기나 무전기에 대해 설명하는 시간(하여튼 몸을 움직이는 시간 말고는) 앉았다 하면 나는 졸거나 편지를 썼다. 조그만 수첩에다가. 수첩에는 엄마와 막내 동생이 함께 찍은 사진이 들어 있었다. 그립기도 해라. 엄마, 막내 그리고 내 사랑. 무슨 말이 그렇게 많았는지. 작은 수첩에 빽빽이 부치지도 못할 편지를 써 대었다. 그래야 살 것 같았다. 내 몸뚱이만 멍하게 훈련소에 있을 뿐 마음은 거기 없었다.

가스실에 들어가는 훈련도 했다. 방독면도 안 주고 가스 맛을 보란 거다. 열씩 스물씩 가스실로 몰아넣는데 방독면을 쓴 교관들이 막 두들겨 패서 안으로 밀어 넣는다. 죽을 지경이었다. 자욱한 가스에 앞도 잘 안 보이는데 우왕좌왕하다가 쫓겨나는 꼴이었다. 정말 아닌 게 아니라 우리 힘으로 나온다기보다 꼭 쫓겨나는 꼴이었다. 문을 못 찾아 벽에다 머리를 처박고 있는 우리를 몰아내는 교관이 따로 있었으니까. 나오면 바람 불어오는 쪽을 보고 서서 두 팔을 벌리고 가스를 날려 보내게 하는데 얼굴이 따끔거리고 눈물이 질질 났다. 그렇게 한참 있으면 정신이 돌아왔다. 모여 앉으면 조교가 노래를 부르게 하네. '어머니 은혜'를 부르란다. '고향의 봄'하고. 미칠 노릇이었다. 사람을 잡으려고 온갖 수를 다 쓴다 싶었다. 하나같이 눈물을 줄줄 흘리며 노래를 했다. 다 울었다. 어떤 놈은 엉엉 운다. 나도 그랬다. 온갖 설움이 다 북받쳤다. 그때만큼 집이 그리울까. 그리고 나는 들판 너머 지는 해를 보며 편지를 썼다. 엄마 내 나가면 잘할게요, 이런 거.

2차 교육이란 것을 또 받아야 했는데 그때부터 나는 완전히 황태자가 되었다. 아주 친했던 동무 삼촌이 우리 내무반장인 덕분이었다. 이 사람은 내가 오는 줄 미리 알고 자기 내무반으로 날 빼돌렸다고 했다. 나이 많아 군에 온 이 내무반장은 모두를 자기 조카나 동생 대하듯이 잘해 주었는데 나한테는 너무 잘해 주는 거였다. 자기 옆자리에 자리를 잡아 주고 힘든 훈련은 다 열외를 시켰다.

"야, 오늘 우리 중대 유격 훈련이거든. 넌 내무반에서 꼼짝 말고 누워 자거라. 창문에 얼른거리면 안 돼. 본부 사람이 보면 큰일 나. 그러니까 가만히 누워 쉬어. 오줌은 이 대야에 누고. 밥은 내가 타다 놓은 거 저거 먹고."

그날 난 하루 종일 잤다. 나중에는 주리가 좀 틀렸지만 그것쯤이야. 이래 놓으니 군기가 빠질 대로 빠질밖에. 하루는 전 부대에 비상이 걸렸다. 연대장인가 사단장인가가 온다고 했다. 난리가 났다. 청소에, 관물 정리에, 총기 손질에. 엇! 그런데 보니 내 총이 없다. 이게 어떻게 된 거야. 내무반 한구석에 총기 보관함이 있는데 열어 보니 내 총만 없다. 내가 총을 만지지도 않았고 늘 거기 두었는데……. 온 내무반을 다 뒤져도 없었다. 군인이 총을 잃으면 이건 목숨을 잃는 일인데 큰일도 예사 큰일이 아니었다. 미치겠데. 속을 있는 대로 끓였지만 내무반장한테 말도 못 했다. 그렇게 잘해 주었는데 나도 염치가 있지. 게다가 자기도 바빠서 정신이 없는 것 같았다. 집합 사이렌이 울리는데 모두 완전 군장을 하고 뛰어나갔다. 난 어떡해. 총도 없이. 하는 수 없었다. 도저히 남아 있을 수는 없는 노릇이고.

모든 중대원이 가로세로를 맞추어 좌악 섰는데 누군가가 올라서서 연설을 하고, 나는 연설이고 나발이고 아무것도 귀에 들어오지 않았다. 죽었다 하고 서 있을 뿐이었다. 오른손은 총 멜빵을 잡은 것처럼 오른쪽 어깨에 붙이고서. 연설이 끝나고 지휘관들이 우리 사이를 돌아다니며 뭘 묻기도 하고 복장도 점검하고 하는데, 우아! 그때 그 떨리는 마음. 내 옆에 있는 놈은 나보다 더 떨었다. 총이 없는 건 난데 겁은 지가 더 내고 있는 꼴이었다. 덜덜덜덜덜……. 드디어 소령인가 중령인가 하늘 같은 계급장을 단 사람이 우리 쪽으로 왔다. 아이구, 모르겠다. 난 눈을 감아 버렸다. 얼마나 지났나. 실눈을 뜨니 이 사람이 바로 내 앞을 막 지나가는 게 아닌가! 으아아악! ……아! 내 앞을 유유히 지나 저쪽으로 가 버렸다. 못 본 모양이었다. 앞을 지나치면서도 못 본 거다. 그런 수도 있었다, 세상에.

그날 점검을 마치고 내부반에 들어오니 온몸이 땀이었다. 내 평생 그렇게 떨어 본 건 그때가 처음이었다. 어쨌건 총이 없어졌으니 앞일이 캄캄했다. 그렇다고 동네방네 뭘 수도 없는 노릇이고. 기다리는 수밖에. 풀이 죽어 앉아 있다가 밤에 매트리스를 깐다고 그걸 펴는데, 아! 거기 내 총이 들어 있었다. 이럴 수가 있나. 이건 일부러 누가 숨기지 않으면 거기 있을 수가 없는 일이었다. 그랬겠지. 늘 열외를 하는 내가 미웠던 게지. 죽어 봐라 하고는 누군가가 매트리스 쌓아 놓은 거기다 푹 쑤셔 넣어 버렸겠지.

그 일이 있고 난 뒤로 동료들에게 이런 미움을 받아서야 되겠나 싶어 다음 유격 때는 따라나섰다. 우리 분대가 맨 먼저 하는 것이 외줄타기였다. 딴 동료들은 전에 한 번 해 본 거라고 했다. 올려다볼 때는 별것 아닌 것 같더니 올라서니 까마득하다. 몸을 앞으로 숙여 줄에 몸을 붙이기도 전에 기우뚱하더니 그대로 밑으로 떨어져 버렸다. 한참 떨어지는 것 같더니 아래에 쳐 둔 안전그물에 출렁 떨어졌다. 떨어지며 허벅지에 줄이 쓸리는 바람에 살이 홀라당 까졌다. 아이구 아파라, 하고는 드러누워 버렸다. 그날 나는 환자가 되어 하루 종일 아무 훈련도 안 받고 시원한 나무 그늘에 누워 있었다. 환자가 되려면 일찍부터 돼 버려야지. 유격 훈련은 그게 처음이자 끝이었다. 하긴 그런 훈련이야 받으나 안 받으나 그게 그거겠지만.

훈련소에서 배운 게 하나 있다. 아예 관심을 끊고 마음을 비우면 어떤 일도 두려운 게 없어진다는 것. '잘해야 된다, 반드시 해내야 된다, 맞지 않아야 된다.' 이런 마음을 가지고 있으면 마음이 초조해지고 매도 더 아프게 느껴졌다. 그냥 되는 대로 하다 보면 지나가겠지 하고는 몸이고 마음이고 던져 버리니까 편했다. 몸으로 때운다는 게 뭔지 알겠다고나 할까. '나는 못한다.' 하고 있으니 일이 술술 풀렸다. 그렇게 국방부 시계는 돌아간다!

내가 한번 쏘아 봤습다

고문관 노릇은 고깃배 사건 뒤에 더욱 절정으로 치달았다. 그때는 군대 생활도 어느 정도 몸에 익었고 훈련소에서 깨달은 것도 있고 해서 마음이 한결 편해진 때였다. 중대에서 가장 졸병인 내가 가장 느긋하게 굴었다. 그저 세월만 가라 하고는 군인 정신이니 군대 규율이니 하는 것에 결코 나를 몰아넣지 않겠다고 생각하고 있었다. 게다가 친구들이 면회 오면서 사회과학책들을 사다 주었는데 그 책들을 읽고 있으니까 해안을 지킨답시고 서 있는 내 꼴이 무슨 코미디 같은 장난인 걸 알겠다. 그러니 젊으나 젊은 청춘이 3년씩이나 획일성만을 강요하는 군대에서 썩는다는 게 더욱 억울해지기 시작했다. 시간만 나면 책 읽고 편지 쓰고 하면서 스스로를 지켜 나갔다. 이러니 위에서 시키는 모든 말이 귀에 안 들어올밖에. 그러다 보니 나는 빳다를 달고 사는 꼴이었다. 하지만 아, 맞는 게 겁나는가, 내가 마음이 편한 만큼 맞아 주지, 뭐…… 이렇게 생각하면 별것 아니었다. 고문관 이력이 단단히 붙은 것이었다. 하지만 군대란 곳이 지극히 단순한 일만 하는 곳이라 남 하는 대로 하다가 보면 어려울 것이 하나도 없는 곳이기도 했다. 그러니 사실은 날마다 맞을 일이 생기는 것도 아니었다.

학교에서도 공부할 책을 안 가져오는 아이나, 아무리 집어 먹이듯 하는 말도 돌아서면 잊어버리는 아이가 있다. 다른 선생님들은 이해를 할 수가 없다지만 나는 그럴 수 있다는 걸 안다. 군대가 도무지 체질에 맞지 않는 나처럼 학교가 체질에 맞지 않으니까 무슨 얘기를 해도 귀에 안 들리는 것이다. 이런 아이들에게는 아무 말도 소용없다.

군대가 체질에 맞지 않는 내가 가장 체질에 맞는 일을 할 때가 있었다. 우리 초소가 있는 산을 발가벗고 돌아다니는 일이었다. 그 산은 오래전부터 민간인 통제 구역이라 정말 원시림 같았다. 사람 손이 가지 않은 숲에는 으름도 열리고 머루 다래도 있었다. 옷을 다 벗어 버리고 불알을 덜렁거리며 숲을 걷는다! 이걸 언제 어느 산에서 해 보겠나. 아침저녁으로 산 너머 본부까지 밥을 먹으러 가야 하는데 난 조금 처졌다가 혼자가 되면 옷을 벗어 버렸다. 총에다가 벗은 옷을 묶어 달아 어깨에 척 걸치고 탄띠만 맨몸에 차고서는 건들건들 산길을 걸어 중대 본부로 가기도 했다. 토끼 한 마리 잡아 막대에 묶어 달고 내려

오는 원시인이 된 기분이었다. 물론 다 와 갈 때쯤에는 옷을 입지. 안 그랬다간 바로 병원으로 실려 가게? 군대 생활 가운데 가장 행복했던 게 있었다면 이 일이다.

하루는 내 사랑하는 여동생이 자기 친구와 함께 면회를 왔다. 그런 날은 외출이 된다. 하지만 나는 외출은커녕 두 사람을 데리고 산 너머 있는 우리 초소로 갔다. 원시림으로 우거진 이 좋은 숲을 구경시켜 줘야지 어디를 가, 하는 심정으로. 마침 초소에는 아무도 없었다. 다들 외출 나가고, 중대 본부 가고, 보초 서던 고참은 저 아래 낚시를 간 모양이었다. 아이구, 그러고 보니 후방 부대 군기는 나뿐만 아니라 모두가 그 모양이었네. 군대가 아니고 경찰 조직이라 더 그랬던 것 같다. 하기는 사병인 우리야 군 복무를 위해 왔지만 지휘관들은 일선 경찰에 있다가 이리로 잠깐씩 왔다가 가는 사람들이었으니까.

나는 탐조등도 구경시키고 무시무시한 캐르바 오공도 자랑하고……. 그런데 또 뭘 자랑하지? 그래, 내 사격 솜씨를 보여 주자. 칼빈 소총을 꺼내 왔다. 자, 봐라. 저기 저 나뭇가지 있지? 바다 쪽으로 이렇게 굽어 있는 저 가지. 그래, 저거. 저걸 내가 맞추어 꺾어 볼게, 봐. 총알을 장전하고 숨을 멈추고, 내가 아무리 고문관으로 살아도 사격 하나는 최곤데……. 타앙! 나무는 한번 일렁거리지도 않고 가만히 있다. 총소리만 메아리가 되어 앙아 앙아 앙아 울리고. 다시 하나 더 쏘았다. 타앙! 역시 그대로다. 나는 "이런, 스타일만 구겼네. 이 총이 영점(조준점)이 잘 잡히지 않아서 그런가 봐. 영점 잡아 쏘아야겠네." 하면서 얼버무리고 있는데 밑에서 낚시하고 있던 고참이 불쾌한 얼굴로 숨이 턱에 차서 올라왔다.

"야, 무슨 총소리 겉은 기 나더라."

"내가 한번 쏘아 봤습다."

"머어? 니가 쐈다고? 야 인마, 여가 어데라고 총을 쏜단 말이고! 우리는 죽었다. 중대 본부에서 들었으마 우리는 죽었다. 아이고, 이런 씨발……."

아니나 다를까 중대 본부에서 무전이 오고 우리는 서둘러 중대 본부로 내려가야 했다.

민간인을 초소로 데려간 죄!

보초 서는 놈이 술 마신 죄!

근무지 이탈 죄!

졸병 간수 못 한 죄!

그리고 도저히 용서 못 할, 함부로 총을 쏜 죽을 죄!

우리 초소 분대원은 나 때문에 줄빳다로 초상이 나고 말았다. 다 맞고 난 뒤에 나는 더 맞고. 뭐 이런 놈이 있나. 내가 봐도 한심했다.

얼마 안 있어 우리는 대한민국에서 가장 편하다는 그 중대를 떠나야 했다. 부산 근교 기장에 있는 213부대로 이동하라는 명령이 떨어진 것이다. 영창 안 보낸 것만 해도 고마운데 가까운 기장이라니 고마울 따름이었다. 그런데 그 부대는 기동 타격대라고, 밥 먹고 하는 일이 훈련뿐이었다. 비상시를 대비해 훈련만 하는 부대. 분위기가 확 달랐다. 다시 훈련소로 간 거나 다름없는 생활이 되풀이되었다.

지금 바로 변소 옆으로 나와

밤에는 부대 울타리 아래 군데군데 파 놓은 구덩이에서 보초를 서란다. 내무반마다 불침번 있지, 정문 초소 경비병 있지, 본부 당번 있지, 그런데도 또 보초는 무슨 보초인지. 이 평화로운 시골 마을에서 밤마다 구덩이에 들어앉아 누구를 경계하라는 것인지……. 동료들도 물론 보초 서는 일을 가장 싫어했다. 추운 겨울날은 바람이 매서운데 구덩이 안에 쭈그리고 앉아 있으면 참 처량하기 짝이 없었다. 내무반에서 자던 잠이 깰까 봐 교대하러 갈 때도 되도록 눈은 게슴츠레한 채로 터덜터덜 걸어가서 구덩이 안에 쭈그리고 앉자마자 얼굴을 푹 파묻고 잠을 청했다.

우리가 경계하는 것은 오직 중대장뿐이었다. 중대장 오나 안 오나 그것만 경계의 대상이었지 그것 말고는 없었다. 그리고 얼마 지나지 않아 또 다른 사실도 알게 되었다. 고참들은 보초 때 취사장 부뚜막에 앉아 술도 마시고 라면도 끓여 먹는다는 사실을. 9시에서 10시 사이 중대장이 집에 다녀오는 걸 고참들은 알고 있었구나. 그러니 꼭 그 시간만 되면 자기들이 보초 선다고 우겼구나. 나라고 못 할쏘냐. 교대를 하고는 바로 취사장으로 갔다. 나와 교대할 다음 사람이 내 아래 기수면 내처 취사장 부뚜막에서 잘 수 있도록 미리 취사장으로 오라고 말해 두었다. 교대자가 고참이면 나중에 교대할 때쯤 구덩이에 가 있어야 하니까 좀 긴장이 되기는 했다. 부뚜막은 뜨끈뜨끈, 시골 정지방 아랫목 같았다. 총을 베개 삼아 자기에 참 안성맞춤이었다. 하루는 한참 자는데 손전등 불빛이 비쳤다. 아, 이 졸병 새끼가 고참 자는데 불을 비추다니.

"얌마, 불 좀 꺼라."

하지만 불은 계속 내 눈을 비추는데 눈이 부셔서 누군지 알 수가 있어야지.

"장난칠래! 안 끄나, 이 쓰끼가."

"이 짜씩이. 바로 서, 인마."

앗! 중대장 목소리.

"근무우 주우웅……."

그 추운 밤에 연병장을 수도 없이 돌고 본부 앞에 총 들고 꿇어앉아 밤을 새웠다. 제길…… 난 왜 이리 재수가 없나. 재수가 없기는. 남 안 하는 짓만 하며 뭉그적거리다가 그랬지. 다음 날 고참들에게 무슨 명령이 떨어진 것 같았다. 우리 기수를 모두 집합시키더니 군기가 빠졌다고 빳다를 치는데…… 그게 모두 나 때문이라 생각하니 동기들에게 미안해 죽을 지경이었다. 기합이 끝나고 라면이라도 샀어야 했는데…… 미안하다, 동기들아.

그런데 바로 한 기수 위에 있는 녀석이 아주 끈질기게 우리를 못살게 괴롭혔다. 나이는 나보다 두어 살 아래인 것 같은데 이 녀석은 우리를 못 잡아먹어서 한시도 가만 있지 못했다. 걸핏 하면 집합을 시키고는 관물이 어떻다, 너거가 내무반에서 비시기(비스듬히) 누워 있을 군번이냐, 고참들 구두가 더러워도 눈에 뵈는 게 없다, 뭐 이런 소리를 끝없이 늘어놓다가 자세가 흐트러졌다고 꼭 얼차려를 시켰다. 속이 부글부글 끓었다. 그 짓을 거의 하루 한 번씩 당하니 살 수가 없었다. 동기들이 둘러앉아 그놈 욕을 해 봐야 소용도 없고. 두고 보자,

두고 보자 하다가 도저히 안 되겠다 싶었다. 나는 또 일을 치기로 마음먹었다.

야간 근무를 마치고 오니 불침번도 한구석에서 꾸벅꾸벅 졸고 있고 조용했다. 됐다. 그 녀석에게로 갔다. 자고 있는 녀석을 조용히 흔들었다. 부스스 눈을 뜨기에 귀에 대고 속삭였다.

"야, 이 씨발 늠아. 니 이 새끼, 지금 바로 변소 옆으로 나와. 다른 사람 깨우면 죽이뿔 낀께."

멀뚱히 귀를 내주고 누워 있던 녀석은 좀 벙벙한 모양이었다. 난 먼저 밖에 나가 기다렸다. 낮에 온 비로 땅이 좀 질었다. 날을 잘못 잡았나. 변소 옆으로 오는 놈에게 다짜고짜 한 방 날렸다. 내가 때릴 수 있었던 것은 그게 전부였던 것 같다. 이 녀석이 그렇게 싸움을 잘하는 줄은 몰랐다. 맞붙자 이마로 박치기를 하는데 우아, 그만 띵한 게 보통이 아니었다. 엎치락뒤치락, 나는 떨어지면 불리하다 싶어 잡고 뒹굴었다. 한참을 싸웠다. 물고 뜯고. 그러다가 오줌 누러 나온 고참에게 들켜 버렸다. 내일 아침에 너거 두 기수들 모두 집합. 또 줄빳다를 맞았다. 나중에 취사장 방구석에서 엉덩이에 안티프라민을 바르는데 엉덩이 살이 팬티에 달라붙어 있었다. 그래도 동기들은 속이 시원하다고, 우리도 부르지 니 혼자 그랬느냐고 히히덕거렸다. 나는 엉덩이가 아파 찡그리면서도 고문관답게 한마디 해 주었다.

"인마, 우리가 몰매 줬다가는 몽땅 영창 가게. 그 새끼 인자는 집합 안 시킬 거다. 한 번 더 집합시키면 잘 때 대검으로 쑤셔 버린다고 공갈쳤지. 좆만 새끼."

군대 얘기가 싫다 해 놓고 끝이 없다. 그만하자. 내 들통 다 나겠다.

사실 이런 내 모습이 얼마나 잘못된 것인지 모르는 것은 아니다. 내가 봐도 참 존경스런 동기생이 있었는데 이 친구는 정말 모범생이었다. 반듯한 용모에 모든 일을 빈틈없이 해치우던 친구. 우리가 '군대 묵기'라 놀리곤 했지만 그 친구가 아마 가장 편하게 군대 생활을 했을 것 같다. 몸과 마음이 하나가 되어 생활하는 것만큼 편한 게 있나. 요령을 부리면 편한 것 같아도 사실은 괴롭게 마련이다. 난 도무지 나하고 맞지 않은 생활이라 처음부터 배를 내밀어 버렸지만. 그 친구는 나중에 경찰 간부가 되었다.

이런 생각이 든다. '사람은 자기가 하고 싶은 일을 하고 살아야지, 하기 싫은 일을 먹고살기 위해 하는 수 없이 하고 있다면 그것만큼 불행한 일은 없다.'

내 청춘은 이렇게 흘러갔다, 뭐 하나 잘난 것 없이, 뭐 하나 해 놓은 것 없이. 그러나 이 못난 청춘의 시간들이 모여 지금의 '내 삶'을 꾸리게 됐다.

아무리 굽고 못생긴 소나무라도 햇빛과 바람과 비는 공평하게 그를 에워싸고 있듯이, 나에게도 그런 힘이 나를 감싸고 있다는 걸 느낀다.

그래, 못난 것도 힘이 된다.

내 삶을 가꾸어 준 사람들

내가 지금 이렇게나마 사람 구실을 하고 사는 것은, 생각해 보면 참 신통한 일이다.

보통 사람들이 말하는 잣대로 내 지나온 삶을 재어 보면 어느 것 하나 바로 된 것이 없다. 공부 열심히 해 본 기억은 거의 없지, 책은 소설이나 조금 읽는 둥 마는 둥 했지, 공부 잘하는 아이들이 의무 삼아 읽는 세계 명작이니 고상한 역사, 철학책은 근처에도 안 가 보았지, 학교는 한 번도 1차에 합격해 본 일이 없지, 그것도 중학교 졸업하고 재수했지, 고등학교 졸업하고 또 재수했지, 어머니 아버지가 없는 살림을 아끼고 아껴 늘 따뜻한 밥 잘 먹고 다녔지만 우리 집 한 채 없었으니 부자는 아니지.

그래도 나는 지금 이렇게 잘 살고 있다. 나를 알아주는 벗도 많고, 나를 좋아해 주는 제자도 많고, 사회 활동을 할 수 있는 자리도 몇 개 가지고 있고, 화목한 집안이 있고, 무엇보다 내가 가장 하고 싶은 일,

아이들 가르칠 자리가 있는 것이다. 이뿐인가. 그렇게 하고 싶은 일 재미나게 하고 나면 먹고살 돈도 준다.

내 인생은 땡잡은 셈이다. 이렇게 된 것은 운이 좋았다고 해야 할 것이다. 교단에만 서면 힘이 펄펄 나고 아이들도 잘 따라 주었으니 선생 노릇 어려운 줄 몰랐다. 그저 즐겁고 고마울 따름이다.

나는 이렇게 행복하다.

그렇지만 내가 선생 노릇을 재미나게 열심히 하게 된 것, 사회 활동에 나서게 된 것이 다 운만은 아니다. 학교 공부에서는 배우지 못했어도, 책을 많이 읽지 못했어도, 좋은 학교를 다니지 못했어도 나를 키워 준 다른 것들이 있었다. 생각해 보니 그것은 나를 둘러싸고 있는 내 삶의 자리에 숨어 있었다.

사람들은 자기 삶의 자리에서 이런 것을 다 찾을 수 있다고 본다. 일류 학교가, 시험 성적이, 돈이 우리를 행복하게 해 주고 바르게 키우는 바탕이 아니라는 사실을 나는 알았다.

자라 온 세월 속의 모든 일들이 나를 이렇게 살게 한 거름이 되었을까? 나를 키운 것을 한마디로 말하라면 사람과 자연이다. 그런데 자연은 늘 그 사람들의 배경에 있었으니 사람 이야기를 하면 자연은 저절로 드러나겠지. 그러면, 못난 놈이 어디서 힘을 얻었는지, 그것도 드러나겠지.

내가 너를 믿는다 – 대동 아재

아버지는 고향 창녕에서 면 서기를 하다 그만두셨다. 그 까닭은 잘 모르지만 해방 뒤 좌익 운동에 조금 가담했기 때문이 아니었나 싶다. 우리 식구는 내가 네댓 살 때 부산으로 나왔다. 농사일을 못 하시는 아버지는 시골에서는 살 수 없었다. 처음에는 부산 변두리 셋집에서 살다가 내가 초등학교 4학년 때 부암동으로 이사했다. 외가 쪽 친척인 대동 아재 댁 바로 이웃으로.

나는 저녁만 먹고 나면 대동 아재 댁으로 갔다. 그 집은 좀 안정된 살림이라 방도 여러 개고 늘 친척 아재, 형들이 들끓었다. 친척 가운데 시골에서 부산으로 온다 하면 자리가 잡힐 때까지는 그 집에 머무는 일이 예사였다. 우리도 처음 부산으로 올 때 그 집에서 한 달쯤 더부살이를 했다고 한다. 대동 아재, 아지매는 늘 이렇게 베풀고 사시는 분이었다.

그 집에는 내 또래 동균이가 있고 성균 형과 동생 세균이도 있었다. 형은 우리를 모아 놓고 우스갯소리를 곧잘 해 주었다. 어쩌면 우스운 이야기를 저렇게 잘할까. 나는 형의 서글서글한 말씨에 홀딱 넘어갔다. 자기는 하나도 웃지 않고 우리만 배를 잡게 만드는 형이 아주 우러러보이기도 했다. 형에게 들은 이야기를 옮기며 형의 말투와 표정까지도 닮으려고 애를 썼다. 형이 고등학교 다닐 때 우리 앞에서 담배를 피웠다. 우아, 공부 잘한다는 부산고등학교 학생도 담배를 피우는구나 싶어서 형의 모습이 너무나 멋있어 보였다. 모자도 가운데에 칼집을 내어 재봉틀로 박아서 쓰고 다녔다. 일일이 멋있었다. 동균이와 나는 아주 단짝이 되어 지냈다. 새하얀 얼굴과 뽀얀 손이 나와 좀 다른 게 마음 쓰였지만 내게 잘해 주려고 애쓰는 모습이 보였다.

대동 아재는 마치 소파 방정환 선생님 같았다. 모습도 그랬지만 마음도 그랬다. 나는 어린이날을 만든 방정환 선생님을 세상에서 가장 마음 좋은 사람으로 알았다. 아직 저녁상도 물리기 전에 "동균아." 하고 그 집에 들어서면 꼭 별난 반찬을 맛보이곤 했다. 대동 아지매는 반찬을 참 깔끔하게 잘했는데, 그중에도 연뿌리 반찬이 가장 맛있었다. 구멍이 뽕뽕 난 모양도 예쁘지만 씹으면 말랑말랑하면서도 사각사각한 감촉이 어금니 쪽에 감돈다. 밥을 먹은 뒤라 배가 불러도 연뿌리가 있으면 다시 밥 한 그릇을 비웠다. 그렇게 흉허물 없이 지냈다.

그러나 더 좋은 것은 아재 이야기를 듣는 것이었다. 아재 이야기는 성균이 형 이야기하고는 또 다른 재미가 있었다. 퉁퉁한 얼굴에 웃음을 가득 담고서 이야기할 때는 눈이 반쯤 감긴다. 아주 우스운 옛날이야기, 훌륭한 사람 이야기, 공부보다 사람이 되라는 이야기, 사람끼리 친하게 지내라는 이야기……. 나는 그런 아재를 어린 마음에도 무척 존경했다. 다른 어른들은 조심스럽기나 했지 '좋다.' 싶은 마음은 없었는데 아재는 달랐다. 조심스러우면서도 어리광을 부리고 싶은 마음이 들었다. 늘 곁에 있고 싶었다. 아재한테서 어른들도 아이들하고 얘기를 많이 할 수 있다는 것을 알았다.

내가 동균이네 이웃으로 이사 간 지 얼마 안 되었을 때였다. 동균이와 나는 간도 크게 버스를 한참 타고야 갈 수 있는 용두산공원으로 놀러 갔다. 나는 버스 타는 것도 낯설고 길이 어디로 난 것인지 동서남북을 모르겠는데 동균이는 나보다 아주 똑똑한 도시 아이라서 찻길도

곧잘 알았다. 동균이가 길을 잘 알 테니까 나는 걱정 없이 신이 나서 따라나섰다. 처음으로 이순신 장군 동상을 보았다. 우람한 장군님이 칼을 차고 서 있다.

"저짝이 일본 대마도거등. 이순신 장군님이 일본 놈들 쳐들어오는가 여서 따악 보고 서 있으마 절마들이 무서버서 못 온다 아이가. 날이 맑으마 대마도가 보인다 카는데 오늘은 파이다."

나는 일본 대마도가 보인다면 거기 일본 사람 왔다 갔다 하는 모습도 보일런가 싶어서 참 아쉬웠다. 비둘기가 많은 것도 놀라웠다. 한참 놀다가 공원을 내려왔는데 동균이가 길을 헤매는 것 같았다. 올라올 때 길하고 사뭇 다르다. 동균이도 좀 당황하는 빛이었다.

"니 길 모르는 거 아이가?"

"모르기는. 따라오기나 해라."

나는 틀림없이 길을 모르는구나 싶어 걱정이 되었다. 그렇게 한참 돌아다니다가 문득 미화당백화점 들머리를 찾았다.

"어! 여어가 미화당이네. 그라마 아부지 사무실이 여어 어덴데."

동균이가 활기를 찾았다. 지금 생각하니 미국 문화원 쪽 어디로 내려왔다가 잠시 낯설어 길을 헤맨 모양이다. 동균이는 총기 있는 아이답게 아버지 사무실을 찾았다.

"이래 먼 데꺼정 왔다고 머라 카시마 우짤라고. 마 집에 가자."

동균이는 들은 척도 안 하고 사무실 계단을 올라간다. 아재는 그 먼 길을 잘도 찾아왔다고 신통해하시며 우리를 데리고 나가셨다.

"그래, 남자는 모험도 해 봐야 된다. 너거꺼정 서울도 갈 수 있어야 하는 기다."

아재는 오히려 우리를 북돋아 주셨다. 그러고는 용두산 공원으로 올라가는 들머리 어느 고급 식당으로 데리고 갔다. 식당이 무슨 사무실 같았다. 밥 먹는 사람들이 시끌시끌한 게 아니라 조용하게 사무 보는 것 같다는 느낌이 들었던 것이다. 거기서 나는 난생 처음 양식 요리를 먹어 보았다.

"이런 데는 자주 오는 데는 아이지만 그래도 어떤 덴고는 알아야 하는 기다."

칼과 포크가 나오고 두껍고 커다란 손수건까지 나온다. 멀건 죽이 나오는데 '숩프'란다. 숟가락이 좀 크다. 움푹 파인 게 한 번 떠도 많이 담기겠다. 죽을 먹고 나니 고깃덩어리가 나오는데 정말이지 나는 소리를 지를 뻔했다. 이렇게 두꺼운 고기는 처음 본다. 고기 밑은 배추를 깔았는데 김치 담그는 배추가 아니다. 윤기 도는 이파리가 맛있어 보인다. 그런데 이걸 어떻게 먹나. 갈색으로 익힌 고기가 먹음직스럽지만 너무 크다.

아재는 하나하나 가르쳐 주셨다. 손수건은 이렇게 해서 앞에 받치고, 양놈들은 먹다가 뭘 잘 흘리는 모양이제, 칼은 이 손에 잡고 포크는 왼손에 잡고. 이렇게 썰어 보아라. 고기는 뜻밖에도 잘 썰렸다. 은근하고 깊은 맛을 느끼며 야금야금 먹었다. 내 평생에 그렇게 맛있는 요리는 아직도 먹어 보지 못했다. 요즈음도 아재가 사 주시던 그 양식을 생각하며 아이들을 데리고 가곤 하는데 그 맛을 느낄 수가 없다. 부담스럽고 느끼하기만 하다. 그럴 때마다 나는 아재한테서 들은 말을 전하곤 한다.

"이런 데는 자주 오는 게 아이다. 그렇지만 한번쯤 와서 어떤 데인 줄은 알아 두어야 하는 기다."

내가 중학교에 합격했을 때도 엄마 다음으로 기뻐해 준 사람이 대동 아재다. 내가 고등학교에 떨어져서 시무룩하게 방구석에 앉아 있을 때도 아재는 일부러 찾아왔다.

"석아, 내 이 팔 한번 봐라. 이 팔을 이렇게 죽 뻗은 채로 문을 쳤다 해 보자. 무슨 힘이 있노. 아무 힘이 없제? 그런데 이 팔을 이렇게 구부렸다가 뻗으면서 치면 우째 되겠노. 문살이 부서지겠제? 니가 지금 팔을 이렇게 구부린 맞잽이다(셈이다). 더 큰 힘을 가지기 위해서 팔을 구부린 기다. 개구리가 뛸 때도 다리를 옹그렸다가 뛰제? 사람이 시험 그거 떨어졌다고 잘못되는 거 아이다. 용기 잃으면 안 된다. 내가 너를 믿는다."

지금 생각하면 흔한 이야기인데도 나는 그 말씀에 얼마나 힘을 얻었는지 모른다. 아재 앞에서는 낯을 들 수 있겠다. 나를 믿어 주는 사람이니까. 내가 고등학교 때 공부는 안 하고 싸움질이나 하고 술이나 퍼마시고 다닐 때도 아재는 우리 엄마를 불러 위로했단다.

"이실아, 아무리 그래도 상석이 저놈이 너그 집안에서는 젤 나은 놈이 될 기다."

엄마는 엄마대로 이 말씀에 마음을 눅이셨겠지만, 이 말을 전해 들은 나도 다시 용기가 생기곤 했다. 그러면서 칠락팔락 어울려 다니는 친구들 가운데서 나는 좀 남달라야 한다는 생각도 했지 싶다. 완전히 이런 곳에 빠지면 안 된다는 생각도. 언제나 아재가 그지없이 고마웠다. 존경하는 마음이 가득했다.

아재는 우리가 중학교 3학년 무렵부터 조금씩 세상 이야기를 해 주셨다. 해방이 되고 양심을 가진 지식인 상당수가 월북했다는 이야기, 남한은 친일파가 또다시 권력을 잡는 바람에 옛날 우리 독립투사를 잡아다 고문을 하던 놈들이 그대로 경찰 간부가 되고, 교실에서 우리 말과 글을 가르치던 선생님을 잡아가던 왜놈 앞잡이들이 해방된 조국에서 그대로 교육 관리가 되었다는 이야기를 들었다.

"첫 단추를 바로 못 채우마 옷을 절대 바로 입을 수가 없는 법이다. 이것을 너희가 커서 바로잡아야 한다."

그러면서 또 이런 얘기도 해 주셨다.

"육이오 때 미국 놈들이 평양을 건물 하나 남기지 않고 다 폭파시켜 버렸는데 지금 그 땅에 아주 현대식 건물들이 들어섰고, 땅 밑으로는 지하철이 다니고 있단다. 너희가 학교에서 배우는 대로 북한이 아주 못살고 나쁜 사람들만 있는 것이 아니다. 북한도 우리 민족 한 형제다. 너희는 바로 알고 있어야 한다."

우리는 그 시절에는 도무지 입에 올릴 수 없는 이야기를 들으면서 자랐다. 그러면서 "반드시 통일은 될 것이지만 너희가 통일을 위해서 열심히 일해야 한다."고 늘 말씀하셨다. 나는 아재 말씀을 들으면서 세상에 눈을 떠 갔다.

아재 집에는 친척만 끓는 게 아니라 동균이 반 아이 가운데 형편이 어려운 아이도 함께 와서 지냈다. 가난해도 공부 열심히 하는 철수라는 아이였다. 아재는 철수에게도 늘 우리에게 하는 것처럼 대했다. 어떨 때는 철수가 불편해할까 봐 한번 더 농담을 걸어 주시기도 했다. 철수도 아재를 무척 따랐다.

아재는 집안의 크고 작은 일에 한 번도 빠짐없이 다니며 예의를 다

차리셨지만 자잘한 형식 같은 것은 아주 과감히 깨어 나가셨다. 우리 집안은 제사를 꼭 밤 12시나 되어야 지냈는데 아재는 아예 초저녁에 지내셨다.

"예절이라 하는 것은 사람 정성이 얼마나 들었나 하는 기다. 시(時)를 언제 한다, 절을 몇 번 한다, 뭐 옆에 뭐 놓는다, 하는 것들이 중한 기 아니니라. 옛날 농사지을 때 같으마사 자시(子時)에 지내도 되지. 요새겉이 통금이 있는 세상에 자시에 지내자 하마 올 사람도 못 오는 기다. 형식에 사람이 끄달리마 안 되는 법이다. 축문도 그렇다. 알아듣도 못 하는 한문으로 쓸 기 아이라 자손들이 알아듣게 요샛말로 써야 옳은 기다. 아매 죽은 사람도 중국 한문 그거를 알아듣고 기실랑가 몰라."

어린 마음에도 참으로 맞는 말씀이다 싶었다. 얼마 안 가 우리 집도 제사를 초저녁으로 바꾸었다.

아재는 아랫사람이라도 찾아가서 만나시기를 잘했지 오너라 가거라 하시지 않았다. 내가 대학 시험에 떨어지고 집에 며칠 처박혀 있을 때였다.

"내가 오늘 너거 남매한테 할 말이 있어서 좀 왔다."

이러시며 우리 집에 들어서셨다. 나는 아재 앞에 꿇어앉으면서 고맙고 미안해서 눈물이 났다. 나를 그토록 믿어 주시는 아재인데.

"내가 미정이 수석 했다는 소리 듣고 얼매나 좋던지, 그날은 잠을 못 잤디라. 미정이는 대학은 서울로 가거라. 여자도 능력이 있으면 공부를 많이 해야 한다. 내가 우리 미정이 서울 공부는 시켜 줬으마 싶으다. 석아, 니는 지금 마음이 더 아프제. 동생하고 비교가 된다 싶어서. 그런 기 아니니라. 내가 니를 어째 위로할꼬 싶으다마는 니 못 한 일을 동생이 해 줬으니 반분이나 풀었다고 생각해야 될 끼다."

"아재, 저도 그렇게 생각하고 있습니더."

"그래, 그래. 내가 석이 니 사람 됨됨이를 잘 안다. 니는 그럴 끼다. 그래, 대학 못 간다고 사람 안 되는 거는 아이다. 대학 나와서 더런 짓 하는 늠들이 얼매나 많은지 모른다. 그런 늠들에 비하마 니는 대학 안 나와도 그런 늠 열 늠 백 늠보다 낫다. 그렇지만 니는 대학을 가야 한다. 사람마다 제각각 할 일이 있는 법인데 니는 대학 나와서 할 일 해야 한다. 다부지게 맘묵고 한 해 더 해라. 니가 2차 대학은 안 가겠다 카는 거 보이 자존심이 있구나. 그기 된 기다. 사람이 재산을 잃으마 작은 손해를 본 기고, 신의를 잃으마 큰 손해 본 기고, 용기를 잃으마 마지막이라 캤다. 용기 잃으마 안 된다."

내가 다시 대입 재수를 한다고 큰집에 머물고 있을 때였다. 불과 며칠 전에 내게 찾아오셔서 용기를 주고 가신 아재가 어느 날 밤 느닷없이 정보부로 끌려가셨다는 소식을 듣고 이게 웬일인가 걱정하고 있을 때였다.

1972년 3월 27일 밤

오늘처럼 아나운서의 말이 소름끼치도록 냉랭하긴 처음이다. 1시 뉴스. 우연히 튼 라디오는 기어이 나의 심장을 쪼개고 말았다. 지난 2월쯤에 대동 아재께서 반공법 위반 운운하는 죄로 그 무서운 중앙정보부로 끌려가셨다는 이야기를 들었을 때 아찔하였다. 인자하던 모습과 그 좋으시던 풍채가 얼마나 고초를 당하실까 걱정했다. 뒤이어 ○○이 아버지, ○○○ 씨, 평소 뵈옵던 분들이 검거되셨단 얘길 들었다. 나는 그러려니 하고 기다렸다. 그런데 오늘 그 차가운 목소리가 나의 귀를 사정없이 후려치는 것이다.

"이게 무슨 소리냐, 이게 될 말이냐. 잇 개새끼들이 기어이!"

반국가 단체 조직원 21명 일망타진, 운운.

온몸에 끼쳐 오는 소름을 감당할 길이 없다.

아재가 긴긴 감옥 생활을 하시는 동안 나는 옛날 아재의 말씀이 모두 옳았다는 사실을 책을 통해 알았다. 어지간한 사회과학책을 읽어도 그 내용이란 것이 옛날에 아재한테 들었던 말씀을 좀 어렵고 자세하게 해 놓은 정도였다. 아이들은 대학에 들어와서야 고등학교 때까지 배웠던 것 중 많은 부분이 거짓이었구나 깨닫고 충격을 받는다는데 나는 일찍부터 아재를 통해 그런 사실을 알게 되었던 것이다. 그리고 아재의 말씀대로 불의에 굴하지 않는 의지를 조금씩이나마 다질 수 있었다.

아재는 언제까지나 우러러보이는 스승이셨다. 십여 년 만에 아재가 출옥하시자 나는 술 한 병 사 들고 가서 정성으로 잔을 드렸다. 아재는 이제 어른이 된 나에게 어릴 적 하던 이야기를 하셨다.

"내가 니는 바르게 될 줄 알았다."

바르게 살지도 못하는 나에게 아재는 아직도 믿음을 거두지 않으셨구나. 내가 바르게 살지 못한다 싶으면 늘 아재 말씀이 생각난다.

"내가 니는 바르게 될 줄 알았다."

허무주의자 맹초 형

맹초는 나보다 한 살 더 먹은 친척 형이다. 맹준이가 이름이었는데 우리끼리는 늘 맹초였다. 어릴 때부터 신동이라고 했다. 어른들 말씀에 한 번 들은 것은 절대 잊어먹지 않는단다. 할아버지가 가르친 한시와 시조를 줄줄 외웠다. 그러면서도 아주 엉뚱한 짓을 잘했다. 중학교 2학년 때인가, 몇 날 가출했다가 돌아왔다. 화가 나신 맹초 아버지가 밥그릇을 집어던지며 소리쳤다.

"이놈, 그렇게 집 나가는 기 좋거들랑 빌어처묵고 돌아댕기라!"

그러자 아주 태연히 그 밥그릇을 주워 들고 다시 집을 나갔단다. 물론 어머니가 말려서 도로 들어가기는 했지만.

"아이고 이 삼들아, 우리 맹주이 보래. 저거 아부지 그칸다고 빌 생각은 안 하고 밥그릇을 챙기 들고 도로 나간다 어요. 저기 인간이 될라 카나 말라 카나."

나는 그런 형이 참 멋있어 보였다. 아무것에도 거리낄 것 없는 사람 같아 보였다. 맹초는 사실 그랬다. 어떤 형식이나 도덕관 같은 것에 얽매이지 않는 모습을 많이 보여 주었다. 집안 어른들의 기대나 꾸중에는 눈 하나 깜짝하지 않는 듯했다. 엉뚱한 짓은 끝이 없었다. 그랬지만 공부도 잘해서 일류 학교인 경남고에도 척 붙었다.

어느 일요일 아침 맹초가 없어졌다. 아침에 자전거를 끌고 나갔는데 저녁이 지나고 밤이 되어도 돌아오지 않자 집에서는 어디 사고라도 당해서 쓰러져 있지나 않나 한걱정을 하고 있었다. 밤도 이슥해서야 다리를 절룩거리며 돌아왔다. 어디 갔더냐고 하니 마산까지 갔다

왔다고 한다. 부산에서 마산까지 길이 어디라고. 그 먼 길을 돌아올 시간은 생각도 않고 페달을 밟은 맹초의 모험심이 내게는 아주 우상이 되었다.

고등학교 때 별명이 걸레였다. 세수를 잘 하지도 않고 시도 때도 없이 맨손에 코를 풀어 차창에나 담벼락에나 보이는 곳 어디든 쓰윽 문질러 버리면 그만이다. 지나가는 여학생 교복 깃에 문지르다가 혼쭐나기도 했다. 그뿐인가. 땀이 삐질삐질 나기 시작하는 늦봄부터는 이마를 슬슬 문지르면 시꺼먼 때가 국수처럼 밀려 떨어진다. 나도 이런 게 딱 질색이라 핀잔을 주어도 아무 거리낌 없다는 투다.

졸음이 쏟아지는 어느 봄날 오후 버스에 앉아 고개를 늘어뜨리고 꾸벅꾸벅 졸고 있는데 바로 눈앞에 여학생 종아리가 보이고 하얀 양말에 까만 운동화가 보이더란다. 게슴츠레한 눈으로 고개를 드니 여학생은 도도한 자태로 창밖을 보고 섰다. 손에는 새하얀 천으로 만든 가방을 들고. 옛날에 여학생들은 자기 학교 교표가 찍힌 하얀 천 가방을 많이 들고 다녔다. 더욱이 일류 고등학교 학생들은 자랑삼아 꼭 교표 찍힌 가방을 들고 다녔다. 그 가방도 부산여고 교표가 찍혀 있었다.

가방을 받아 주면 포개 놓고 엎드려 잠자기 좋겠다 싶어 맹초는 슬며시 가방을 당겼다. 여학생은 흘깃 보더니 가방에 힘을 주어 꼭 잡았다. 가방을 맡기지 않겠다는 뜻이다. 그러나 맹초는 더 세게 가방을 뺏다시피 당겼다. 하는 수 없이 여학생은 가방을 맡겼고, 맹초는 그 가방을 자기 가방 위에 포개 놓고 엎드리니 잠자기에 딱 알맞았단다. 향기가 나는 것 같아 잠이 더 잘 오더란다. 그렇게 잤다. 땟국물이 흐

르는 얼굴을 새하얀 가방에 묻다시피 하고서. 얼마나 지났을까. 누군가 흔드는 통에 부스스 눈을 뜨고 얼굴을 들었다. 침이 지르르 흐르는 입을 쓰윽 문지르며. 그 여학생이었다. 내릴 때가 되었나 하고 가방에 포개었던 팔을 드니, 아! 거기에는 시커먼 손바닥 도장이 선명하게 나 있고 누런 침이 가방에 얼룩을 만들고 있었다. 그 여학생은 우는 듯 경멸하는 듯 마치 징그러운 벌레를 밟은 표정으로 가방을 빼앗아 내렸다.

"아아 씨, 그때 좀 창피하더라이."

맹초는 또 학교 간다고 나와서는 교복을 번듯이 입은 채로 바로 자기 집 골목길에서 담배를 뻑뻑 피워 댔다. 술도 한번 먹었다 하면 한 이틀 뿌리를 뽑기도 했다. 그것도 고등학교 때. 맹초는 학교에만 가면 아이들에게 돈을 10원씩 얻는다고 했다. 요일마다 반을 정해 놓고 들어가서 아무나 붙들고 단돈 10원만 달라고 졸라서 돈을 모았다. 하도 끈질기게 엉겨 붙어 10원씩만 내놓으라고 하니 아이들이 맹초만 보면 "아나, 십 원." 하면서 줘 버리더란다. 이렇게 해서 하루에 200~300원 정도 모이면 이것으로 담배 사고 양정 뒷골목 막걸리집에 가서 막걸리 한 되와 두부 안주를 시켜서 그걸 다 마시고 집에 오곤 했다. 나도 가끔 맹초를 따라 막걸리를 마시러 갔다. 내 눈에 맹초는 세상 자잘한 일들은 아주 우습게 아는 사람으로 보였다.

그런 맹초와 나는 이웃에 사는 집안사람들에게 조금씩은 눈 밖에 난 아이들이었다. 맹초는 엉뚱한 짓으로 눈에 났고 나는 공부는 안 하고 빤들거린다고 그랬을 것이다.

우리 둘은 자주 어울려 다녔다. 우리 동네 뒤에는 기차가 잘 다니지 않는 철길이 있었는데 우리는 그 철둑길을 걸으며 많은 이야기를 나누었다. 여럿이 있으면 짓궂은 짓을 잘하고 사람을 놀라게 하지만 우리 둘만 있으면 아주 진지해져서 온갖 얘기를 다 했다.

그때 나는 맹초한테서 학교 공부가 별로 중요하지 않다는 것을 어렴풋이 배웠다. 그리고 세상이 얼마나 허무한지도 배웠다. 형은 스스로 허무주의자라고 했는데 나도 전염되듯 허무에 빠졌다. 그때 나는 '허무론'이라는 글을 썼다. 마르쿠스 아우렐리우스의 《명상록》을 거의 베끼다시피 한 글이었지만 그 글이 그때까지 내가 쓴 글 가운데 가장 긴 글이었다.

아, 생각난다. 그때 맹초는 나에게 영웅 만년필을 사 주었다. 중국제 만년필이었는데 아주 매끈매끈 잘 써지는 고급 만년필이었다.

"이거 가지고 글 쓰마 잘 써진다. 함 써 바라."

맹초가 아니었으면 긴 글을 써 볼 엄두도 못 냈을 것이다. 형은 시를 써 와서 내게 보여 주고는 했는데 대부분은 지독한 허무를 노래하고 있었다. 물론 그런 시 말고도 많은 시를 썼는데 나는 그것을 내 공책에 베껴서 다니며 다른 아이들한테는 내가 쓴 것인 양 자랑하기도 했다. 그러다가 교내 백일장에서는 맹초의 시를 제목에 맞게 조금 고쳐 내서 장원을 하기도 했다. 문예 담당 선생님은 평소 생각했던 것보다 내가 아주 깊고 넓은 생각을 가졌다고 칭찬해 주었다. 뜨끔했다.

우리는 시내버스를 타고 시발점에서 종점까지 왔다 갔다 하면서 온갖 얘기를 나누기도 했다. 지금은 그 내용이 잘 기억나지 않지만 형은 자기 생각을 끊임없이 얘기한 것 같다. 아무도 들어 주지 않는 이야기를 나는 열심히 들어 주었으니 언제나 나와 다니려고 했겠지. 때로는 술을 마시며 인생에 대해서도 이야기했다. 나는 이런 우리가 여느 고등학생하고는 다르다고 우쭐하기도 했다.

그러면서 알게 모르게 내 코앞의 일만 생각하지 않고 멀리 내다보는 눈을 가지게 되지 않았나 싶다. 이런 생각이 학교 공부를 하찮게 여기게 해서 성적이 많이 떨어지기도 했지만 공부야 하고 싶을 때 하지 지금 꼭 해야 하나, 나이 서른에도 필요하면 공부하게 되겠지, 재수를 하면 어떻고 삼수는 또 어떠냐……. 그렇지만 어찌 된 셈인지 공부 말고 다른 것, 막노동이라거나 농사일을 해 볼 엄두는 내지 못했다. 대학은 가야 한다는 것이 무의식에 박혀 있었던 모양이다.

술값이든 자장면값이든 돈은 언제나 맹초가 다 냈다. 한 살밖에 터울이 지지 않은 형이었지만 형으로서 체통을 세웠던 모양이다. 맹초가 사 주었던 영웅 만년필을 내가 얼마나 애지중지했는지 모른다. 그런 만년필을 자끈둥 부러뜨리고 안타까워하자 맹초는 똑같은 만년필을 다시 사다 주며 달래 주었다.

"새로 사면 될 거를 머 그래 안달해 쌌노."

어른이 된 지금도 내가 술값을 내는 일이 별로 없다. 언제나 술자리 도중에 슬며시 일어나 계산대에 가서 계산을 해 두기 때문이다. 맹초는 늘 그랬다. 내가 후배들과 함께 있으면 문득 맹초 생각이 난다. 내가 맹초만큼 후배들에게 잘해 주고 있는가. 그리고 하찮은 일에 골몰하다가도 맹초 생각을 한다.

'맹초라면 이딴 고민은 훌훌 털고 일어났을 거야.'

동균이는 늘 내 든든한 '빽'이다

내게 가장 오래된 사진은 동균이와 찍은 것이다. 우리 식구가 부산에 내려온 지 얼마 안 되었을 때다. 어른들이 사진관에 데리고 가서 찍었다고 한다. 고향에서야 사진기를 구경이나 할 수 있었나. 동균이는 어릴 때부터 잘 먹어서 얼굴이 뽀얗고 오뚝한 코에 눈이 동그란 게 생김새가 아주 귀티 흐르는데 옷도 고급 뜨개실로 위아래를 맞추어 짠 예쁜 옷이다. 나는 부스스한 머리에 눈두덩은 퉁퉁 부었고 흑백 사진에서도 표가 나게 까만 얼굴이다. 군용 담요 같은 두터운 베로 집에서 지어 입은 바지가 후줄근하다. 그날도 사진 찍게 나가서 서라는데 동균이는 아장아장 걸어서 사진기 앞에 서는데 나는 한사코 엄마 치마꼬리를 잡고 늘어지며 울었다고 한다. 동균이와 나는 그렇게 처음 만났다.

초등학교 4학년 말에 동균이네 이웃으로 이사를 했다. 전학 가서 보니 나도 저쪽 학교에서는 제법 날리던 아이였는데 기가 팍 죽었다. 도대체 운동장이 이렇게 넓을 수 있나. 게다가 반도 12반까지라니. 세 배나 된다. 동균이는 그런 학교에서 전교 1등을 단 한 번도 놓치지 않고 이름을 드날리고 있었다. 전교 어린이회에서 발표하는 것을 보면 선생보다 낫다. 야구도 잘해서 키 큰 아이들을 제치고 언제나 투수를 한다. 나는 글러브도 없이 저쪽 뒤편에 서서 공 한 번 잡아 볼 일 없이 섰다가 얼른 공격 때가 되기만 기다렸다. 그때라야 방망이라도 휘둘러 볼 수 있으니까. 우리는 학교에 오갈 때 함께 다닌 기억은 없다. 노는 물이 달랐다. 동균이는 나하고 좀 다르다는 생각이 들었다. 그것은

열등감이었을 것이다.

태화극장에 단체로 영화 관람을 가는 날이었다. 〈성난 코스모스〉였다. 우리는 줄을 서서 기다렸는데, 아마 그 큰 극장을 한 바퀴 돌 만큼 길게 늘어섰을 것이다. 기다리고 있자니 배가 고팠다. 줄 옆에는 엿장수들이 진을 치고 우리를 꼬셔 대고 있다. 그러나 나는 극장값 5원밖에 없었다. 저 앞쪽에 동균이는 줄도 제대로 안 서고 자기 반 아이들과 콩엿을 사 먹고 있다. 볶은 콩을 엿으로 김밥 싸듯 말아 놓은 엿이다. 얼마나 고소할까. 깨엿보다 더 맛있겠다. 동균이는 내가 보고 있는 걸 아는 것 같은데 좀 떼어 줄 생각도 않고 자기들끼리 옴쏙옴쏙 먹고 있다.

'친척이 저럴 수 있나. 친척이마 머하노.'

원망스러웠다. 서러웠다. 영화는 더욱 서러웠다. 가난한 집 아이가 설움을 받는 장면이 나오면 많이도 울었다. 집에 와서는 이제 동균이네 놀러 안 간다고 했다. 저녁만 먹고 나면 쪼르르 달려가서 대동 아재 얘기를 들었는데 이제는 그것도 싫다. 엄마는 끝내 사연을 캐물었다. 콩엿 이야기를 했다. 엄마는 돈 5원을 주면서 내일 실컷 사 먹으라고 했다. 며칠 뒤 동균이는 자기 엄마한테 아주 호되게 꾸중을 들었다. 동균이가 나한테 와서 잘못했다고 했다. 못 보았다고 하면서. 나는 다시 동균이네 놀러 가기 시작했다. 그때부터 동균이가 내게 잘해 주려고 애쓰는 모습이 역력했다. 단짝이 되었다.

동균이 공책을 보면 혀가 절로 내둘러졌다. 글씨가 마치 인쇄한 것 같다. 어쩌면 이렇게 반듯반듯 예쁠까. 동균이가 말해 주었다.

"글씨 잘 쓸라 하마 내리긋는 이 획을 앞에 쓴 글자 키보다 높이 하마 안 되는 기라. 그라고 'ㅣ' 자를 쓸 때 막 구부리고 빼치고 하지 말고 반듯하게 이래 그으마 되지."

그러고 보니 글씨 오른쪽에 붙이는 모음 키가 앞 자음보다 높지 않다. 그때부터 내 글씨는 동균이 글씨를 닮아 갔다. 내 반듯한 글씨는 동균이한테 배운 셈이다.

동균이는 부산중학교로 가고 나는 동아중학교로 갔다. 학교가 다르니 자연히 서로 만나는 날이 드물었다. 그러나 이때부터 오히려 더욱 친해졌다. 일요일이면 만나서 여학생 이야기를 하며 키득거렸다. 동균이는 여학생 때문에 몸살이 나는가 보다. 만나면 그 얘기다. 나는 아직 여학생에게 관심이 별로 없었지만 동균이 이야기를 들어 줄 수밖에 없었다. 우리 동네에 부희라는 애가 있었는데 2층에 살기 때문에 철둑에서 보면 그 아이가 나들문 앞에 나와 일하는 모습이 훤히 보인다. 동균이는 부희를 좋아했다.

"상석아, 니는 여자가 머 하고 있을 때 젤 예쁘더노?"

"그거야 목욕할 때 아이겠나?"

"빙신아, 니가 여자 목욕하는 거를 봤나? 볼 수 있는 거 중에서 말이다."

한참 생각해 보았다. 언제가 가장 예쁘더라?

"세수하는 거? 화장하는 거?"

"니는 그런 종류로만 생각하나. 나는 여자가 콩나물 발 따고 있을 때가 젤 예쁘더라."

"콩나물 발 딸 때?"

"저으 저 바라. 부희가 머 하는고. 지금 콩나물 발 따고 있제? 가시나가 뺀들거리는 거는 못쓰는 기라. 부희맨치로 엄마 일 돕고 저라는 아가 나는 좋더라. 난중에 신랑한테도 잘할 끼라."

이날까지 나는 여자가 예쁠 때 하면 콩나물 발 딸 때를 생각하곤 한다. 그러나 그렇게 예쁘다 싶지는 않다.

동균이는 반듯반듯한 글씨로 공책 가득 시를 베껴 써서 다녔다. 황진이, 서화담에서 김소월, 한용운까지 사랑 시는 다 모아 썼다. 그렇게 사랑이 절실하였나 보다. 가장 좋아하는 시가 '초혼'이라고 했다. 걸핏 하면 감정을 잡고 읽고는 했다. 그러면서도 공부나 운동에도 악바리였다. 공부를 악바리로 하는 것은 초등학교 때부터 알았지만 운동을 그렇게 할 줄은 몰랐다. 마을에 있는 태권도장에 다녔는데 나는 청 띠나 따고 말았는데 동균이는 악착같이 해서 검은 띠를 따고야 말았다. 키가 작아서 아이들에게 얕보인다고 실력을 기르겠단다. 싸움에서도 지기 싫은 모양이었다.

그래, 동균이는 무엇이든 지고는 못 사는 아이였다. 이런 친구가 서울대학교 상대에 떨어졌다. 어이없어했다. 그렇게 자존심이 상하는 모양이다. 재수를 하기 위해 서울로 갔는데 그때 동균이는 말했다.

"나는 재수하는 동안 어떤 친구도 안 만날 거다. 니도 안 만난다. 연락 안 한다고 서운해하지 마래이. 그라고 나는 잔디밭에 앉아 하늘을 보거나 하는 일도 안 할 거다. 낭만에 젖는 짓은 인자 안 한다."

정말 그랬다. 1년 동안 한 번도 흐트러지지 않고 그렇게 살았다고 한다. 잠이 오면 세숫대야에 발을 담그고 공부를 했단다. 그렇게 해서 다음 해에 서울대학교 상대에 합격했다. 그 악착 같은 의지와 집념이 늘 부러웠다. 닮고 싶지만 그건 내 체질에 맞지 않았다.

"상석이 니는 고구마 겉은 사람이다. 니를 보마 고향처럼 푸근하거든. 아무리 친구가 많다 해도 다 니하고는 다르다. 글마들은 결국 내 경쟁자들이다. 친하게 지내는 거 같애도 사실 맘에 있는 이야기는 잘 안 한다. 서로 그렇다. 편하게 이야기할 사람은 니뿐이다."

나는 동균이에게 고구마 같은 사람이 되고 싶었다. 경쟁 속에 살다가 괴로우면 나한테 오라고 말해 주고 싶었다.

동균이가 대학에 입학했을 때는 집안 살림이 많이 어려워졌는데 악착 같은 생활 태도로 어려움을 하나하나 딛고 일어섰다. 개인 교수 아르바이트를 몇 팀이나 하여 집안 살림 돕고, 틈틈이 야학에 나가고, 〈상대 평론〉 편집 일하고, 상영논문상을 받고, 후배들 학습시키고, 학생 운동의 정책과 이론을 세우고, 자기 전공 학문에 으뜸이고. 나는 동균이만큼 강단 있는 사람을 아직 보지 못했다. 이런 모습을 보고 있으면 사람이 얼마나 많은 일을 할 수 있는지 사람에 대한 믿음이 생긴다. 내가 당하는 어려움은 어려움도 아니었다.

동균이는 어른이 되어서도 나를 끔찍이 챙겼다. 스승의 날이 되면 내게 꼭 돈을 부쳤다.

"야, 석아. 나는 너거 학부모 아이대이. 받아라. 이런 날 친구들하고 술이라도 한잔해야 될 거 아이가? 내가 부산 있었으마 잘 모셨을 낀데 미안하다. 선생질 잘해래이."

해직 당해 있을 때는 적잖은 돈을 부치기도 했다.

"야! 내가 돈을 벌마 좀 많이 벌어야 되겠는데…… 조금만 기다리바라. 내가 니 마음 놓고 선생질하구로 돈 대 주꾸마."

그리고 술에 취하면 이런 소리도 한다.

"야, 나는 이왕 돈벌이로 나섰고, 이래 되았다 아이가. 그라마 너거는 열심히 싸워 줘야지. 이것도 아니고 저것도 아니고 흐리멍텅한 새끼들이 와 이래 많노. 학생 때 운동하던 폼은 잡고 싶지, 돈은 탐이 나지. 양다리 걸치고 어정쩡한 새끼들. 꼴사납아 못 보겠다. 석아, 니는 그라지 마라이. 더럽은 돈은 내가 벌꾸마. 니는 지조 지키고 할 일 하고 살아라. 그래, 선생 해 가지고는 아들 서울 유학 보내기 어렵겠더라. 그렇지만 니는 걱정하지 마라. 내가 너거 아 공부 하나 못 시키 주겠나. 친구가 머꼬."

어려운 살림에 자기 꿈을 접은 친구가 안타깝다. 그러나 아무리 능력이 있다 해도 맨손으로 시작한 사업에 큰 부자 되기가 쉽나. 그러면서도 동균이는 돈 벌어 할 일이 너무나 많은 사람이다. 챙기고 보살필 사람이 그만큼 많다.

동균이는 늘 내 든든한 빽이다. 베푸는 모습은 어느덧 대동 아재를 닮아 가고 있다.

공부는 부모를 위해 해 주는 것이 아니다 – 하서영 선생님

내가 나에 대한 생각을 하게 된 것은 언제일까? 좀 진지하고 깊이 있게 생각한 것은 중학교 2, 3학년 때가 아니었나 싶다. 그전에야 나를 인식하기는 했어도 그것이 내 삶의 어떤 부분에 영향을 끼치는 정도는 아니었다. 옛날을 생각해 보면 스스로에 대한 생각을 하게 되면서부터 나는 어른들이 갔으면 하고 바라는 길에서 벗어났던 것 같다. 아니, 어쩌면 벗어나고 난 뒤에 돌아보니 거기 내가 있었는지도 모르겠다.

나에 대한 생각을 구체적으로 하게 한 사람은 우리 담임 선생님도 아니고 수업 시간에 들어오시는 선생님도 아니었다. 중학교 2학년 말 겨울 방학이 가까웠을 때였다. 어느 날 국어 선생님이 결근을 하시는 바람에 옆 반 국어 선생님인 하서영 선생님이 보강하러 들어오셨다. 그때 하서영 선생님은 우리 학교에서 인기가 아주 대단한 분이셨다.

"공부를 기차게 재밌게 갈차 준다 카더라."

"그래, 한 시간이 어째 지나가는지 모른다 카더라."

"웃다가 보마 애럽은 문법도 다 외아지고 지질로 공부가 된다 카더라."

"니, 아나? 기니디리비가 마니라에 가서 자음 접변하는 거. 나는 옆 반 아한테 비았다 아이가."

"그래도 썽 함 났다 카마 죽는데이. 저번에 있다 아이가, 3학년에서 쌈 젤 잘하는 행님 안 있나, 하서영 선생한테 걸리 가꼬 운동장 여서 저 구석까지 가민서 안 맞았나. 썽 한분 났다 카마 직인다 카더라."

"우리 학교 유도 선생도 하서영 선생 친구 아이가. 쌈도 잘한다 카더라."

우리에게 하서영 선생님은 거의 우상이었다. 그 반은 가끔 종례를 어둑할 때까지 했는데 무슨 이야기를 하는지 아이들은 쥐 죽은 듯 오도카니 앉아서 듣고 있었다. 그런 날은 동무를 기다리다가 하는 수 없이 먼저 가야 했다. 이런 선생님이 우리 반에 들어오셨다. 무슨 큰 기대를 하고 있는 우리에게 공책 한 장씩을 찢게 하더니 거기다가 '나는 왜 공부를 하는가'에 대해서 써 보라고 했다. 아주 재미난 이야기를 들을 것으로 기대하던 우리는 조금 실망했다. 그래도 나는 선생님의 말을 듣고 곰곰이 내가 왜 공부를 하는가 생각해 보았다. 내 행동에 대해, 내 삶에 대해 처음으로 곰곰이 생각해 보게 된 것이다.

아무리 생각해도 나의 어떤 것을 위해서 공부하고 있는 것 같지 않았다. 그렇다고 하는 수 없이 하는 것도 아니었다. 그럼 왜 공부를 할까? 그것은 어머니 아버지가 불쌍해서였다. 내가 고아 같았으면 마음대로 살아 버릴 텐데 어머니 아버지가 고생 고생해서 우리를 학교 보내는 그 보답 때문에 공부하는 게 아니고 무엇인가. 나 혼자 같으면 외항선을 타고 멀리 도망가서 걸뱅이로 살거나 이런 지겨운 공부 때려치우고 어디 아무 데나 돌아다니고 싶다. 그래도 내가 여기 학교에 다니고 있는 것은 부모님 때문이다. 생각해 보니 그런 것 같다. 아! 내가 하고 싶은 것은 어디 훨훨 다니고 싶은 거구나. 난 이런 이야기를 마구 썼다. 며칠 뒤 아이들이 내게 와서 난리다.

"하서영 샘이 니 글 우리 반에서 읽어 주더라. 2학년 이(E) 반 이웅시옷 시옷이라는 아라 카마 니빼끼 더 있나. 니가 그 글 썼제? 외항선 타고 토낄 낀데 엄마 아버지 때문에 못 그란다꼬."

나는 이게 글을 잘 써서 읽어 주었는지, 문제가 있는 놈이라고 읽어 주었는지 종잡을 수가 없었다. 그래도 내 글을 이 반 저 반에서 읽어 주고 있다니 기분이 좋았다. 그리고 그 주일 토요일이었다. 선생님이 나를 불렀다.

"니가 이상석이가? 음, 오늘 나하고 얘기 좀 하까? 가방 챙기 갖고 내려올래."

모습을 보니 꾸중하려는 것 같지는 않았다. 선생님은 나를 양과점으로 데리고 갔다. 기껏 학교 담벼락에 붙여 포장을 친 호떡집에 가서 5원에 두 개 주는 호떡이나 사 먹던 내가 양과점에 그것도 선생님과 함께라니. 설레고 조심스러웠다. 팥빵 곰보빵 이런 것을 한 접시 담아 내오고 우유도 가지고 왔다. 선생님은 무슨 주스를 마시는데 혼자 빵을 먹자니 여간 쑥스럽지 않다. 선생님은 그때 공부가 꼭 부모님을 위해 하는 것은 아니라고 말씀하셨겠지. 그런데 지금은 그 이야기는 생각나지 않고 빵과 우유만 생각난다. 우유는 오래 두니 위에 엷은 막이 생겨서 한 모금 마시다가 이게 입술에 붙는 바람에 미안해서 더 마시지 못했던 것 같다. 나는 단지 우리 학교 최고의 선생님과 단둘이 양과점에 앉았다는 사실이 너무 황송하고 기뻤다.

아, 이 말씀이 기억난다. 선생님은 가난하여 상고를 졸업하고 무슨 회사인가 은행인가에 취직하여 홀어머니를 모시고 살았는데 어머니가 늘 편찮으셔서 약값을 대기도 여간 힘든 게 아니었단다. 나중에는 주사약을 사다가 선생님이 직접 주사를 놓기까지 했단다. 그러나 어머니는 사다 놓은 주사약을 다 맞지도 못하고 돌아가셨고 선생님은 주사약을 치며 통곡하다가 손에 병 조각이 박혀서 손을 많이 다쳤다고 한다. 막상 어머니가 돌아가시자 자기가 하고 싶은 공부가 있어 그때부터 대학 공부를 하여 선생님이 되셨다고. 결국 공부는 부모님을 위해서가 아니고 자신을 위해 했다고. 공부는 부모를 위해 해 주는 것이 아니라 자기를 위해 하는 것이라고.

나도 사실 글을 그렇게 썼을 따름이지 밀항선을 타려고 자세히 계획을 세운 것도 아니고, 밀항만 하면 아무도 모르는 나라에 가서 미친 척하고 살면 그게 가장 속 편하겠다는 맹초 형의 말을 아주 선망하며

들었을 뿐이다. 그걸 마치 내가 무슨 계획이나 세우고 있는 듯이 썼겠지. 그 뒤로 선생님과 나는 아주 친한 사이처럼 되어 아이들이 나를 무시하지 못했다. 하지만 다시 얘기를 나눈 기억은 없다.

선생님은 내가 대학에 들어가고 난 뒤에 나를 위해 아르바이트 자리를 마련해 주셨다. 선생님 댁에 학생들을 모아 놓고 가르치는 일이었다. 선생님 반 아이들을 모아 주어서 나는 아이 모으는 걱정은 조금도 하지 않고 과외 수업을 할 수 있었다. 그때 받은 돈이 내가 정식 선생이 되어 받은 월급보다 많았다. 그걸 몇 년 동안이나 했다. 선생님이 아니었으면 대학 공부를 해내기 참 힘겨웠을 것이다.

그러면서 선생님과 수정 시장통 소주집에 앉아 소주를 많이도 마셨다. 선생님은 내가 대학에 들어가자 꼭 높임말을 해 주셨다. 내가 한사코 손사래를 쳐도 어림없었다. 왜 그러셨는지 모르겠다. 아이들 앞에서 내 권위를 세워 주려고 그러셨나. 내가 학생 운동에 관심을 가진 뒤부터 선생님의 생각이 너무 편협한 것 같기도 했지만 내게는 은인과도 같은 분이시다.

나는 아이들을 대할 때 선생님이 보여 주신 은혜를 생각한다. 하서영 선생님만큼 실제로 제자를 돕고 있는가. 말만 사정이 어렵겠구나 하고 넘어가지 않는가.

윤재와 우영이

고등학교 2학년. 반이 문과, 이과로 갈렸지만 이제 아이들은 누가 어떤 놈이다 하는 것은 대강 알게 되었다. 주먹의 서열도 대강 매겨졌고, 서로 친하고 먼 관계도 만들어졌다. 공부 잘하는 아이들은 그 아이들대로 자기 패거리가 있었고, 축구에 열심인 아이들은 팀을 만들어 시합에 나간다고 정신없었고, 학생회 패거리는 또 자기들대로 세력을 만들고 있었다. 그리고 학교 밖에서 노는 데도 대강 알게 되었다. 서면 외팔이 형 밑에 노는 아이들, 전포 독서실 깜상 패거리에 있는 아이들, 해운대 오케이 당구장 아이들 하는 식으로 이런저런 구도가 대강 그려진다는 얘기다. 그런데 도무지 모를 아이가 하나 있었다. 정윤재. 늘 혼자 다니는 아이. 그렇다고 공부를 열심히 하지도 않는다. 공부만 파고 있는 아이는 혼자 다니든 어울려 다니든 그게 그거니까 눈에 띄지 않는다. 패거리에서 그런 아이는 괄호 밖이니까.

윤재는 자기 패거리가 없어도, 공부를 잘하지 못해도 아이들이 함부로 대하지 못하는 어떤 힘이 있어 보였다. 키는 작았지만 눈빛에 아주 깡다구가 들어 있어 그럴까. 이런저런 패거리에서 함께 놀자고 해도 휩쓸리는 법이 없다. 어쩌면 패거리 믿고 껍죽거리는 아이들을 속으로 우습게 보고 있는지도 몰랐다. 소외된 아이가 아니라 아주 독립된 아이다. 그렇다고 꽁생원도 아니다. 말이 많은 것은 아니지만 자기 할 말을 하지 않는 것도 아니다. 어쩌다가 한번씩 내뱉는 말소리가 아주 쇳소리가 났다. 그 목소리에 이미 깡다구가 배어 있다.

아이들은 선술집에 혼자 앉아 술 마시고 있는 윤재를 보았다고도 했다. 거기는 아이들이 몰래 숨어들어 술을 마시는 그런 집이 아니었다. 시장 짐꾼들이나 리어카꾼들이 들러 국수를 말아 먹기도 하고, 소주 낱잔에 소금을 털어 넣고 나가는 그런 술집이었다. 밖을 바라보며 아주 태연히 소주잔을 들이켜고 있는 윤재는 교모까지 쓴 채였단다.

그리고 윤재는 시를 썼다. 자기 둘레 키 작은 친구들은 다 윤재의 시를 구경은 했다. 나도 보았다. 무슨 말인지 잘 모르겠다. 그래도 아주 허무한 냄새가 났다. 좀 멋있어 보였다. 그러나 이 녀석은 사람하고 어울리려 들지 않으니 윤재와 친해질 일이 없었다. 그냥 좋은 놈이다 싶었다.

우영이는 입학할 때부터 눈에 띄는 아이였다. 임시 반장을 뽑는데 선생님의 "반장 해 볼 사람?" 하는 말이 떨어지자마자 아주 우렁우렁한 목소리로 "저가 반을 이끌어 보겠습니다." 하고 말한 놈이었다. 그리고 얼마 안 있어 반장 선거 때 너끈히 반장에 당선되었다. 그런데 정작 반장이 되고 보니 아주 야비한 놈이라는 것을 알겠다. 걸핏 하면 학급비를 걷었다. 빗자루 산다고 걷고, 주전자, 컵 산다고 걷는 것이다. 얼마 안 되는 돈이라 아이들은 주저하면서도 냈다.

그런데 추석날 선생님 선물 산다고 돈을 걷었는데 무슨 선물을 어떻게 사 드렸는지도 말하지 않고 선생님께 자기 생색만 낸 듯했다. 분명히 적잖은 돈인데 그걸 선물값에 다 쓴 것 같지도 않았다. 소문에는 자기 집에서 선생님 드리라고 준 양주를 아예 학급비로 산 걸로 했다고 한다. 주로 재수생끼리 모인 우리 패거리에서 손을 좀 볼까 말까 했지만, 이 녀석 패거리도 만만치 않고 그래도 반장이라 참는 수밖에 없었다. 이때 윤재가 나섰다. 학급 회의 시간이었다.

"어이, 반장. 니 우리 돈 걷어 가지고 어데 어데 썼는지 말해 바라."

그러자 반장은 멈칫하더니 바로 칠판에다가 어디 어디 썼다는 것을 적어 나갔다. 아니나 다를까 양주 한 병 값만 해도 우리가 모은 돈과 얼추 맞먹는다. 또 몇 개를 더 적는데 이미 우리가 모은 돈보다 많다. 아이들은 말을 못 하고 고개만 외로 꼬고 있었다.

"어이, 반장. 너거 집 양주 장사하나?"

아이들이 와르르 웃었다.

"너거 아부지가 우리 돈 받고 양주 팔더나? 추줍게 그라지 마라."

반장은 얼굴이 벌게져서 딴소리를 둘러대었다.

"알았다. 양주 많이 팔아묵어라."

그날 오후 학교를 마치고 나서며 우리가 한잔하자고 했을 때 윤재는 씩 웃으며 한마디 했다.

"말라꼬? 모이 가꼬 우영이 그 새끼 욕 더 하자꼬? 나는 갈란다."

뒤도 안 보고 가 버린다.

2학년이 되었다. 윤재는 시를 썼으니 당연히 문과 반으로 왔다. 우영이도 나도 한 반이 되었다. 주제넘게도 우영이는 이번에도 반장을 하겠다고 나섰다. 아이들이 놈을 반장으로 뽑아 줄 리가 없지. 이렇게 된 뒤로 우영이 이놈은 아주 내놓고 야비한 짓을 한다. 어떻게든 패거리를 만들어 수작을 부렸다. 소풍 갈 때도 자기 친한 몇 명하고 따로 놀러 가 버렸다. 그때도 학급비를 걷어 선생님 드릴 점심도 사고 오락 시간에 쓸 상품도 사고 했는데 이놈은 그렇게 잘 걷던 학급비도 안 내고 자기들끼리 놀러 가겠다고 우겼다.

'아이구, 더럽다. 니 혼자 가거라.'

오히려 편하다 했는데 소풍 마칠 때쯤 우리 있는 데로 와서는 시비를 걸었다. 술이 한잔 된 상태였다.

"취했다, 그냥 가라."

우리는 되도록 상대해 주지 않았다. 그런데 이제는 교실에서 대놓고 힘없는 아이들을 괴롭히기 시작했다.

"야, 병근이, 라면 하나 묵자."

이러면 병근이는 라면을 사다 바쳐야 한다. 안 그러면 장난치는 듯하면서 병근이를 친다.

"니가 그래 돈이 없나. 내가 사께 가자."

이러면서 귀찮게 군다. 그동안 이 녀석은 조방앞 깡패들과 친해져서 함부로 갈구기도 어렵게 되었다. 점심시간에는 창틀에 발을 올리고 앉아 아이들이 갖다 바치는 라면을 후루룩거리며 먹었다. 요즈음처럼 컵라면이 있는 시절이 아니었으니 식당에서 끓인 라면을 그릇째 사 들고 와야 한다. 3층까지. 국물을 쏟았다며 사 온 아이를 타박하기 일쑤다.

여름 방학 때는 우영이가 해운대 천막 장사하는 데 갔다는 소문이 났다. 해운대 '통'들이 하는 천막에서 일했다면 알아줘야 한다. 아주 새까맣게 되어 나타난 놈은 이제 아무도 덤비지 못할 정도로 든든한 세력을 만들고 있었다. 이제는 1학년 아이들을 불러 어깨를 주무르게 하기도 하고, 그 아이를 원숭이 놀리듯이 놀린다. 노래를 시키거나 춤을 추게도 한다. 아이들은 그게 재미있다고 덩달아 놀려 댄다. 1학년 놈들 가운데 좀 껄렁거리는 놈들은 다 우영이에게 불려 와 이렇게 당하고 간다. 그 뒤부터 이놈들은 우영이를 아주 자기 형이나 되는 듯이 찾아와서 "형요, 형요." 하면서 아양을 떤다. 그러면서 자기들은 1학년에서 '가오 잡고' 있겠지.

3학년 가운데 권투 선수인 형이 있었는데, 우리 학교 수상(우두머리)이었다. 우리는 그 형을 대놓고 "수상 형."이라고 했다. 이 형이 우영이를 불렀다고 한다.

'이 새끼 수상 형한테 죽을 거야!'

그런데 어찌 된 판인지 그 형도 우영이를 아주 잘 보아주고 있다는 것이다.

"형은 우영이가 잘하고 있다고 생각하요?"

"아, 글마 너거 말하고 다르더라. 의리도 좋고, 아 새끼 말해 보이 좋은 놈이던데."

수상 형은 오히려 우리가 우영이를 나쁘게 말한다고 하면서 그러지 마라고 한다. 이제 이놈은 겁날 데가 없다. 나는 그놈 꼴 보기가 역겨워서 아이들 몇과 도시락을 들고 뒷산에 가서 밥을 먹었다. 어떻게 한판 붙어야 할 것 같은데 용기가 생기지 않았다.

"한 번만 더 해 봐라. 우리한테 그래 봐라, 그때는 안 참는다."

이렇게 재고만 있었다. 패거리가 아무래도 만만치 않아 보였기 때문이다. 서서히 우영이는 2학년 통으로 인정받고 있었다. 학교 아래 술집에서 술 마시고 있다가 늦게 집에 가는 아이들을 불러다가 술값을 빌려 달랜단다. 아이들은 꼼짝없이 돈을 뺏기고 말았다. 머리 기른 깡패들과 함께 둘러앉아 술 마시는 놈에게 어떻게 달려들 엄두를 내나. 오히려 놈에게 빌붙는 놈이 늘어 갔다. 이런 놈의 짓거리를 보고 있기가 참으로 치욕스러웠다. 그래도 달려들지는 못했다.

윤재가 집에 가다가 우영이를 만난 것이 이즈음이었다. 그날도 술이 한잔 되어서 벌건 얼굴로 골목을 누비는데 윤재가 지나갔다.

"야, 윤재 니 잘 만났다. 오늘 니 내하고 한잔하자. 여기는 우리 형빨인데 인사나 하고."

"일없다."

"씨발 늠아. 인사하라는데 그것도 못 하나."

옆에 섰던 깡패들이 윤재를 잡아 팼다. 사실은 윤재를 길목에서 기다리고 있었을 게다.

"형, 이라지 마소. 내 친군데 내가 손보께요."

우영이는 말은 이렇게 해서 말려 놓고 도리어 자기가 윤재를 팼다.

"윤재 니가 우리 형들한테 이랄 수가 있나, 으? 좀 맞아라."

윤재는 아무 소리 안 하고 맞고 갔단다. 하는 수 없었을 것이다. 다음 날 신신 파스를 목 언저리에 두 장이나 붙이고 왔으면 얼마나 맞았는지 알겠다. 우리가 이 사실을 알게 된 것도 우영이 입을 통해서였다.

"야, 윤재. 요 와 바라. 어제는 미안했다이. 형빨들이 화가 나서 그랬다 아이가. 그래도 그 정도 맞은 것이 다행인 줄 알아라. 내 아이랐으마 니는 더 맞았다."

윤재는 자리에 앉아 들은 체도 안 하고 밥을 먹고 있었다.

"아, 그 새끼, 말도 안 하고 밥만 처묵네."

그래도 윤재의 깡다구가 겁이 났던지 우영이는 그 정도로 눙치고는 어느 놈이 사다 주는 라면을 후루룩거리며 먹고 있었다. 예나 다름없이 창틀에 다리를 얹고서.

그때 윤재가 천천히 일어났다. 교실 뒷문 쪽으로 갔다. 우리는 윤재가 교실을 나가는 줄 알았다. 교실 뒷문에는 우리 주먹보다 큰 시커먼 자물통이 매달려 있었는데 그걸 집어 든 줄은 아무도 몰랐다. 돌아

앉아 라면을 먹고 있던 우영이에게 자물통을 든 윤재가 뚜벅뚜벅 걸어갔다.

"새끼야, 죽어 뿌라. 좆만 새끼."

윤재는 자물통으로 사정없이 우영이의 오른쪽 어깨를 내리쳤다. 아주 순식간에 일어난 일이었다.

"으아악!"

우영이가 라면 국물을 뒤집어쓰고 교실 바닥에 나뒹굴었다. 얼굴이 새파랗게 질려 벌벌 떨고 있었다. 기절한 것 같다. 아이들이 우르르 몰려들었을 때 윤재는 아무 소리 안 하고 자물통 든 손을 늘어뜨리고 있었다. 우영이는 신음 소리도 제대로 못 내고 벌벌 떨고 있는데 아이들이 들쳐 업자 팔은 이미 늘어져서 제 몸에 붙어 있는 것 같지 않았다. 병원으로 실려 간 우영이는 수술까지 받았다. 어깨뼈가 몇 조각으로 부서져 버렸단다.

일이 크게 벌어진 셈이었다. 그러나 우리는 학교로 부모들이 불려오고 선생님들이 회의를 열고 하는 일에는 관심이 없었다. 우리 관심거리는 우영이 패거리가 어떻게 나오는가였다. 그런데 참 이상한 일은 아무도 윤재에게 쓰다 달다 말을 안 하는 것이었다. 우영이 옆에서 알짱거리던 놈들은 아예 기가 팍 꺾여 아무 소리도 안 하고 있었다. 자기들도 우영이 하는 꼬락서니가 못마땅했던 것일까. 해운대에서 장사를 함께 했다는 형빨들도 아무 소리 없고, 조방앞에서 논다는 깡패들도 소식을 알 텐데 아무 소리 없었다. 알고 보니 우영이가 자기 말로 허풍만 쳤지 그치들과 친하게 어울리지도 않은 모양이었다. 해운대에서 장사한 것도 그저 동네 아는 사람이 그 장사를 하자 거기 가서 일한 것뿐, 해운대 통이니 뭐니 한 것도 다 제 혼자 한 소리라는 것이다.

윤재가 홀어머니 밑에 있다는 것도 그때 알았다. 중학교 때는 한 반 아이와 싸웠는데 흠씬 두들겨 맞고도 날마다 그 집 앞에 가서 또 붙자고 달려드는 바람에 그 집 부모가 찾아와서 치료비에 보상금도 줄 테니 제발 그러지 말라고 통사정을 한 일도 있단다. 우리는 우영이 치료비를 모았다. 우영이를 위해서가 아니고 윤재를 위해서였다. 선생님께 이때까지 우영이가 한 일도 다 이야기했다. 누구도 참기 어려웠을 것이라고. 선생님도 우영이의 그런 태도를 대강은 알고 있었다고 한다.

윤재는 무기정학을 먹었다. 치료비는 얼마를 보상했는지 모르지만 윤재 자형이 돈을 많이 냈다는 소문만 들렸다. 우영이는 한 보름 병원에 있다가 나왔다. 팔에 깁스를 하고 나타난 우영이가 윤재를 어떻게 대할까. 그러나 우영이는 아주 딴판으로 윤재에게 먼저 악수를 청하는 것이었다.

"어이, 윤재. 이것도 인연인데 친하게 지내자."

아주 배포 큰 사나이로 보이는 것이 아니라 꼬리를 내리면서도 허풍을 떠는 모습으로 비쳤다. '놀고 있네, 그 새끼.' 이제 우영이는 아무것도 아니었다. 완전히 망가진 신세가 되어 버렸다. 1학년도 찾아오지 않고 더 이상 라면을 사다 바치는 아이도 없었다. 윤재는 옛날 그대로 아무 변화가 없다. 워낙 말없이 혼자 지냈으니 영웅으로 추켜세워지지도 않았다. 깡다구 하나는 알아줘야 한다는 것뿐이었다.

우영이는 다 낫고 나서도 한동안 팔을 제대로 못 썼다. 세월이 오래

지나야 낫는단다. 졸업하고 나서도 제 버릇 못 고치고 모르는 사람들에게 공갈치는 것은 여전하다고 했다. 이제는 그 우렁우렁한 목소리와 멀쑥한 허우대로 여자들 꼬드기는 데 열을 올린다는 소문이 들렸다. 윤재는 졸업하고 자형 사업하는 것을 도와주러 간다고 했는데 그 뒤로는 소식을 모른다. 틀림없이 자기 일만 열심히 하고 있을 것이다. 아무 소리 없이.

내가 고등학생들과 함께 산 지 20년이 넘어도 윤재 같은 아이를 만나지는 못했다. 힘이 조금 있어 보인다 싶으면 그냥 그 앞에 엎어져서 알아서 기는 아이들만 보았다. 이 세상 사람들 사는 모양도 다 그런 것 같다.

대학에서 사귄 사람들 – 상룡, 상배, 재웅

나는 대학마저도 가고 싶은 데 못 갔다. 시험과 학교에 대한 지독한 열등감과 거부감이 씻을 수 없는 상처가 되어 가슴에 못으로 박혔다. 같은 과 아이들도 나보다 두 살이나 어리다. 재수할 때 입던 한복 바지를 입고 '복덕방 스웨터'에 고무신을 질질 끌고 학교에 다녔다. 학교생활이 시답잖다는 뜻이다. 아이들이 서클에 든다고 난리 칠 때도 거들떠보지도 않았다. 혼자 어슬렁거리며 다녔다. 늙은 대학생 티를 내고 싶었다.

그러다가 하루는 학보사 간판을 보고는 한번 기웃해 보았다. 나도 고등학교 때 신문 만들어 전국학보콘테스트에서 상도 받았는데 하고는. 신문 편집 용지와 책들이 어지럽게 흩어져 있는 방에 한 사람이 등을 돌린 채 앉아 있다가 기척을 느꼈는지 걸상을 빙 돌려 돌아다본다. 세상 고민을 다 안은 듯한 얼굴이다. 눈이 뱅뱅 도는 두꺼운 뿔테 안경을 끼고, 주걱턱에다가 입은 한 일 자로 굳게 다물었다. 어떻게 보면 아주 험상궂고 또 어떻게 보면 천진스러운 개구쟁이가 짐짓 지어 보는 얼굴이다. 심심하던 차에 잘 왔다는 듯이 고개를 약간 뒤로 젖히고 바라본다.

"여어가 학보삽니까?"

"그렇소만?"

말도 아주 깔보는 듯, 멋을 부리는 듯, 아니면 젠체하는 꼴이다. 나도 지지 않았다.

"관심을 가져 볼까 합니다만."

"신입생은 아닌 것 같고……, 편집에 관심이 있소?"

"늦은 신입생이오."

"그으래요오? 당돌하구만."

그러고는 비웃듯이 웃는다.

"고등학교 때 신문 만들어 봤소?"

"조금."

"어디요? 무슨 신문?"

"〈경고월보〉요."

"뭐시라, 경고워얼보오?"

당장 말투가 달라진다.

"니, 및 기고 인마."

'이크!'

나는 <배고학보>를 만들었다는 말이 바로 나오지 않아 학보콘테스트 시상식장에서 만났던 경남고 아이를 생각하며 둘러댄 말이었다. 그만큼 내 출신 학교 이름 대기가 어려웠다. 창피하다. 배정고라니.

"꼭 그렇다는 거는 아이고……."

나는 꼬리를 사리며 나와 버렸다. 그 사람은 별놈 다 보겠다는 듯이 멀거니 섰다가 등에 대고 고함을 친다.

"니, 이 새끼, 경고 맞제?"

이상룡과 나는 이렇게 만났다.

두 번째는 학교 앞 술집에서다. 느지막이 학교로 올라가다가 오늘도 여기서 한잔하고 시작할까 하고 막걸리집을 기웃거리는데 누가 구석 자리에서 소리를 친다.

"어제 도망간 양반. 어이, 핫바지. 이리로 오시지."

이렇게 만나서 통성명을 하고는, 교문에 들어가지도 않고 하루 종일 마셨다. 이야기할수록 정이 가는 사람이다. 더러운 세상 술 안 먹고 어떻게 사느냐, 교수들 그 유신 앞잡이들 강의 들으면 뭐하느냐, 취하지 않고서는 이 세상을 살아갈 수 없다 하는 품이 내 마음에 쏙 들었다. 이상룡도 얘기 받아 줄 친구가 없었는데 잘되었다는 듯 끝없이 이야기를 이어 갔다. 그날로 이상룡은 내 형님이 되었다. 하는 행동이나 나를 배려하는 모습은 바로 형님이었다. 경고가 아니라도 좋으니 학보사에 들어오란다. 거절했다. 처음의 행동이 창피했기 때문이었다. 그런데도 우리는 아주 친해졌다. 거의 날마다 학교 앞 막걸리집에서 만났다.

이상룡과 늘 함께 다니는 친구가 있었는데 이름이 김상배다. 상배는 장준하 선생이 조금 살졌다 하면 될 얼굴이다. 게다가 장준하 선생을 가장 존경한다고 했다(훗날 장준하 선생이 느닷없이 등산길에서 돌아가셨다는 소식을 듣고 상배는 며칠을 미친 듯이 울었다). 정치가가 되겠다는 법대생 상배는 늘 반듯한 자세로 앉아 술을 마신다.

"동숭(동생), 한잔허세. 우리 장준하 선생 건투를 빌며!"

우리 셋은 모두 '서로 상(相)' 자를 가지고 있어서 더욱 남달라 보였다. 相龍, 相培, 相奭. 얼마 되지 않아 술집 동네에서는 소문이 났다. 앉으면 김지하의 '오적'을 이야기하거나 지나간 〈사상계〉를 들고 이야기를 했다. 그때 〈사상계〉는 박정희 군사 독재를 비판하는 사람들의 교과서였다. 그런 우리를 보고 사람들이 놀렸다.

"쓰리 상이 또 모였구나. 언제 세상을 엎을랑고?"

정말 세상을 엎고 싶었다. 늘 술상이나 엎으면서도. 대학 생활이 그나마 이 두 사람 때문에 살 만하게 되었다. 봄이 무르익자 내가 제안했다.

"형, 우리 막걸리 통 들고 학교 뒷산 가서 냇물에 발 담그고 마시자."

상룡 형은 캬캬캬 웃으며 손뼉을 친다.

"풍류를 아는구만, 풍류를. 그랴, 갑시다, 동숭."

상배 형도 법대생 머리에서는 도저히 안 나올 발상이라며 뛸 듯이 좋아한다. 당장 술통과 두부김치 안주를 들고 학교 뒷산으로 올라갔다. 여학생들은 삼삼오오 책을 끼고 유유히 걸어다니다가, 대낮부터 불콰한 얼굴로 술과 안주를 들고 산에 오르는 우리를 두고 키들거렸다. 우리는 그들의 무식을 한껏 비웃으며 냇가로 찾아들었다. 이럴 게 아니라 우리 포석정 식으로 마시자. 잔에 술을 부어 띄우면 돌아가면서 마시기다. 냇물이 남실거려서 술잔에 냇물이 반이나 흘러넘쳐도 그게 맛있다고 부어라 마셔라 끝이 없었다.

상룡 형 노래는 일품이었다. '명태'를 그렇게 잘 불렀다. 나는 외할매한테 배운 '장한몽가'를 불렀다. 상배 형은 '학도가' '독립군가'를 부르며 주먹을 쳐든다. 그러다가는 억눌린 세상에 대고 고함을 치다가 눈물을 질금거리기도 했다. 그럴 때마다 대동 아재 생각이 났다. 왜 바른 생각 가졌다는 죄 하나로 이토록 오랜 세월 감방에 계셔야 하나. 하지만 우리는 조직을 만들거나 철저한 싸움을 하기 위한 준비는 하지 못했다. 그저 한탄이나 하며 술 마시는 룸펜이었을 뿐이다.

상룡 형은 정말 풍류를 아는 사람이었다. 집에 가 보고 알았다. 그림도 곧잘 그려 작품 여럿이 걸려 있고, 피아노 위에 촛불을 밝히고 우리를 위해 피아노를 쳐 주기도 한다. 붓글씨에도 조예가 깊다. 그 집에 선대부터 내려온, 금강산을 그린 두 폭짜리 병풍이 있었는데 그 병풍 앞에서 술을 마시면 금강산 신선이 된다며 너스레를 떨었다. 그리고 그림에 대해, 음악에 대해, 세계의 술에 대해, 나중에는 우리나라 젓갈과 된장에 대해 온갖 이야기를 다 한다. 자잘한 상식은 모두 이 형에게서 배웠다. 상룡 형은 나중에 〈뿌리깊은나무〉 기자를 지내며 《이제 이 조선톱에도 녹이 슬었네》라는, 잊혀져 가는 우리 문화의 지킴이들을 다룬 책을 만들기도 했다.

우리는 자갈치에도 자주 갔다. 자갈치 부둣가에는 멍게, 해삼, 고래고기를 파는 좌판이 죽 늘어서 있었다. 지금의 풍치와는 사뭇 달랐다. 가난한 술꾼들이 모이는 가난한 동네였다. 우리는 단골 좌판에 앉아 술을 마셨다. 비릿한 바다 내음과 사람들의 왁자지껄한 소리, 망개떡 장수, 말린 장어 장수, 껌 파는 아이들, 다리 없는 사람이 바닥에 엎드려 밀고 다니는 작은 수레, 거기에는 이태리타월, 수세미, 고무줄 같은 것이 실려 있었다. 상룡 형은 고무줄도 사고 망개떡도 사고 껌도 사고 들이미는 족족 하나씩은 다 샀다.

"형은 그래 돈이 많소?"

"내일 굶으마 될 거 아이가."

그래도 내 보기에는 형이 돈이 많은 것 같았다. 술값은 거의 형이 다 냈으니까.

한번은 음대에서 바이올린을 전공하는 사람이 자갈치를 지나다가 우리 술자리에 끌려와 앉았다. 가끔 막걸리집에서 자리를 함께한 사람이기도 했다. 취기가 오르자 그 음대생에게 굳이 바이올린을 연주하란다. 마침 영도다리 위로 달이 떠오르고 있다. 초가을 바람도 제법 쓸쓸하게 분다.

"니, 바이올린이 아주 고급인 줄 아나? 귀족들만 듣는 거야? 여기 고래 고기 아지매, 해삼 아지매, 멍게 아지매 그리고 이 달빛과 가을 바람 앞에 연주를 하지 못하겠다면 당장 뚜디리 뿌사라, 그 빠이롱!"

음대생은 형한테 이런 소리 열 번도 더 들었다며 넌지시 바이올린을 켠다. 가스등이 노랗게 곧추선 좌판 앞에서 달을 등지고 가을 노래를 연주한다. 소리야 들리든 말든 그 풍경이 너무나 아름다워 소주를 끝도 없이 마셨다.

한참 취기가 오르는데 상룡 형이 슬며시 옆 좌판으로 옮겨 해삼 흥정을 한다. 할매, 이거 요만큼 얼마요? 저기 큰 거는 얼만데요? 이러고

설레발을 치다가 할매가 한눈판 사이 해삼 한 마리를 통째로 낼름 집어삼킨다. 그러다가 그만 욱욱거리며 어쩔 줄 모른다. 미끄러운 해삼이 목구멍에 걸린 것이다. 한참 만에야 캑캑하더니 해삼 한 마리를 그대로 토해 놓는다. 어리둥절한 할매를 두고 상룡 형이 하는 말이다.

"할매, 내가 낳은 이 해삼 얼마 줄라요? 사소."

"아이고, 해삼 장시하다가 사람 잡겠다. 까딱하마 죽는다, 이 삼들아."

할매는 해삼을 썰어 그냥 먹으라고 내민다. 상룡 형은 개구쟁이이기도 했다. 분위기가 질펀해지기 시작하면 똑바로 앉아 술잔을 들던 상배 형이 나선다.

"동숭, 이러다가 우리는 정말 하릴없는 쁘띠부르조아가 되어 타락하겠다. 아니 이미 타락했나?" 하고는 다시 주먹을 치켜들고 '학도가'를 부른다. 내 대학 1학년은 이 형들과 함께 흘러갔다.

2학년 가을, 나는 유신 철폐 시위를 벌였다가 무기정학을 당했다. 복학을 기다리다 지쳐 군에 가 있을 때 상배, 상룡 형은 제적을 당했다. 상배 형이 독재 타도 글을 쓰고 상룡 형은 그 글을 실은 신문을 제작, 배포한 죄였다. 상룡 형은 그때 학보사 편집부장이었다. 졸업 한 학기를 앞둔 때였다.

제대하고 복학했을 때 세상은 더욱 암담했다. 국민의 저항이 거세질수록 박정희는 사생결단, 폭압의 강도를 더해 가고 있었다. 우리는 다시 술을 마시지 않을 수 없었다. 그때 우리에게 나타난 사람이 이재웅이다. 이 친구는 연세대학교에 다니다가 민청학련 사건에 연루되어 징역을 살다가 풀려났단다. 사람 좋아하는 상배 형과 연줄이 닿아 우리 삼총사에 합류했다.

그런데 재웅이가 노는 것은 우리와 좀 달랐다. 착실히 아르바이트를 해서 어려운 집안 살림에 신세지지 않으려는 태도도 달랐고, 시간을 쪼개어 고아원 아이들 가르치는 일은 더더욱 달랐다. 아무리 함께 술을 마시고 밤을 새워도 자기 할 일은 빈틈없이 하고야 마는 친구였다. 아픔으로 따지면 우리는 재웅이에게 견줄 것이 못 되었다. 재웅이의 징역살이가 아픔이 아니었다. 어릴 때부터 따르고 존경하던 고모부가 인혁당 사건에 연루되어 사형을 당한 것이었다.

"상석 씨, 이 이야기는 참 하기 어렵지만 합니다. 사실 우리 고모부는 박정희 손에 죽었습니다. 사람들이 인혁당 뭐라고 하면 그 말한 사람부터 멀리하지요. 그 인혁당 사건으로 돌아가신 겁니다. 우리 아버지 어머니는 어떻겠습니까. 그래도 우리 식구는 악착같이 삽니다. 숨죽여 피 울음을 울면 울었지 내놓고 울지도 못합니다."

우리는 재웅이 앞에서 부끄러웠다. 상룡 형은 사는 게 다 다르다고 큰소리쳤지만 술로 세월 보내는 것은 조금씩 잦아드는 것 같았다. 재웅이는 무절제한 우리 생활을 알게 모르게 견제하고 있었다. 나이가 제일 어리니 대놓고 우리에게 말을 한 적은 한 번도 없지만 행동으로 우리의 대책 없는 낭만성을 꼬집는 것이었다. 재웅이를 알고 나서야 조직 운동이 얼마나 중요한지, 우리나라 학생 운동의 판세가 어떠한지, 세계정세의 그물 속에 얽혀 있는 우리나라 처지는 어떤지 조금 눈을 떴다. 그전까지는 오직 가슴으로 느껴지는 억압의 아픔에만 허덕였던 것이다.

내가 대학에서 친구로 사귄 사람은 이 셋이다. 상룡 형한테서 풍류를 배우고 상배 형한테서 기개를 배우고 재웅이한테서 낭만에만 빠지지 않는 절제를 배웠다.

아! 그런데 이미 상배 형은 우리 곁에 없다. 세상살이에서 느닷없이 하루아침에 이승을 떠날 수도 있다는 무서운 사실을 가르치고 갔다.

저항이 아니라 침묵할 자유조차 허용하지 않은 박정희

박정희가 쿠데타를 일으켰을 때 나는 여덟 살. 아무것도 몰랐다. 열 살 때 대통령 후보로 벽보에 붙은 박정희 사진을 보면서 늙은 윤보선보다 훨씬 좋다고 생각했다. 혁명 공약을 외우면서 컸다. 박정희는 우리나라를 구한 훌륭한 대통령이었다. 한일 회담 반대 데모가 한창 일어났을 때, 아버지는 군인 놈들이 나라 팔아먹는다고 화를 내셨다. 그때가 중학교 1학년이었는데, 아버지는 언제나 정부가 하는 일은 못마땅해하는 사람이었으니 으레 그러려니 생각했을 뿐이다. 오히려 사사건건 저 죽일 놈들 하는 아버지가 미웠다. 내 기억에 아버지는 단 한 번도 정부가 하는 일을 잘한다고 한 적이 없었다. 늘 죽일 놈들이었다. 그러다가 조금씩 아버지 말씀을 이해하기 시작했다. 무엇보다도 내가 가장 존경하는 대동 아재도 박정희가 아주 독재자가 되었다고 한탄하지 않던가.

고등학교 1학년 때, 삼선 개헌을 한다는 소리를 들었다.

"한 번 하고, 두 번 하고, 또 할라 하나."

어린 마음에도 이 짓은 잘못되었다 싶었다. 4·19도 고등학생들이 먼저 일으켰고, 일제에 저항한 광주학생의거도 고등학생이 주동이 되었다는데 우리는 지금 뭐 하고 있나. 우리도 대학생들처럼 들고일어나야 하지 않을까. 그때 부산고등학교에 다니던 동균이가 나를 찾아왔다.

"서울에서는 고등학생들도 가슴에 검은 깃을 단단다. 이제 우리나라 민주주의는 죽었다는 뜻으로. 우리 학교는 내가 먼저 나서서 깃 달기를 할 끼다. 니는 너거 학교에서 좀 해라."

"학교에서 머라 하마 우짜노?"

"그냥 깃만 다는데 머라 카겠노."

"그래, 하자."

막상 일을 시작하려니 쉽지가 않다. 깃을 마련하는 일도 그렇지만 아이들에게 나누어 줄 일이 막막했다.

'뭐라 하면서 주노. 아이들이 선뜻 응해 줄까. 학교에서는 퇴학시키려 하겠지.'

겁이 났다. 선생님께 여쭈어 보자. 우리 윤 선생님은 도와줄지 모른다. 그러나 윤 선생님은 뜻은 가상하지만 어린 너희가 나설 때가 아직 아니라고 하셨다. 아이들도 별로 모를 뿐 아니라 너만 다치게 된다면서, 어른인 내가 미안하다면서 아주 오랫동안 이야기하셨다. 동균이에게 미안하지만 우리 학교에서는 못 하겠다고 생각했다. 동균이도 어떤 사정이었는지 모르지만 깃 달기를 못 했다. 그래도 우리는 남다른 생각을 가지게 된 것에 조금은 우쭐했다. 나라를 걱정하는 청년이 되어 가는 기분이었다. 정치에 조금씩 관심을 가지게 되었다. 그러나 그뿐이었다.

박정희가 만든 것 가운데 당장 나를 못살게 하는 것은 교련 수업이었다. 이걸 수업이라고 해도 되는지 모르겠다. 교련 사열을 받을 즈음에는 아예 공부를 할 수 없었다. 일주일은 날마다 그것만 연습할 때가 있었다. 도대체 군복을 입은 사람이 지휘봉을 들고 우리 배를 쿡쿡 내지르다니 말이 되나. 어떤 아이는 교관에게 "선생님, 선생님." 하더라마는 나는 한 번도 선생님이라고 부르지 않았다. 악착같이 "소령님, 대위님." 이었다. 이렇게밖에 저항할 수 없었다.

"무찌르자 공산당, 쳐부수자 북괴군, 뭐뭐 하자 김일성(김일성 앞에 붙인 말은 도저히 기억나지 않는다)."

이런 구호를 시킬 때는 정말 씁쓸했다. 아버지는 동포에게 총을 쏠 수 없다고 오른손 집게손가락을 잘라 버렸다는데 나는 이게 무슨 꼴이고. 생각 같아서는 교련 반대 데모라도 하고 싶었다.

1971년 4월 제7대 대통령 선거. 내가 고등학교 3학년 때다. 민주공화당 박정희와 신민당 김대중 후보가 맞붙었다. 그때 일기에 이렇게 써 놓았다.

1971년 4월 10일 토요일 맑음

이상하리만치 김대중 씨에게 마음이 쏠려 그의 당선을 두 손 모아 빌고 싶다. 무엇이 어떻든 간에 정권이 교체되어, 제발 새로운 봄을 이루어 주었으면 좋겠다.

아는 바 없는 정치 상황일지라도 부글부글 끓고 있는 부패의 씨를 누구라도 잘라 내 주었으면 좋겠다.

거리마다 벽보에 유독 김대중 씨의 것만 쪽쪽 찢긴 것을 보고 타오르는 울분을 참을 수 없었다. 가야 시장에서 풀을 사서 찢긴 포스터를 붙이며 돌아다녔다.

어떤 사람일진 모르나 진정 말대로 나라 위해 희생할 사람의 당선을 간곡히 빈다. 별 관심 쓸 필요 없는 내가 너무 흥분해 있는 것이 야릇하다만 울분에 떠는 마음과 간절히 기도하는 마음을 속일 수 없다.

1971년 4월 24일 토요일 맑음

박정희 유세장에서 느낀 점. '더러운 새끼.'와 '슬픈 망조.'

유세장을 나와 맹초, 재동, 창근이와 한잔. 과외 수업비로 술을 마셨다. 취생몽사.

1971년 4월 28일 수요일

울고 싶은 마음.

병이 무슨 병인지 알면 치료라도 할 수 있다. 그러나 병도 모르게 고통도 없이 자꾸 악화된다면 끝내는 큰 수술을 해야 하는 불행이 온다.

부정이 부정으로 폭로되지 못하는 사회.

과연 안정일 수 있을까.

김대중 씨는 끝내 낙선하고 말았다.

박정희는 끊임없이 나를 괴롭히고 있었구나. 어떻든 우리 삶은 정치 현실에 영향받지 않을 수 없었구나.

1972년 10월 17일, 비상조치를 선포하면서 유신 체제로 들어서던 날. 초가을의 싸늘한 바람이 신문 가판대를 흔들고 있을 때, 박정희 사진에서 섬뜩한 살기를 느꼈다. 까불면 죽여 버리겠다는 것이다.

"이번에 우리가 잘못하면 우리나라는 더 이상 선거가 없는, 영구 총통제가 될 것입니다, 여러분!"

이렇게 외쳤던 김대중 후보의 말이 그대로 들어맞는구나. 나는 피할 수 없는 절망과 분노를 느꼈다. 아버지는 우리 국민이 당해 봐야 한다고, 그렇게 사람을 볼 줄 모르는 이 무식한 백성은 당해도 싸다고 하면서 술을 마셨다. 재수생인 나도 술 한잔으로 울분을 토하고는 또 잊어버렸다. 생각 안 하고 살면 아무 불편 없다. 하지만 알게 모르게 우리 목을 조르고 있는 듯한 답답한 심정 또한 떨칠 수 없다. 유신 박정희는 이렇게 나를 억누르고 있었다.

대학에 입학하면서 불편한 심기는 더욱 심해졌다. 그러나 일기를 쓸 때나 그렇지 평소에는 연애질에 정신이 없었고, 야유회다 배구 대회다 야구 대회다 해서 정신없이 놀았다. 정신이 조금 들어 있을 때가 상룡, 상배 형과 술을 마실 때였다. 이 사회가 우리를 술 마시게 한다면서, 이런 시대 우리가 취하지 않으면 어떻게 사느냐면서 끝없이 술을 마시고 돌아다녔다. 아버지가 외도를 하는 집 아들이 마음 놓고 타락해도 거리낄 것 없는 것처럼.

1974년 1월 박정희는 한술 더 떠서 긴급 조치를 발동한다.

2학년, 개학이 되자 이제는 더 견딜 수 없었다. 이대로 술만 마시고 있기에는 부끄러워 살 수가 없었다. 서울에서는 하루가 멀다 하고 시위가 일어났고, 휴교령이 내리고, 학생들이 잡혀가는데도 우리 학교에는 아무런 기미가 보이지 않는다. 법대 쪽에서 무슨 기미가 보이는 것 같은데 겉으로 드러나지는 않았다. 상룡이, 상배 형도 술만 마시고 있을 뿐 말이 없었다. 봄 햇살은 무심하게 반짝거리는데 나는 그 좋아하던 봄을 즐길 수도 없었다. 그러나 또 어떻게 하지도 못했다. 학교는 열렸다 닫혔다 하면서 겨우 1학기를 넘겼다. 2학기가 시작되었다. 아직도 우리 학교는 무풍지대다. 밤에 잠자리에 들면 천장이 무거운 쇳덩이가 되어 내리누르는 것 같다.

못 참겠다!

9월 중순이었을 것이다. 같은 과 동무인 상진이와 규장이에게 말했다.

"우리 문리대에서 먼저 시작하자. 믿을 선배도 없고 조직도 없다. 우리가 순수한 마음으로 깃발을 들자."

그날 밤. 범냇골 산동네 상진이네 다락방에서 우리는 선언문을 썼다. 〈사상계〉를 펴 놓고 급하게 공부를 했다. 여러 자료를 펴 놓고 여기저기서 주워 모은 글을 흉내 내며 선언문을 써 나갔다. 지금 생각해도 가슴 떨리는 기억이다. 선언문을 안주머니에 깊이 넣었다. 이제 사람을 모으기만 하면 된다.

"상진이 너는 여학생이 많은 가정과, 음대, 미대 아이들을 모으고, 규장이는 수학과, 교육과를 맡아라. 나는 우리 과하고 사학과 그리고 나머지를 맡을게. 그리고 상진이 너는 애국가 부를 때 지휘도 좀 하고 앞에서 크게 불러라. 처음에 위축되면 안 된다. 선언문 낭독과 시위 주도는 내가 할게."

다음 날, 대강의실에 학우들을 모았다. 쉽게 모을 수 있었다. 모두 기다리고 있었다는 듯 모여들었다. 학생처 사람들과 교수들이 올라왔을 때는 거의 자리가 차 있었다. 그들도 이미 가득 모인 학생들 앞에 어쩌지를 못했다. 애국가를 부르고 내가 선언문을 낭독할 때 대강의실은 침 넘어가는 소리도 들릴 정도였다. 처음에 떨리던 목소리가 분노로 차오르면서 짜랑짜랑 강의실을 울렸다. 우리는 어깨를 겯고 강의실을 박차고 나갔다. 운동장을 서성이던 학생들이 대열로 들어섰다. 운동장에 흙바람이 자욱이 일었다. 비로소 나는 부끄러움에서 벗어날 수 있었다. 눈물이 났다.

벌써 학교 측에서 닫아건 교문 앞에는 페퍼포그 차를 앞세운 경찰이 진을 치고 있었다. 그날 우리는 교문을 뚫고 나가지 못했다. 나는 더 이상 어찌할 바를 몰랐다. 겹겹이 막고 있는 경찰을 어떻게 뚫을까 엄두도 나지 않았고 꼭 나가야겠다는 생각도 없었다. 사실 운동장 시위 뒷일은 생각도 하지 않았다. 교문 앞으로 나가자 페퍼포그가 한차례 매운 가스를 뿜는다. 뿔뿔이 흩어졌다. 그사이 학생들은 지도 교수들에게 뜯겨 나갔다. 나도 끌려갔다. 학보사 주간 방이었다.

"이 군, 큰일 했다. 내 속이 다 시원하다. 자알했다."

우리 과 학과장인 구연식 선생님은 뜻밖에 나를 추켜세워 주셨다. 운동장을 내려다보니 두어 번 더 교문 앞으로 나가던 시위대는 조금씩 흩어지더니 나중에는 더 이상 모일 기미가 없다. 시위가 사그라지자 잠시 어딘가를 다녀온 선생님이 다급한 목소리로 말했다.

“이 군, 지금 형사들이 자네만 잡으려고 하는 모양이다. 자네가 여기 있는 줄은 모르고 자꾸 자네를 내놓으란다. 자리를 피해야겠다. 우리 학교 첫 시위라서 틀림없이 구속을 할라 할 터이니……, 우선 옷부터 갈아입어라. 형사들이 핫바지를 잡으면 된다고 하니 옷을 갈아입으면 잘 못 알아볼 거다. 안경은 벗고. 음…… 그리고…… 그렇지, 여학생을 하나 불러야겠다.”

선생님은 당신의 여벌 옷을 내주며 돈까지 주신다.

“니가 표 나는 핫바지를 입고 있은 기 잘됐다. 이러면 모를 거야. 집으로 가지 말고 바로 서울로 가거라. 고향에 가서도 안 된다이.”

그날 나는 정장한 예쁜 여학생 팔짱을 끼고 속살거리며 경찰과 형사들이 서성이는 교문을 탈 없이 빠져나왔다. 그리고 바로 서울 가는 버스를 탔다. 이름도 모르는 여학생이 손을 흔들어 주었다. 큰일 하고 떠나는 것 같다. 이제 당당히 동균이에게 할 일 하고 왔노라고 말할 수 있겠구나. 그러나 서울에 가 보니 내 한 일이 더욱 부끄럽다. 아무 조직도 계획도 없는 일회성 울분은 도움이 안 된다는 것이었다. 낭만으로 운동을 해서는 안 된다고 몇 번이나 다그친다. 하지만 나는 뭘 어떻게 조직해 낼지 엄두도 나지 않았다.

며칠 뒤 집에서 연락이 왔다. 날마다 형사들이 집에 찾아와 다그치는데 언제까지 이러고 있어야 되느냔다. 그냥 넘어가지는 않을 것이고 보면 이렇게 도망 다니는 것도 소용없는 짓이다 싶다. 그래, 당당히 나가자. 집으로 갔다. 형사들이 덮쳤다.

“옷 갈아입으러 왔으니 기다리시오.”

난생 처음 수갑을 차 보았다. 학생회 간부들, 서클 회장단에서 면회를 왔다. 아주 독립투사나 된 듯한 기분이다. 학교에서는 무기정학을 당했다. 백수건달이 되었다. 그러나 맹탕 논 것은 아니었다. 독재에 대한 분노를 삭이며 비로소 책을 읽기 시작했다. 〈사상계〉를 사 모으고, 창작과비평사 책들을 읽었다. 그 가운데 아주 어렵게 구한 《전환시대의 논리》는 내 생각을 완전히 전환시켜 주었다. 한 쪽 한 쪽마다 밑줄을 그어 가며, 한 자 한 자 씹듯이 읽어 나갔다. 모든 이야기가 나에게는 큰 충격이었다. 세상을 보는 눈이 뜨이는 것 같았다. 조선 말 기독교인들이 남몰래 예배를 보았듯 우리는 중부교회, 부산진교회에 모여들어 고은 선생의 말씀을 듣기도 하고, 김남주의 이야기도 들었다. 박정희가 나를 이렇게 내몰지 않았으면 나는 이런 책을 읽지도 않았을 것이고, 이런 사람들도 못 만났을지 모른다.

군대를 제대하고 학교로 돌아갔을 때도 여전히 박정희는 나를 괴롭혔다. 이제는 더욱 집요해졌다. 나는 이미 별을 달고 있는 형편이었으니까. 그때의 어처구니없는 일화 두 가지.

하나.

복학생은 아저씨로 통한다. 나도 이제 아저씨가 되었다. 우리 반에 아주 예쁘고 귀여운 여학생이 있었다. 삼랑진에서 통학을 하는 학생인데 내가 삼랑진까지 놀러 갈 정도로 친했다. 그 여학생이 자기 남자 친구를 소개해 주겠다고 한다. 그 친구도 한국외대에 다니면서 학생운동을 하고 있단다.

"아저씨가 보고 사람이 괜찮다 하면 계속 사귈 거고요, 아니면 다시 생각해 볼라고요."

만나 보니 생각이 깊고 서글서글해서 참 좋다. 술을 잘 대접해 보냈다. 이 친구가 얼마 있다가 내게 안부 편지를 보냈다. 학교 주소로. 이것이 사단이었다.

하루는 학생처 직원이 나를 포위하듯 처장실로 데리고 간다. 거기에는 담당 형사와 학생처장, 지도 교수가 있었다.

"이게 너한테 온 것 맞지. 여기 네 이름이 있어."

"아니, 남의 편지를 들고 네 것이니 내 것이니 왜 이러는 거요. 도대체 통신의 자유도 없소, 이거. 뭐 이런 수가 있어."

나는 화가 나서 길길이 뛰었다. 그러나 그럴수록 의심을 더욱 굳히는 것 같다. 그때는 그랬다. 편지 주고받는 게 자유롭지 못한 것은 물론이고, 강의실에 형사들이 학생 행색을 하고 앉아 있기가 예사였다. 이것은 내가 눈으로 바로 확인했다. 제대한 지 얼마 안 되었을 때 전경대에서 함께 근무하던 친구를 만났다.

"어? 니가 여기 웬일이고? 니 경찰 특채에 응시했다 아이가?"

"우리도 이거 할 짓 아이다."

그 녀석은 날마다 학생 행색을 하고 강의실에서, 도서관에서 학생 동태를 살핀다고 한다.

"니한테 들키지 마라고 그라던데. 이래 되았다. 미안하다."

이런 지경이었다. 지금 생각하면 상상이 안 되는 일이 그 시대는 상식으로 통했다. 그렇게 우리는 살았다. 어찌 저항하지 않고 살 수 있었겠나.

"이게 예사 편지가 아니야. 이것 봐. 이게 무슨 뜻인지 여기서 이야기하지 않으면 경찰서로 좀 가야겠어."

내놓은 편지에 이런 말이 적혀 있다.

ps. 형, 두꺼비집은 내가 고쳐 두었소. 형네 두꺼비집은 안녕한지요.

황당하기 짝이 없다. 두꺼비집이라니?

"이게 무슨 말이지?"

나도 어이가 없었다. 그러나 형사고 교수고 내 말을 믿으려 들지 않았다. 그러나 나도 도무지 모를 말이다. 이 녀석이 도대체 사람 골병들일 일이 있나. 이게 뭐지? 얼마나 오랫동안 입씨름을 한지 모른다. 끝내 그 녀석을 알게 된 사정까지 말하지 않을 수 없었다. 그러자 작고 예쁘던 그 여학생이 불려 가서 고문에 가까운 문초를 당했다. 눈이 부을 정도로 울고 나온 그 아이 어깨를 싸안으며 치를 떨었다. 그날 저녁 화풀이 겸 고등학교 동기들 몇을 불러 소주집에서 어울렸다. 그 날은 하필 늘 가던 학교 아래 술집이 아니라 시내 어느 구석진 술집이었다. 한창 술기운이 오르는데 형사들이 덮쳤다.

"우리가 이럴 줄 알았어. 신분증 내 봐."

우리는 곱다시 죄인이 되어 또 한차례 취조를 받아야 했다. 박정희는 내게 이런 사람이었다.

둘.

객지를 떠돌던 사촌 동생 훈이가 우리 학교로 날 보러 왔다. 비가 부슬부슬 오는 날이었는데 우산도 없이 두툼한 가방으로 비를 가리며 나를 찾아왔다. 교내 식당에 앉아 막 이야기를 하려는 참에 형사들 서넛이 우리를 둘러싼다. 우산대를 마치 총처럼 겨누며 소리친다.

"꼼짝 마."

두꺼비집 사건이 있은 지 얼마 되지 않아서다. 이것들이 아직도 두꺼비집에 미련을 못 버렸구나. 학생들이 무슨 구경이나 난 듯이 둘러선다. 여학생들은 엄마야 엄마야 꽁무니를 빼고. 나는 피곤에 절어 모처럼 찾아온 아우에게 미안해 죽을 지경이었다.

"여기 사람들 많으니 조용한 데로 가자."

"애는 내 동생임다. 이거 왜 이래요."

그러자 형사 하나가 다짜고짜 아우의 엉덩이 쪽 허리끈을 잡고 끌고 간다. 달랑 들린 아우는 맥없이 끌려간다. 정말 유리병이라도 들고 대가리를 내려치고 싶다. 학생과 별실로 들어갔다.

"그 가방 뭐야. 이리 내."

그러자 훈이는 눈물을 글썽이며 소리친다.

"씨바, 느므 가방은 와? 머 있으이까이. 자, 보소 이거."

지퍼를 열고 가방을 거꾸로 흔들었다. 때에 절은 속옷, 칫솔, 치약들이 쏟아졌다. 남루한 객지 생활이 여지없이 그들 앞에 나뒹군다. 박정희는 내게 이런 사람이었다.

박정희는 여기서 끝나지 않았다. 동생 경이가 대학에 들어가고 얼마 되지 않아 하루아침에 끌려가서 1년 6개월이나 징역살이를 해야 했다.

경이는 동무 둘과 함께 어둠을 틈타 부산대학교 대운동장 스탠드에 페인트 분무기로 '박정희 물러가라' '유신 철폐' 같은 구호를 대문짝만 하게 썼다. 그러나 보름도 안 되어 집으로 덮친 형사들에게 잡히고 말았다. 그때 변호사가 한 말이 생각난다.

"아이가 잘못했으면 어른이 데끼 놈 하고 종아리 몇 대 때려서 가르칠 일을 두고 실형을 살린다는 것은 어른의 처사가 아니라고 생각합니다."

박정희는 이 일을 가지고 1년 6개월을 독방에 처넣었다. 세상에서 가장 사랑하는 내 동생. 나는 요를 깔고 잘 수가 없었다. 경이는 나 대신 감옥에 간 것이다, 이 생각만 들었다. 하루도 빠지지 않고 편지를 써 보내며 울분을 삭였다.

그 후로 동생은 학생 운동과 관련해 세 번이나 더 구속이 되었다. 그럴 때마다 우리 집은 쑥대밭이 되었다. 온 집 구석구석 쪽지 하나라도 다 뒤져서 가지고 갔다. 집뿐 아니라 온 집안사람들의 마음마저 쑥대밭으로 만들었다. 동생은 동생대로 온몸에 피멍이 들도록 고문을 당했다.

박정희는 내게 이런 사람이었다. 그 사람 덕에 나는 올바른 저항 의지를 배웠다.

니가 개보다 조금 낫구나-故 요산 김정한 선생님

고등학교 때 요산 선생님 작품에 빠졌던 적이 있었다. 까만 표지에 《인간단지(人間團地)》라는 제목이 크게 쓰인 책이었다. 내가 이 책을 왜 샀는지는 모르겠는데, 책을 한 번 든 뒤로 흠뻑 빠져들었다. '모래톱 이야기' '축생도' '인간단지'를 읽으며 밤을 새웠던 기억이 난다.

'모래톱 이야기'에 나오는 선생님이 바로 글쓴이일 것이라는 생각을 하며 나도 나중에 선생이 되면 여기 나오는 선생님처럼 억울하게 살아가는 아이들을 감싸는 선생이 될 것 같다는 생각도 했다. '축생도'에서는 돈벌이에만 정신을 파는 의사와 사람의 목숨을 구한 수의사를 보며 이 세상이 얼마나 가진 자들만 떵떵거리고 살게 되어 있는가 싶어 한숨을 쉬기도 했다. '인간단지'의 우중신 노인이 우뚝한 거목으로 느껴지기도 했다. 이런 글을 쓴 분이 바로 부산에 계신다니. 한번 볼 수만 있으면 좋겠다는 생각을 막연히 했다.

그런데 대학교에 갔을 때 선생님을 뵐 수 있었다. 대학이 좋기는 좋은 데구나. 저렇게 훌륭한 선생님에게 수업을 다 받을 수 있다니. 소설론인가를 강의하셨는데 선생님은 우리를 좀 깔보는 듯 말씀하셨다. 이마와 입 언저리에 깊게 파인 주름, 껵껵한 목소리, 게다가 우리 문학의 대가(大家)라는 사실이 우리를 더 주눅 들게 했는지도 모른다.

"너거 겉은 늠들이 뭘 알겠노마는 내가 이야기 하나 해 준다."

이런 토를 많이 달았던 것 같다. 그게 좀 기분이 좋지 않았지만 얼마든지 그러실 수도 있겠다 싶었다. 그때가 1973년이었으니 박정희 정권의 폭압이 아주 극에 달해 있던 때였다. 언론이고 지식인이고 모두 입을 다물고 죽은 듯이 벌벌 기던 시절. 서울에 있는 대학교에서는 날마다 시위가 일어나고 구속이 되고 하였지만 부산은 조용했다. 그걸 보고 계신 선생님은 우리가 아주 우둔해 보였을 것이다. '너거 겉은 늠' 가운데 최소한 나는 빠진다, 내가 지금 이 형편을 두고 얼마나 가슴 답답해하고 있는지 선생님이 알면 날 다르게 보실 거야, 이런 생각이 들었다.

한번은 낙동강에 나가 보고 그 느낌이나 생각을 글로 써 오라는 숙제를 내 주셨다. 낙동강 하면 내가 전공이지. 재수할 때 그 낙동강 하구 에덴공원에서 얼마나 낭만을 읊조렸나. 쓸 말이 무궁무진했다. 그런데 낭만만 이야기하면 안 될 것 같았다. 선생님은 경치를 보고 음풍농월하라고 하실 분이 아니라는 걸 알겠다. 나는 낙동강의 풍경과 멋을 조금 말한 뒤 그 옆에 있는 학장 교도소에 갇혀 있을 양심수 이야기를 썼다. 글을 발표하는 날 내가 선생님 눈에 띄었나 보다.

"이 군, 니가 리포트 걷어서 내 방으로 좀 온나."

선생님과 개인적으로 만나기는 그것이 처음이었다. 선생님께서는 내가 거두어 간 리포트 뭉치를 뒤져 보시다가 침에 찔려서 피가 조금 났다. 누가 원고지를 침으로 꽂아 둔 것이었다. 선생님께서 화를 버럭 내며 이런 놈은 읽을 것도 없이 에프를 줘야 한다고 호통을 치셨다. 나는 그때 마침 원고지를 바느질실로 떠서 매어 내었다. 어머니께서 간밤에 해 주셨던 것이다.

"이것 바라, 이거. 얼매나 정성 들이 했노. 어떤 여학생이고?"

그러고는 이름을 확인해 보다가 힐끗 나를 보더니 웃으며 한 말씀 하셨다.

"가시나매로 이기 뭐고."

"이 리포트는 자네가 점수를 매기 가꼬 내한테 가지고 오너라."

선생님께 인정을 받은 것이다. 그 뒤로는 선생님 댁에도 가끔 갈 수 있었다. 주로 심부름 때문에 갔지만 그런 영광이 없었다. 선생님 댁은 대신동에 있는 삼익아파트였는데 선생님은 이러셨다.

"내가 일제 때도 바로 여어서 감옥살이를 했거등. 여어가 바로 왜 놈들 형무소 자리 아니었나. 그런데 해방이 되고도 여어 아파트에 살고 있으이 내가 이 자리서 평생 감옥살이하는 택이다."

수업 중에 선생님께서 또 우리를 꾸중하셨다.

"너거는 평화, 어떤 기 평화라고 생각하노. 누가 말해 바라."

아무도 말이 없다.

"너거는 이 영감탱이가 공부는 안 갈치고 딴소리만 한다 싶우제. 그래도 내가 무서바서 말을 못 하제. 점수 안 주마 우짜꼬 싶으서."

그리고 선생님은 누구 말을 인용하시며, 언론이고 학교고 모든 것을 총칼로 억압해서 아무 소리 못 하게 해 놓고는 세상에 대고 얼마나 평화로우냐고 시치미를 떼고 있는 정권을 어떻게 해야 되겠느냐고 소리를 높이셨다. 그 시절에 이런 말을 하는 것은 감옥살이를 각오하지 않으면 할 수 없는 일이었다. 나는 주먹을 쥐었다. 선생님은 우리의 무지와 무능이 얼마나 안타까우실까. 얼마 안 있어 나는 우리 학교에서 유신 반대 시위를 이끌었다. 최소한 선생님께 부끄럽지는 않았다.

그래도 선생님과 아주 가깝게 지낼 수는 없었다. 늘 존경하는 마음으로 멀리서 수업을 듣는 정도였다. 내가 선생님과 정말 가깝게 지내게 된 것은 어른이 되고 난 뒤였다. 우리가 전교조를 결성했을 때 지지 성명을 해 주신 원로 가운데 요산 선생님도 계셨다. 선생님을 찾아갔다. 이제 심부름이 아니라도 선생님 댁에 갈 수 있을 것 같았다. 그 사이 선생님은 많이 늙으셨다. 기동을 잘 못 하셨다. 사람의 부축을 받아야 겨우 책상 앞에 앉아 있을 수 있었다. 내가 갔을 때 선생님은 당신을 일으켜 책상 앞에 앉히게 하셨다.

"창문 좀 열어라. 뻐꾸기 소리 좀 듣자. 저어 저 울어 쌌제. 요새는 이늠들이 아무도 코끝티이도 안 보인다.”

빼꾸기를 두고 하는 말씀인지 사람을 두고 하는 말씀인지…….

“예, 선생님.”

목이 메었다. 그날 뒤로 시간만 나면 선생님을 찾아갔다. 아무도 찾지 않는 선생님을 이제 내가 찾아뵈어야지 마음먹었다.

“이 군, 여어 좀 주물리 바라. 할마시가 있어도 지도 늙어서 기운 없는데 날로 주무릴 줄로 아나. 와 이래 몸이 쑤시는지…….”

선생님을 주무르기 시작했다. 그때사 정말 선생님과 가까워졌구나 하고 느꼈다. 몇 십 분을 주물러도 됐다는 말씀을 안 하신다. 나는 온몸이 땀으로 범벅이 되고 허리가 아파도 그게 즐거웠다. 어떤 날은 아무 말 없이 선생님 몸만 주무르다가 나올 때도 있었다. 내가 주무르고 있는데 잠이 들면 그렇게 기분이 좋았다. 사모님께 과일즙 한잔 얻어 마시고 조용히 돌아 나왔다. 멀리 있는 아들보다 내가 더 잘하고 있다는 생각도 들었다. 그즈음 선생님은 당신 수첩을 가지고 오게 해서는 거기 적힌 이름을 부르게 하셨다.

“으응, 그 이름은 지아 뿌라.”

나는 지우개로 이름과 전화번호를 지워 나갔다. 선생님은 일부러 그러셨던지 수첩의 이름을 주로 연필로 적어 놓았다. 무슨 잣대를 대며 지워 나가셨는지는 여쭈지 않았다. 마지막으로 생각해 보니 상종 못 할 사람이라고 판단하신 때문인가? 선생님 얼굴빛으로만 짐작할 뿐이었다. 제법 이름깨나 날리는 신문 기자 이름도 지워졌고, 내가 아는 교수 이름도 지워졌다. 하루는 이런 일도 있었다.

“이 군, 저기 저 책꽂이에 공책 빼 와 바라. 내가 볼라꼬 그라는 기 아이고 자네 보란 말이다. 내 죽고나마 이런 거를 잘 살리 나야 될 낀데……."

그것은 당신이 젊었을 때 낙동강을 거슬러 오르며 강변에 핀 갖가지 풀꽃들을 그림으로 그리고 이름과 날짜, 그리고 그 마을 사람들은 무슨 꽃이라고 하는지를 꼼꼼히 적어 두신 공책이었다.

'아! 풀꽃 하나하나도 이렇게 이름을 찾았구나. 이렇게 정성 들여 그림까지 그리셨구나. 대가가 그냥 대가가 되는 게 아니구나.'

나는 놀라고 존경스러워 공책을 놓지 못하고 있었다.

'지금 선생님은 나에게 숙제를 남기시는 건가? 이것을 책으로 내라는 말씀이신가?'

그러나 더 여쭈어 보지는 못했다. 내가 감히 어떻게…….

"글을 썰라 카마 정확히 알아야 된다. '이름 없는 꽃들'이 피었다꼬 쓰마 안 된다는 말이다. 와 이름이 없어? 다 이름이 있는데 지가 몰라 놓고 이름 없는 꽃들이 뭐꼬, 무식한 늠들."

그뿐 아니었다. 신문 스크랩해 둔 것이 책꽂이에 가득하다.

"와 저래 신문 쪼가리를 오리 놓은지 아나. 저기 글이 되는 기다. 다 보마 억울한 사연이 있제. 그런 거를 정확히 알고 씨야 되는 기다. 책상머리 앉아서 얄궂이 써제끼는 늠들, 그늠들 다 사기꾼이지 뭐꼬."

선생님 말씀을 들으며 '선생님이 나를 조금 인정해 주시나 보다.' 싶어서 기분이 좋았다. 그러나 나는 선생님만큼 절실하지 못한가 보다. 아직도 나에게는 이름 없는 꽃들이 많다.

선생님은 다 좋은데 자상한 구석이 없는 것이 조금 불만이었다. 늘 꾸중하시듯 말씀하신다. 내가 당신 몸을 정성 다해 주물러 드려도 칭찬 한 번을 해 주시지 않는다. 기껏 한다는 말씀이 "어, 그 시원타."는 말씀이다. 아니면 잠들어 버리고. 그런데 딱 한 번 칭찬받은 적이 있다. 친구 시백이가 찾아왔기에 함께 선생님을 찾아뵈었다가 심부름을 하게 되었다. 대학 병원에 가서 약을 타 오라는 부탁이었다. 한 시간이나 기다려 약을 타다 갖다 드렸더니 하시는 말씀.

"니가 인자 개보다 쪼끔 낫구나."

문득 선생님의 수제자가 된 기분이 든다. 내친 김에 대꾸를 한마디 했다.

"고맙습니더. 칭찬 들으니 좋네예. 그런데 선생님 저는 언제 사람이 되겠습니꺼."

"니 하기 나름이지 내한테 와?"

그만 개보다 낫다는 칭찬도 내가 까먹어 버렸다.

선생님은 하루가 다르게 사위어 가셨다. 몸을 주물러 드리면 안다. 아주 조금 남은 살이지만 탄력이 없어지는 것을 느낄 수 있었다. 사람 몸이 이렇게 흐물흐물 녹아 내리는가.

그러다가 내가 복직을 했다. 그 뒤부터는 내 살기 바빠 선생님을 자주 찾아뵙지 못했다. 마음으로만 가야지 가야지 하면서도 안 가기 시작하니 또 가기가 힘이 든다. 그러다가 그만 돌아가셨다는 소식을 들었다. 어느 성당에 모시고 있다는 것을 방송으로 들어 알았다. 달려가 보았다. 펑펑 울고 싶었다. 그러나 빈소에 가서 보니 내가 울 형편이 아니다. 사람들도 바글바글할 뿐 아니라, 아주 높은 사람들이 사무 보듯이 장례 의논을 하고 있다. 사모님만 나를 알아보실 뿐 아무도 모르겠다. 눈짐작으로야 알겠다. 문인협회니 교육위원회니 민주화 운동

원로니 교수니 하는 사람들. 내가 지운 이름도 거기 있다. 내가 끼일 자리도 아니고 끼일 수도 없다. 슬픔도 없고 진정도 없는 것 같다. 나는 조용히 돌아 나왔다. 장례는 거룩하게 부산시 장(葬)으로 치렀던 것 같다. 물론 나는 식장에 가지 않았다. 운구라도 하고 싶었지만 나 아니라도 서로 하고 싶어 할 사람이 많을 것 같았다.

그날 저녁 혼자 소주를 마시며 선생님을 내 가슴에 묻었다.

나를 국어 교사로 있게 하신 스승 – 故 윤덕만 선생님

선생님 제사에 가면서 내가 마시다 만 술병을 들고 가기가 조금 망설여졌지만 그래도 그렇게 하기로 했다. 선생님은 다 이해해 주실 테니까. 일부러 비싼 돈 들여 다시 사는 것을 꾸중하실지도 모른다.

며칠 전 깊은 밤 그놈의 소나기 쏟아지는 통에 그 분위기에 못 이겨 술 마시자 하고는 찬장을 뒤지는데 술이 없다. 그러다가 퍼뜩 생각났다. 장롱에 양주가 한 병 있지. 그래, 그걸 마시면 되겠다. 그러고는 양주를 꺼내 큰 잔에 꼴록꼴록 따라 들고 창가에 앉아 빗소리를 들었다. 야금야금 마신 술에 온몸이 나른해져서 한껏 빗소리에 취해 있다가 아차 싶었다. 이 술은 선생님 제사에 가지고 갈 거라고 장롱 속에 깊이 넣어 둔 것이 아니었나.

왜 내가 일부러 장롱 속에 두었던가. 이것은 누가 와도 안 주고 우리 선생님 갖다 드릴 거라고 그래 놓고. 이걸 어쩌나. 다시 돈 주고 사기는 너무 아깝다. 평생에 내가 양주를 돈 주고 산 일은 없다. 어쩌다가 선물로 들어온 양주를 마신 일밖에. 우리 선생님은 워낙 독주를 좋아하셔서 소주 아니면 양주를 마셨다. 다른 것은 다 소박한데 술만은 양주를 좋아하셔서 제자들이 모이면 양주를 대접하곤 했다. 제상 앞에 앉아 마음속으로 말씀드렸다.

'선생님, 이놈이 비에 취해서 그만 선생님 드릴 양주를 조금 부어 마셨습니더. 그래도 괜찮지예? 선생님하고 저하고 한잔핸 걸로 생각해 주이소. 선생님, 제가 이제 조금씩 선생 노릇 가닥을 잡아 가고 있거든예. 잘하겠습니더. 어렵고 힘들어도 잘하끼예, 선생님. 그라고 나중에 음복으로 한잔 더 해도 되지예?'

선생님이 그러셨다.

'이놈, 옛날이나 지금이나 비에는 약하구나. 옛날에 너, 비만 왔다 하면 조퇴시켜 달라 했지? 안 된다면 그냥 도망가 버리고…….'

그래도 이렇게 작년부터 선생님 기일에라도 찾아뵐 수 있게 되어 참 다행이다. 선생님은 늙지 않은 연세에 돌아가셨다. 큰아들 장가도 못 들이고 떠나셨으니. 그때가 쉰셋이셨나. 돌아가신 지도 15년이 되었구나. 선생님 장례를 치르고 난 뒤 우리는 해마다 제사 때는 모이자 해 놓고 두어 번 모이다가 그만 흐지부지 되었다. 그렇게 잊고 사는 것이 마음에 걸려 다시 선생님 댁을 찾았을 때는 이사를 가고 안 계셨다. 소식 닿을 곳도 없었다. 그러고는 세월이 흘러 10년이 가고 또 한두 해가 더 갔다. 어디에 소식을 대고 찾아보나. 사모님이 얼마나 서운해하실까. 그때 마침 교육부에서 스승에 대한 글을 모았다.

'그래, 여기에 우리 선생님 이야기를 써내자. 수기니까 나중에 실제 조사를 할 거고 그러면 선생님 댁을 찾을 수도 있겠구나. 행정력을 믿어 보자.'

다행히 입상을 했다. 교육부에서 연락이 왔다.

"사모님을 만나 실사를 해야겠는데 연락처를 아십니까?"

"내가 글을 써낸 것도 선생님 댁을 찾고 싶어서였습니다. 교육부에서 좀 찾아 주시오."

정말 행정력은 믿을 만했다. 얼마 안 있어 연락이 와서 계신 곳을 알려 준다. 사모님을 찾았다. 사모님은 밀양 얼음골 언저리에 조그만 집을 지어 거기서 밭을 갈면서 살고 계셨다.

액운이 그렇게도 모질던지. 그렇게 믿음직하던 남편을 보낸 지 세 해째던가 남편처럼 믿고 기대던 큰아들도 그만 사고로 잃어버린 것이다. 외항선 선장을 하던 아들은 배에서 죽었다. 배 안에는 집채만 한 무슨 탱크가 있는 모양인데, 그 탱크 안에서 가스가 새어 나오자 인부들이 내려가 그걸 고치다가 가스에 질식해 쓰러졌다. 이걸 보고 선장인 자기가 내려가서 사람을 끌어안고 올라오다가 그만 발을 헛디디는 바람에 떨어져 죽고 말았단다. 선생님 아들 아니랄까 봐 그렇게 몸을 던졌구나.

그런 일을 당하고 사모님은 실신을 해서 깨어나지 못했다고 한다.

정신이 들면 날 좀 죽여 달라고 사람들을 붙들고 울었다니. 그리고 사모님은 그길로 절에 들어가 밥도 해 주고 청소도 하면서 몇 년을 사셨단다. 선생님의 제자 가운데 맨 첫 제자가 밀양 어느 절에 주지 스님으로 있는데 그분이 사모님을 절로 모셨다고 한다. 우리와 소식이 끊기지 않을 수 없었다.

"인자 모든 거를 부처님께 맡기고 이래 안 삽니꺼. 다 제자들이 이래 살피 주이 내가 안 죽고 이래 삽니더."

사모님은 눈물을 흘리며 지나온 이야기를 하셨다.

청와대에서는 입상한 사람들과 그 스승을 초청했다. 나에게는 사모님을 모시고 오라고 했다. 덕분에 사모님과 호젓한 여행을 할 수 있었다. 사모님은 딸네가 해 주는 고운 치마저고리 입고 모처럼 나들이를 하셨다. 선생님 안 계신 것이 더 절실하게 와닿아 한숨이 나오기도 했지만. 선생님은 이렇게 내 가슴에 계신다.

선생님 돌아가신 날에는 우리 반 아이들한테 선생님 이야기를 들려준다.

"너거, 내가 와 국어 선생이 된 줄 아나? 다 고등학교 때 우리 담임 선생님 때문이다 아이가. 그 선생님이 국어 선생님이셨거든. 오늘이 그 선생님 제삿날인데, 너거한테 그 선생님 이야기 좀 할란다. 책 덮어라."

고등학교에 입학했을 때 나는 온통 절망과 부끄러움으로 기가 팍 꺾여 있었다. 3류 학교 배지를 단 내 모습을 거울에 비춰 보면 그냥 쪼그라들고 말았다.

우리 반 애들은 별나기로 말하자면 도무지 종잡을 수 없었다. 거의 모든 아이가 나처럼 학교에 대한 열등감과 나름대로 똑똑하다는 쓸데없는 자만심이 뒤섞여 무슨 시한폭탄을 안고 있는 아이들 같았다. 우리 반은 지능 지수, 시험 성적, 가정 환경까지 조사해 만든 특별 학급이었는데 이런 것들이 아이들을 더욱 위험하게 만들었다. 우리는 엉덩이에 뿔난 송아지처럼 천방지축으로 날뛰었다. 기숙사를 제공하고 서울대학교 합격 목표 정예군으로 키운다며 실력파 선생님을 모셔 오기도 했지만 우리는 무관심이었다. 더욱 오만해지기만 했다.

이런 우리를 바로잡아 준 분이 담임인 윤덕만(尹德萬) 선생님이셨다. 입학한 지 두어 달이 지났을 무렵 학교 밖에서 느끼는 열등감과 학교 안에서 내보이는 오만불손한 행동에 찬물을 끼얹는 사건이 터졌다. 비가 세차게 뿌리던 날이었다. 나는 버릇처럼 마음은 벌써 해운대 백사장에 가 있었다. 그때 베란다 쪽 뒷문이 비바람에 우지끈 떨어져 나가 버렸다. 건물을 새로 짓고 있는 중이라 문이라고 하는 것이 우선 출입구를 판자로 막아 놓고 있는 상태였다. 사실은 빨리 문부터 달아 달라고 몇 번 건의하기도 했다. 교실에는 빗물이 들이치기 시작했다. 서무실에 연락하거나 문을 다시 달아 볼 생각도 않고 내가 소리쳤다.

"야, 학교가 뭐 이래, 이거! 이게 우리한테 잘해 주겠다는 약속이가. 우리, 집에 가 뿌자. 비 새는 교실에서 우째 공부할 끼고. 본때를 보여 줘야 될 꺼 아이가."

"그래, 가자, 가자. 자알됐다."

성욱이가 덩달아 소리쳤다. 교실은 이내 술렁거리기 시작했다. 벌써 가방을 챙기는 놈도 있었다. 수석 입학한 흑점이가 말렸지만 "너

혼자 있어라, 인마." 하고는 우르르 교실을 빠져나갔다. 우리는 학교 뒷문을 통해 달아나 버렸다. 그러고는 비 오는 거리를 헤매면서 즐거워했다. 한두 명도 아니고 반 아이 모두가 나와 버렸으니 겁도 나지 않았다. 문제는 다음 날부터였다.

우리는 우리가 저지른 일이 얼마나 심각한지 모르고 엉덩이 몇 대 쯤으로 끝날 줄 알았다. 그런데 "학생들의 집단 행동은 용서 안 된다."는 소리가 들리자 비로소 주눅이 들기 시작했다. 주동자는 퇴학 처분한다는 얘기도 들렸다. 불려 가서 귀퉁이라도 맞으면 안심이 되겠는데 이건 그게 아니었다. 들어오시는 선생님마다 너희를 잘못 보았다는 말씀만 하셨다. 하루를 불안 속에 보냈다. 다음 날 문제는 더욱 심각해졌다. 어제 담임 선생님께서 교장 선생님과 오랫동안 말씀을 나누셨다는 얘기가 들렸는데 그날은 학교에 오지 않으신 것이다. 일이 어떻게 되는 것인지 더욱 불안하다. 선생님 댁으로 가 보았다. 사모님은 선생님이 남기신 편지만 주면서 어디 가 계신지는 모른다고 하셨다. 편지 내용은 자세히 기억나지 않지만 대강 이러했다.

"너희의 아픈 가슴을 내가 잘 알고 있다. 너희를 볼 때마다, 혼자 있는 밤마다 나는 너희의 갈피 잡을 수 없는 혼미가 가셔지도록 기도했다. 그리고 내 기도대로 너희는 본래의 모습을 찾으리라고 믿었다. 이것은 지금도 믿는 바다. 그러나 이번 일은 너희의 잘못이 너무 크다. 너희 중에 몇 명이 퇴학을 당하지 않으면 안 되게 되었다. 나는 이 처벌을 보고 있을 수가 없다. 근본적인 잘못은 학교와 지도를 잘못한 내게 있기 때문이다. 그래서 내가 모든 책임을 지고 학교를 떠나기로 했다. 너희는 이번 일의 심각성을 모르는 듯한데 앞으로 주의하기 바란다. 교장 선생님께는 너희의 선처를 다시 빌어 두었으니 별일이 없으리라 본다. 내가 학교를 떠남으로써 너희가 바로 클 수 있다면 좋겠다. 선생님들께 용서를 빌고 부디 너희 본래의 모습을 찾기 바란다."

반장이 읽어 주는 편지를 듣고 우리는 엉엉 울었다. 선생님이 사무치게 그리워졌다. 청소 시간이 되자 아이들은 넋을 놓고 앉아 있다. 언제나 두툼한 맨손으로 구석 먼지를 닦아 내시던 선생님, 그 빈자리가 너무 컸다. 선생님은 우리가 아무리 큰 잘못을 저질러도 늘 조곤조곤 그 까닭을 물으셨다. 그리고 매질 대신에 얼싸안고 귀를 물고는 하셨다. 우리는 그 모습이 우스워 책상을 치며 웃어 댔고 귀를 물린 아이 누구도 싫어하지 않았다. 오히려 우리는 은근히 그 일을 한번쯤 당하고 싶어 했다.

선생님한테서 나는 담배 냄새, 그리고 구수한 웃음을 우리는 좋아했다. 당신의 청년 시절 그 찢어지는 가난을 딛고 일어선 얘기를 하시다가 언뜻 눈물을 보이기도 하시던 선생님, 무엇보다 우리가 무슨 짓을 해도 당신의 아픔으로 감당하시려던 선생님. 그 선생님이 계시지 않자 우리는 그때야 정신 돌아온 놈들처럼 숙연해졌다.

사흘인가 나흘째 나와 몇몇 아이가 근신 처분을 받고 일은 마무리되었다. 그러나 담임 선생님은 돌아오시지 않았다. 우리는 선생님을 찾아 나서기로 했다. 일요일, 몇 패로 나뉘어 고향 댁, 처가댁, 옛날에 계셨다던 시골 학교 동네 같은 데로 찾아갔다. 선생님은 고향 댁에 계셨다. 붙어 앉아 울며불며 도로 가시자고 했지만 요지부동이셨다. 돌아오면서 우리의 잘못이 얼마나 큰지 새삼스레 되씹어야 했다. 그런데 다음 날 선생님께서 불쑥 교실로 들어서셨다. 사전에 교장 선생님과 무슨 약조가 있었는지는 모르지만 하여튼 우리는 뛸 듯이 기뻤다.

이때부터 우리 엉덩이에 난 뿔은 사그라지기 시작했다. 그렇다고 그 버릇이 하루아침에 고쳐지나. 선생님께서는 하루도 편하실 날이 없었다. 지금 생각하면 그 문제아들에게 어떻게 그렇게 끝까지 사랑을 주실 수 있었을까 싶다. 아무리 교직에 신념을 가지셨다 하여도 선천적인 너그러움과 끈기가 없고는 해낼 수 없었을 것이다. 사흘거리로 가출해 대던 아이들도 선생님께만은 가는 곳을 알리거나 스스로 돌아와 무릎 꿇기도 했다. 나는 아이들이 사고를 저지를 때마다 오히려 선생님 편이 되어 갔다. 해도, 해도 너무한다 싶었다.

한번은 별명이 똥개인 녀석이 약을 먹고 자살을 기도했다. 이놈은 일류 중학교를 나왔는데도 성적이 엉망이었고 시를 쓴다고 폼을 잡으며, 부산 시내 거의 모든 여학교를 찾아다니며 정문에서 어정거리는 괴짜였다. 그러고는 그 여학생들에 대한 시를 썼다며 우리에게 고래고래 소리치며 읽어 주기도 했다. 그런데 이 녀석이 느닷없이 인생이 너무 허무해서 죽는다는 유서를 남기고 약을 먹어 버렸던 것이다. 다행히 신음하는 것을 발견하여 병원으로 옮겼다고 한다.

그 녀석의 어머니는 홀로 아들 하나 바라고 살아오셨는데 그 일을 당했으니 무슨 정신이 있었겠나. 부랴부랴 담임 선생님께 연락했고 선생님은 밤새도록 위를 씻어 내는 병상 옆에서 얼마나 안타까이 녀석을 지켜보셨으랴. 우리가 소식을 듣고 달려갔을 때 선생님의 핼쑥한 모습을 보고는 약 먹은 놈을 한없이 원망했다. 다행히도 그놈은 깨어났고 그때 우리는 선생님의 불호령을 처음 들었다.

"네, 이놈. 죽을라 카마 내 약 사다 줄 터니 다시 죽어라. 죽지도 못

할 놈이 약은 왜 먹어! 이놈아, 혼자 계신 어머님 죽여 놓고 죽어라!"

병원이 떠들썩하도록 꾸중을 하시는 통에 우리는 오금도 펴지 못하고 눈물만 질금거렸다. 그 녀석은 선생님께 매달리며 잘못했다고 펑펑 울었다. 똥개는 며칠 더 치료를 받고 학교로 왔다. 선생님은 종례 시간마다 인생에 대한 이야기를 해 주셨다. 아직도 잊히지 않는 말이 있다.

"인생은 허무하다. 정말 너희처럼 살면 허무하기 짝이 없다. 그러나 인생이 허무하기 때문에 그 허무를 극복하기 위해서도 열심히 살아야 한다……."

선생님은 반 아이들 집을 일일이 찾아다니셨다. 선생님은 마치 친척 집을 방문하는 사람처럼 4, 5월에는 거의 날마다 몇몇 집씩 찾아갔다. 할머니가 계신 집은 꼭 사탕이나 과일을 조금 사서 가신다. 집에 갔을 때 할머니 할아버지는 뒷전에 계시고 부모가 선생님을 맞으면 나올 때라도 반드시 어른을 찾아 인사를 드리셨다. 내가 몇 번 따라가 보았는데 친구 할머니 앞에 꿇어앉아 사탕 봉지를 내놓으며 "침이나 삼키시이소." 하는 인사를 하신다. 우리는 그 말이 좀 우스워서 뭐 저런 인사가 있노 하며 키득거렸다. 나도 요즈음 누구 집에 갔을 때 노인이 계시면 반드시 방문을 열고 들어가 인사를 드리고 나온다. 그러면서 선생님 생각을 한다.

가정 방문이 끝난 어느 날이었다. 선생님께서 덩치 큰 몇 아이를 불렀다. 그 아이들에게 연탄과 쌀을 지워서 경택이네 집에 말없이 놓고 오라신다. 그때 경택이라는 친구 집은 참 가난했는데 할머니가 계셨다. 그 집 말고도 몇 집을 그렇게 간 기억이 있다.

우리는 이런 선생님 앞에서 마음이 평온해지지 않을 수 없었다. 그때 스승의 날 생각이 난다. 우리는 정말 선생님의 은혜에 감사하고 싶었다. 회의를 했다. 모두가 성의대로 음식을 장만하고 선물을 마련하여 잔칫상을 차려 드리자고 했다. 아이들은 손을 들고 자기가 갖고 올 것을 말했다. 통닭, 맥주, 떡, 튀밥, 단술, 과일…… 줄줄이 나오는데 한 녀석이 아이스크림을 갖고 오겠단다.

"야 인마, 다 녹아 뿔 낀데 그걸 우째 갖고 오노."

한바탕 웃었다. 그런데 그 녀석은 안 녹게 하는 통이 있단다. 요즘은 스티로폼 통이 안 쓰이는 데가 없지만 그때는 냉장고 있는 집이 한 반에 한둘 될까 말까 한 시절이었으니 아이스크림 녹지 않게 하는 통이 있는 줄 알 리가 없지. 스승의 날 아침, 미술반 친구는 칠판에 장식을 하고 우리는 책상을 여럿 모아 그 위에 하얀 종이를 깔고 잔칫상을 차렸다. 제법 상이 푸짐하다. 우리도 먹을 것을 조금씩 나누어서 앉았다. 잔칫상 아래에는 돗자리를 깔았다. 차례대로 나가서 선생님께 술을 따르고 큰절을 올렸다. 그야말로 정성을 다하여 존경하는 마음을 담아 올린 절이었다. 모두가 기분이 좋아 싱글거렸다. 사실 나도 그런 상을 지금 내가 가르치는 아이들한테서 한번 받아 봤으면 얼마나 좋을까 하고 욕심을 내 본다. 학부형들이 사 들려 보내는 구두 티켓이나 화장품 세트보다 얼마나 귀하고 고맙겠나.

잔칫상을 받으신 선생님은 답례를 하시겠다며 하루에 예닐곱씩 우리를 당신 집으로 오게 해서 저녁을 먹였다. 사모님은 우리를 그렇게 극진히 대해 주실 수 없었다. 전형적인 시골 아주머니셨는데 내가 가던 날, 상을 차리시던 사모님 모습을 잊을 수 없다. 발뒤꿈치에 구멍이 난 양말을 신고 있었던 것이다. 아이들이 웃어 대자 늦게사 알아차린 사모님이 얼굴이 벌게져서는 황급히 다른 양말을 갈아 신으셨는데 그건 뒤꿈치에 비슷한 색깔 천을 덧대어 꿰맨 양말이었다. 사모님은 우리에게 깍듯이 존댓말을 써 주셨다.

"석이 학생, 밥 많이 잡샀습니껴."

이런 인사를 받고는 그저 황송하여 머리를 긁적이며 부끄러워하기만 했다.

우리는 선생님께 속내를 드러냈고, 그런 마음들이 행동을 바꾸어 나가게 했다. 그러면서 조금씩 커 가고 있었다. 일진광풍이 몇 차례나 지나고, 자잘한 바람은 시도 때도 없이 불고……. 그렇게 한 학기가 끝날 때쯤, 선생님께서 넌지시 말씀하셨다.

"너희 살아가는 기 너거 역사다. 고등학교 들어와서 어떻게 지냈는지 글로 남겨 두었다가 훗날 커서 읽어 보면 더 재밌을 텐데……."

우리는 스스로 학급 문집을 펴내기로 했다. 철판(우리는 그때 이것을 가리방이라고 했다.)에 대 놓고 기름종이(등사 원지)에 글을 옮겨 쓰는 일부터 프린트, 제본까지 밤늦도록 교실에 남아 일을 했다. 처음 낸 문집 이름을 '똥구두'라고 지었다. 그때 우리는 군화를 신고 다녀야 했는데 낡은 군화는 영락없이 똥구두였다. 그러나 두 번째부터는 '여울'로 바꿔 버렸다. 똥구두라고 하니 뭔가 품위가 떨어지는 것 같았기 때문이다. 학교 다니는 맛이 났다. 어떤 녀석은 개인 시집을 펴내기도 했다. 그때 어찌 인쇄된 시집을 찍어 낼 엄두를 냈을까. 그 용기는 두고두고 자랑거리가 되었다. 이것이 모두 선생님의 보이지 않는 손이 우리를 깨우치게 하는 것인 줄 아무도 몰랐다. 문집은 2학기 때 두 권을 더 만들어 냈다. "너희를 잘못 보았다."던 선생님들로부터 "가당찮은 놈들."이라는 칭찬도 받았다.

뒤에 안 일이지만 선생님께서는 학교 측의 여러 가지 비리(특히 금전 문제)를 끊임없이 따져서 고쳐 나가셨는데 학기 초 사표를 내고 떠나셨던 것은 우리 문제 때문만은 아닌 듯했다. 학교 측에서도 사표를 받아들일 수 없는 무슨 사정이 있었지 싶다. 사표 낸 뒤 학교에서 이것을 되돌리자, 그 조건으로 학급 경영에 교장 선생님이 어떤 개입도 하지 않기로 못을 박았다 한다. 그리고 우리 스스로 옳은 길로 돌아올 수 있도록 오랜 시간을 참고 기다리며 옆에서 큰 울타리 구실만 하신 것이다. 억지로 한길로 몰아붙였다면 틀림없이 우리는 폭발해 버리고 말았을 것이다. 나는 그때 한 치의 의심도 없이 '선생님 같은 선생님'이 되기로 결심했다. 국문과로 가자.

우리가 졸업하고 난 뒤 간혹 동창끼리 술자리가 이루어져 늦도록 마시다가 누군가 "야, 윤 선생님(우리끼리 있을 때는 보통 선생님들 별명을 부르곤 했는데 윤덕만 선생님만은 모두가 깍듯이 '윤 선생님'이라 했다) 잘 계시나?" 하면, "그러지 말고 지금 당장 찾아가 보자." 하고는 밤이 늦거나 말거나 쳐들어가고는 했다. 어떤 놈은 아예 그 비좁은 방에서 자 버리기도 했다.

우리가 결혼을 할 때는 거의 모두가 선생님을 주례로 모셨다. 한 동무가 결혼하게 되면 그날은 선생님을 모신 동창회가 되었다. 늦도록 제자들과 어울려 술을 드시면서 학교 시절에는 하시지 못했던 얘기도 많이 해 주셨다. 우리가 조금씩 자리를 잡아 가게 되었을 때 서울에

직장을 잡은 동창들이 모여 생신 때 선생님을 서울로 모셔 가기로 계획을 세웠다고 한다. 항공 회사에 다니는 친구가 학교 마치고 나오는 선생님을 납치하다시피 하여 서울로 모셔 버렸다. 마중을 나온 친구들은 백화점으로 모시고 가서 머리부터 발끝까지 새 옷 새 구두를 해 드리고 술집에 모셔 취하도록 마셨다고 한다. 그러나 그 자리에서 선생님은 제자들을 나무라셨다.

"너희 이러는 일 고맙다마는 그렇게 즐겁지는 않다. 옷이야 추위와 부끄럼만 가려 주면 되는 것이요, 음식은 정을 나눌 수 있으면 되는 것인데 이렇게 과용을 해서야 되나. 정신을 바로 하고 살도록 해라."

우리가 졸업한 지 14년이 지났을 때 선생님 몸이 불편해서 중학교로 자리를 옮기셨다는 소식을 들었다. 학교로 가 보았다. 창 너머로 수업을 훔쳐보았다. 머리는 백발이 되셨다. 연세보다 너무 늙어 버리셨구나. 그렇지만 조무래기들과 무슨 얘기를 나누시는지 웃음이 그칠 줄 모른다. 그렇지. 우리의 우상인 선생님이신데 옛날 모습을 잃으실 리 없지. 그러나 얼마 뒤 선생님께서 입원하셨다는 소식을 들어야 했다. 서울에, 대구에, 인천에 흩어져 있던 제자들이 모여들었다. 입원 때마다 병원비는 우리가 미리 계산해 두었다. 무슨 암이었던가. 두 번째 수술 뒤 내가 병원에 찾아갔을 때 선생님은 이미 사그라져 가는 듯했다. 그때는 이미 죽음을 선고받은 뒤였다 한다.

"석아, 내가 너를 위해 일을 좀 해 주어야 하는데…… 그러질 못하는구나……. 석아, 용기 잃어선 안 된대이. 니가 하는 일 그거는 옳은 일이다. 그래도 걱정이 되는구나. 니가 내보다 낫다……."

그때 나는 교육 민주화 선언에 앞장섰다 해서 해임당하느냐 마느냐 하고 있었다. 그날 병원을 나오며 얼마나 울었는지 모른다. 그리고 용기도 냈다. 우리 선생님께서 옳은 일이라고 하셨으면 목숨을 바쳐서라도 할 수 있다.

이 글을 쓰는 지금 새삼스레 선생님이 사무치게 보고 싶다. 쓰다 말고 베란다로 나가 먼 하늘을 하염없이 바라본다. 선생님……. 요즈음 교무실에서는 교권이 땅에 떨어졌다, 선생을 개혁 대상으로 몰아간다고 불만이 많다. 우리 윤 선생님이 지금 계신다면 뭐라고 하셨을까. 윤 선생님처럼 아이들을 끝없이 사랑하는 선생님에게 아이들이 함부로 대할까. 스스로의 잘못은 조금도 용서하지 않으려는 선생님께서 누군가가 자기를 개혁 대상으로 내몬다고 해서 흔들릴 일이 있을까. 도리어 개혁의 큰 아픔을 당신 스스로 지고 나가지 않으셨을까. 자기의 안일과 잘못된 고정 관념은 고쳐 나가지 않고 개혁을 거부하려고만 드는 교사들에게 또 다른 불호령을 내리셨을지도 모른다.

선생님께서는 돌아가시기 전 당신 몸의 성한 부분은 모두 그것이 필요한 가난한 사람에게 나누어 주라는 유언을 하셨다. 내가 그 유언을 직접 들었다. 그러나 졸지에 아버지를 여의게 된 장남이 오열을 하며 그럴 수는 없다 하여 남기신 뜻은 받아들여지지 않았다. 하루도 편할 날 없이 사신 선생님은, 해양대학을 졸업하고 외항선을 타던 장남이 부랴부랴 집으로 돌아오자마자 세상을 떠나셨다. 장례 때 학교에서 꼭 노제를 지내 달라셨다는 선생님을 두고 우리는 땅바닥을 긁으며 통곡하였다.

내가 국어 교사가 되고자 했던 것도 선생님의 사랑 때문이었다. 그

리고 선생님만큼 좋은 선생, 올바른 선생이 되고 싶었다.

선생님은 우리에게 아버지이셨다. 형이셨다. 그리고 스승이셨다. 깊은 학문을 배운 기억은 없다. 온 가슴으로 그 사랑의 비를 흠뻑 맞았다. 이것이 내 삶의 푸근한 거름이 되었다. 이렇게 해서 가르침은 끊임없이 이어지는 것일까.

교단에서 아이들을 굽어보다가도 문득문득 선생님을 만난다. 선생님께서는 날 당신보다 나은 선생이라고 하셨지만 내가 선생님의 사랑만 한 사랑을 가지려면 참으로 아직은 깡깡 멀었다.

다 쓰고 나서

2001년 7월 29일 낮

나흘째 밤을 새우며 글을 씁니다.

글을 쓰게 하는 힘은 어디서 나올까요.

사랑하는 사람에게 내 이야기 들려주고 싶은 마음, 이게 글을 쓰게 하는 힘이지요.

그 사람이 다수 대중이든, 한 개인이든.

내가 할 줄 아는 것이 있다면 사랑하는 사람에게 밤새워 편지 쓰는 일입니다.

지금 이 이야기도 편지 쓰는 마음으로 썼습니다.

"당신의 좋은 글, 책으로 만날 날을 기다리겠다."고 격려해 주는 사람에게 얼른 전해야 한다는 마음.

그 사람에게 맨 먼저 이 책을 보여 드리고 싶습니다.

사랑은 나를 살맛 나게도 하지만 세상을 바꾸어 나가는 힘이 되기도 합니다.

도대체 사랑 없이 이 세상을 어떻게 삽니까.

사랑이 나를 아프게 하거나 슬프게 하여도 그 바탕에는 이 세상을 살아 내게 하는 힘이 들어 있다는 것을 알겠습니다.

어제 글을 쓰며 이런 생각을 했습니다.

'글 씁네 하고 자칫 나를 추켜세우는 수도, 아니면 지나친 겸손으로 오히려 더 교묘하게 나를 내세우는 수도 있다.

있는 대로 쓰자.

좀 더 절실한 마음, 진정한 마음으로 돌아가자.'

그래서 밤에 써야 합니다.

내가 가장 평온한 마음으로 나를 볼 수 있는 시간이기 때문입니다.

밤새고 아침 8시쯤 눈 좀 붙이자 하고 누웠는데 소나기가 쏟아졌어요.

시원하구나. 종일 내렸으면 좋겠다 싶었는데 11시쯤 일어나니 파랗게 개었습니다.

새파란 하늘에 하얀 구름 흘러갑니다. 여름 하늘입니다.

당신도 보시나요?

2001년 11월 2일 밤

엄마가 내 글 읽으시더니 진정 서운한 마음으로 말씀하신다.

"뭐한다고 가난하고 부끄러운 옛날 일을 들춰내서 새삼스리 우사할라 하노."

엄마에게 미안하다. 우뚝하니 잘난 아들 되어 엄마의 자랑이 되었으면 좋겠는데 하는 짓이 늘 이렇다. 그러나 나는 평생 가도 엄마가 원하는 우뚝한 아들은 되지 못할 것이다.

하지만 안다. 사실은 엄마도 이런 아들을 속으로는 좋아하고 있다. 엄마도 늘 가난하고 못나게 살아왔지만 그런 엄마이기에 이 아들이 더 좋아하고 존경하고 있으니까.